Los que van a escribir te saludan

Ensayos sobre literatura y poder

ENRIQUE DEL RISCO

Los que van a escribir te saludan

Ensayos sobre literatura y poder

Edición: Eida de la Vega
© Logotipo de la editorial: Umberto Peña
© Ilustración de cubierta: Armando Tejuca
© Enrique Del Risco, 2021
Sobre la presente edición: © Casa Vacía, 2021

www.editorialcasavacia.com

casavacia16@gmail.com

Richmond, Virginia

Impreso en USA

Para Jorge Brioso, hermano, a quien este libro
es la menor de las cosas que le debo

La nobleza de nuestro oficio siempre tendrá sus raíces en dos compromisos difíciles de mantener: el rechazo a mentir sobre lo que sabemos y la resistencia a la opresión.

Albert Camus

El poeta se equivoca,
es obstinado, testarudo, vanidoso, frágil.
Pero antes de rendir la letra,
prefiere el cepo, la muerte, que lo desmiembren,
que lo arrastren frente al coliseo,
cuando la poesía ha tocado en serio
la caja de su espanto.

Joaquín Badajoz

PRÓLOGO

Hablar de las relaciones entre literatura y política podría parecer redundante. Sobre todo, en una época en que la primera se reduce a la segunda en modos que ya habrían querido para sí los más ortopédicos manualistas soviéticos. Pero de eso se trata: de no ser redundantes. De recordar la diferencia que existe entre ellas pues, de no haberla, tampoco tendría sentido hablar de otra relación que no fuera el sometimiento total de las palabras al Poder. En *Los que van a escribir te saludan*, intento resistirme a la idea, cada vez más generalizada, de que la literatura es la política por otros medios. Una noción que no es más que el reverso de la que considera que literatura y política transcurren en realidades paralelas y apartadas entre sí.

Las relaciones entre política y literatura se complican, en parte, porque ambas se realizan a través del lenguaje y, en parte, porque la mala literatura se parece demasiado a la política. Harold Bloom terminó retorciendo una frase de Oscar Wilde ("All bad poetry springs from genuine feeling. To be natural is to be obvious, and to be obvious is to be inartistic") hasta hacerla decir algo que suena más a Wilde que la original: "toda mala poesía es sincera". Tan sincera como la política. Una sinceridad torpe y pobre que, incluso cuando intenta embaucarnos, resulta prístina en sus intenciones.

Mientras la política doma el lenguaje hasta hacerlo parecer lo más contundente que se pueda, la literatura es, al decir de Ezra Pound, "simplemente lenguaje cargado con significado en la mayor medida posible". Y tal concentración de significado que le concede a la literatura su capacidad de deslumbramiento, su poder, al mismo tiempo la hace muy poco confiable en términos políticos, tal y como nos advirtió Platón en su *República*.

La política, que necesita de las palabras casi tanto como la literatura, recela de esta como la policía de un criminal consuetudinario. Razón no le falta. Por ilusorios que sean los mundos creados por la literatura siempre terminan proyectando su sombra incómoda sobre la realidad, haciéndola lucir ridícula, pobretona. Aburrida hasta la obscenidad. El dogma (o si prefieren, la ideología), que es la lengua con la que se expresa el Poder, envidia rabiosamente a la literatura. Envidia su desenvoltura, su insensatez, su irresponsabilidad con lo real. O hasta con los propios discursos del poder que saquea, para luego devolverlos prácticamente irreconocibles. Lo que hace autónoma a la literatura es precisamente lo que la hace literatura: su libertad, su capacidad de superar la chatura del dogma, de desentenderse del pragmatismo de la política o la ortopedia de la gramática e ir más allá en sus exploraciones de la realidad y del lenguaje que intenta representarla. O puede definirse a la inversa: cuando la literatura no es autónoma se limita a reproducir los lugares comunes de alguna ideología. Desnaturaliza la literatura quien, buscando añadirle sentido o consistencia, le impone los límites de cualquier ideología.

Está visto que, mientras más elevada sea la idea que el Poder tenga de sí mismo, más rígidos sus dogmas, mayor urticaria le provocará la ligereza con que los escritores se relacionan con lo real. Y si se mira la historia de la humanidad, son escasos los momentos, si alguno, en que el Poder no se haya tenido en altísima estima. Tan escasas como las veces en que el Poder no ha ejercido de mecenas, consejero o capataz de la literatura y simplemente la ha dejado estar. Es inevitable que relaciones tan estrechas condicionen el ejercicio literario y que los escritores se sientan obligados a responder a ese asedio con lo que llamo política literaria: una suerte de guerra de guerrillas empeñada, no en favorecer o contradecir determinado proyecto político, sino en enfrentarse a las presiones que, desde los diferentes poderes, intentan apagar su voz o domesticarla.

La política literaria intentará afirmar la autonomía de la literatura por todos los medios posibles: ya sea enfrentándose abiertamente al discurso del poder, contradiciéndolo o ignorándolo por completo. Sin embargo, la mayor parte de las veces, la política de la literatura ha consistido en simular obediencia pública al discurso de poder mientras lo canibaliza y se pone su piel como si de un Hannibal Lecter de la literatura se tratara. (Un símil que obliga a asumir a Hannibal Lecter como incomprendido artista del *performance*). Por inocente o etéreo que se pretenda, el ejercicio literario siempre representará una revuelta contra el monopolio de sentido al que aspira el poder.

Ocasional escritor de ensayos literarios durante más de dos décadas, al recopilarlos no me ha sorprendido que, en buena parte de ellos, se evidencie cierta obsesión por lo que llamo política literaria. *Los que van a escribir te saludan* es un obvio guiño al "Ave, Caesar, morituri te salutant" que citaba Suetonio en *Vidas de los doce césares* y que Hollywood ha convertido en saludo habitual de los gladiadores. El combate al que se alista todo escritor es aquel que lo enfrenta a la tradición literaria y a los colegas contemporáneos que la reconstruyen y disputan. Pero el escritor no ignora que tal batalla se da en medio de la polis letrada y política que decidirá el resultado del combate. Reconocer la existencia de ese público no supondrá la resignación con que los gladiadores saludaban al césar. La interpelación a cualquier forma de poder puede tener mucho de desafío. Pero no debe distraer al escritor del hecho de que su combate decisivo se dará en la arena de la literatura. Porque la fantasía de que el césar de turno saltará a la arena a batirse en igualdad de condiciones con el pobre escritor puede cumplirse en una película como *Gladiator* pero no en la realidad del ejercicio de las letras. Parafraseando a Dirty Harry, un escritor debe reconocer sus limitaciones.

Los que van a escribir te saludan comienza hurgando en diferentes episodios de la literatura cubana, país fecundo en autoritarismos, en los que escritores interpelaron a los poderes vigentes tanto en lo político, lo literario, lo cultural o lo académico. No se trata de buscar ejemplos de literatura política sino, insisto, de entender la política literaria de sus autores. Si me obligan a generalizarla, diré que el objetivo de tal política consiste en que los dejen hacer lo que mejor saben y en usar la existencia e influencia de los poderes políticos o culturales constituidos como materia prima para crear su propia obra. En defender su autonomía al mismo tiempo que usan ciertas obviedades políticas de su tiempo para construir y recrear su idea de lo literario. A la gravedad y unidireccionalidad de los dogmas políticos y culturales que los circundan, los escritores oponen, más que razones contrarias, la ambigua levedad de la literatura.

En este libro se analiza desde la supuesta obra fundacional de la literatura cubana, *Espejo de paciencia*, hasta casos tan recientes como el volumen satírico *La lengua suelta* del binomio Fermín Gabor-Antonio José Ponte, o la poesía de Gleyvis Coro Montanet y de Néstor Díaz de Villegas, pasando por la obra de Virgilio Piñera y de la generación de *Mariel*. Autores enfrentados, casi siempre a regañadientes, a los autócratas de turno, los dogmas de turno, ya fueran políticos, literarios o culturales.

La última sección de este libro titulada "En tierras firmes", rastrea el mismo conflicto en ámbitos distintos al cubano, aunque no necesariamente ajenos a este. Allí se incluye un breve análisis de la política literaria de Roberto Bolaño, mi lectura de cierto cuento especialmente "gusano" del argentino Julio Cortázar, un acercamiento a la condición universalmente exiliada de la literatura o mi anacrónica intercesión en una polémica entre el Premio Nobel de Literatura Joseph Brodsky y el también escritor y presidente checoslovaco Václav Havel. Las interpretaciones que hago de los textos del chileno y del argentino son especialmente sibilinas y van en contra de lo que se suele considerar como la ideología pública de estos. Justo por ello, mis análisis de estos textos de Bolaño y Cortázar son emblemáticos de lo que entiendo como política literaria: no solo es más densa y compleja que las convicciones ideológicas de los escritores en cuestión, sino que en ocasiones las contradicen a un nivel esencial. La literatura entonces se convierte en modo secreto de traicionar servidumbres públicas.

Textos escritos a lo largo de más de veinte años no están dispuestos aquí en el orden en que fueron apareciendo, sino más bien de acuerdo a la cronología de la historia literaria que describen. Para que no desentonaran demasiado en un estilo que forzosamente ha cambiado a lo largo de los años, sometí estos ensayos a un mínimo proceso de corrección. Muchos de ellos ahora resultan algo más legibles que cuando los escribí originalmente, detalle que espero que los lectores de este libro agradezcan. No obstante, aclaro que no existe idea, argumento o cita que no haya estado presente en su versión original. De ahí que insista en acompañar estos artículos con la fecha en que fueron creados: algo debo de haber cambiado en estos años, pero no lo suficiente para que, en lo básico, las ideas propuestas en estos textos me sean ajenas.

Por último, debo aclarar que, si dedico este libro a Jorge Brioso, es porque, de no hacerlo, cometería una imperdonable injusticia. Que Brioso haya sido el principal lector y comentarista de buena parte de estos ensayos ha sido un privilegio que esta dedicatoria no empieza a pagar. No puedo imaginar mejor interlocutor intelectual. Pueden llevarse una idea bastante aproximada de su inteligencia y lucidez en *El privilegio de pensar*, también editado por Casa Vacía. Agradezco a su vez a esta editorial y en especial a su editor Pablo de Cuba la confianza que deposita en este libro al publicarlo. Espero que la lectura de este justifique la tala de los árboles necesarios para imprimirlo. Aunque, visto así, ya empiezo a arrepentirme de este mal pretexto para masacrar árboles y, si acaso, me hace revalorar las virtudes de la edición digital.

ORIGEN

EL ESCRIBANO PACIENTE
O CÓMO SE FUNDA UNA LITERATURA

La Historia salva

Alguna vez, el profesor y crítico Roberto González Echevarría llevó a cabo una escrupulosa y aguda reconstrucción de cómo *Espejo de paciencia*, poema escrito en 1608 y "descubierto" por el historiador y crítico José Antonio Echeverría en 1837, llegó a ocupar el puesto de piedra fundacional del canon literario cubano. González Echevarría insistía en su estudio que el lugar que hoy ocupa en dicho canon y, por tanto, en el discurso de la cultura y la identidad nacional cubana durante el siglo que siguió a su descubrimiento, estuvo lejos de ser tan indiscutible y natural como parece. A mí, en cambio, más que cuestionarme el proceso de canonización por parte de la crítica literaria cubana, me interesa cómo ha sido asimilado el poema por el discurso nacionalista que, a lo largo de los años, ha mostrado una infatigable vocación por extraer lecturas de ese texto, a un tiempo ingenuas e interesadas.

Cuando hablo de discurso nacionalista pienso en dos instancias extrañas a la crítica literaria, pero decisivas en la fijación de cierta idea de Nación. Estas instancias serían, por un lado, los textos de historia escolar y, por otro, la historiografía oficial que solo por contraste con los textos escolares me atrevería a llamar "seria". En ambos casos, la sanción de *Espejo de paciencia* como documento cultural e histórico es tardía[1]. No es sino a partir de 1941, fecha en que Felipe Pichardo Moya edita como libro el poema acompañado de un amplio estudio, que empieza a aparecer *Espejo de paciencia* como referencia obligada tanto en los relatos historiográficos nacionales como en los manuales de historia literaria.

La canonización histórica de *Espejo de paciencia* ha resultado complicada. Incluso sus más entusiastas valedores han exhibido ciertos escrúpulos ante un poema que, a su entender, no reunía valores estéticos suficientes[2]. Más allá de que los frecuentes ripios del poema hace tiempo nos resulten entrañables, se aducen virtudes extra estéticas que lo harían merecedor del puesto fundacional que ocupa. La primera de ellas es la antigüedad y, junto a ésta y sin ceder en importancia, el reflejar tanto unas circunstancias históricas concretas como las primeras contracciones del larguísimo parto de eso que llamamos hoy Nación cubana.

1 No se menciona en el primer manual escolar de historia cubana *Nociones de Historia de Cuba* de Vidal y Morales (1901). Tampoco en el mayor empeño historiográfico en producir un relato nacional en las primeras cuatro décadas de este siglo, el *Manual de Historia de Cuba* de Ramiro Guerra (1938), se alude a *Espejo de paciencia*, aunque en un manual escrito en 1922 por Guerra aparece una referencia al poema, pero sin mencionar título ni nombre del autor. "La composición poética más antigua de todas las que se conocen escritas en Cuba es de esta época" dice. (*Historia* 70)

2 "Los valores poéticos del *Espejo de paciencia* son escasos, aunque a ratos encontramos versos felices" (Rivero 34) nos dice un manual de literatura cubana de nivel secundario de 1980 que no obstante incluye sin chistar varios poetas olvidables.

No habrá que insistir demasiado en la importancia que, para una historia literaria acomplejada por su juventud, tiene envejecer sus inicios en más de un siglo. Por otra parte, el alejar del presente los inicios de la historia literaria y acercarlos a los de la historia política, "naturalizaría" el proceso de construcción de una identidad nacional[3]. Si a ello añadimos que el poema narra un acontecimiento histórico ocurrido en 1604 con referencias sociales, económicas, e incluso botánicas, zoológicas y topográficas, huelgan los escrúpulos estéticos. Es más de lo que se puede pedir para comenzar una literatura.

Se puede pedir más, por supuesto. Se puede pedir que el poema redactado por un escribano canario que relata el secuestro de un obispo español por un pirata francés y la muerte de este último a manos de un esclavo de origen africano, en nombre del rey de España, se constituya en exponente primigenio de la identidad cubana en la Historia. Cierto que las relaciones del poema con la Historia no son precisamente sencillas. Por dos veces rescata la Historia al poema. Primero, al ser incluido en una historia de la iglesia en Cuba en el siglo XVIII, de donde lo copiará su "descubridor", José Antonio Echeverría. Luego, la invocación de su carácter histórico será argumento decisivo para su canonización.

Felipe Pichardo Moya, inductor de *Espejo de paciencia* al panteón literario nacional, nos dice al respecto que este es

el poema insular —¿nacional?— de este momento. Está en él la preocupación cubana de entonces (...)

3 Para definiciones de construcciones de identidad "realistas" y "voluntaristas" ver: Gilbert, Paul, "The idea of national literature". *Literature and the political imagination*. Ed. John Horton y Andrea T. Baumeister. London: Routledge, 1996. p. 198- 217.

> Por su asunto, el *Espejo* es esencialmente cubano: ningún tema como el del secuestro y rescate del obispo podía interesar de San Antonio a Maisí. El poeta es un súbdito fiel del rey español pero en la narración estamos comprendiendo que el corsario enemigo pudo ser alguna vez el rescatador amigo: se recuerda su herejía porque ha secuestrado al obispo. Pero poco antes, refugiado en Manzanillo, era un comprador de cueros que enriquecía a Bayamo. (Balboa 34)

Las circunstancias históricas a las que se refiere el poema serán sistemáticamente desconocidas por la historiografía y la crítica literaria posteriores. Enfrascadas como estaban en demostrar la conexión entre el poema y una cubanidad invariable, interesa más la enumeración de frutas autóctonas o la aparición solitaria de la palabra "criollo" que los hechos concretos que narra. Las tardías referencias a *Espejo de paciencia* en los textos historiográficos no solo se explican por el improbable desconocimiento del texto. El episodio narrado es un incidente anómalo en el intenso contrabando entre pobladores de las ciudades del interior de la isla y piratas y filibusteros de toda Europa. A historiadores nacionalistas como Ramiro Guerra les resultaría más significativo evocar las tensiones entre los pobladores de la isla, entregados al contrabando, y las autoridades designadas para castigar este tráfico —tensiones que en ocasiones desembocarían en verdaderos motines—, que un episodio que resaltaba la fidelidad a la metrópoli y, por ende, contradecía tópicos del relato oficial de la Nación. El "hallazgo" de Pichardo de las posibilidades del poema como texto nacional, no obstante, debía recibir algunos retoques.

En primer lugar, no se debería insistir en la ambigüedad de la condición de los héroes-contrabandistas. En los textos posteriores a 1959 se separan cuidadosamente los roles. El contrabando obviamente se menciona (como recurso inevitable ante las opresivas leyes coloniales), y los motines contra las autoridades se consignan como muestra del espíritu de rebeldía local que el discurso nacional había fijado como cualidad inmutable de lo cubano. "¡El coraje de los bayameses hizo que las autoridades españolas libertaran a los presos!" (Soy del Pozo 96) nos informa el texto escolar *Relatos de Historia de Cuba* al comentar la reacción de los bayameses frente a los intentos del oidor Suárez de Poago en el año 1603 de castigar a los contrabandistas, insistiendo en una oposición de gentilicios (bayameses-españoles) que en aquel momento resultaba impensable.

El episodio de 1604 que cuenta *Espejo de paciencia* y repite el texto escolar solo parece tener en común con el motín contra el oidor real el gentilicio "bayameses". Aunque solo ha pasado un año y los implicados resultan ser los mismos, no parece haber conexión causal entre los dos hechos. Adecuar el texto a la edad de los destinatarios no parece ser determinante en la simplificación de este relato. El libro *Historia de Cuba* (1967), destinado a las Fuerzas Armadas Revolucionarias, al comentar ambos hechos, se limita a señalar que "el espíritu independiente y rebelde de los bayameses se puso de manifiesto nuevamente" (48) como si cada nuevo acontecimiento solo existiera para brindarles a los bayameses una nueva oportunidad de demostrar su "espíritu independiente y rebelde". Como suele suceder en otros relatos nacionales, buena parte de la magnitud de lo heroico se basa en el falseamiento de la relación entre causas y efectos. Esto nos obliga a recordar que, en la construcción de los relatos heroicos de lo nacional, la racionalidad suele sustituirse por rasgos más o menos inmutables del ser nacional. Un acto racional, es decir, "interesado", se convierte en heroico por el simple recurso de ocultar su lógica profunda[4].

Existe otro rasgo del poema que la mayoría de sus comentaristas consideran señal inequívoca de su cubanía: la presencia de un héroe colectivo que incluye a descendientes europeos y africanos, sustento étnico-cultural de una definición posterior de cubanidad. Pichardo Moya decía en 1941 que "El triunfo de los bayameses es el triunfo del pueblo. Aunque el poeta es un poeta culto —nunca culterano— hay un espíritu popular en su poema; y por las quietas octavas reales (...) desfila todo el coloniaje (...) Blanco europeo, negro africano, indio aborigen, que mezclaron mármol y ébano y bronce bajo nuestro sol propicio a tantas sombras" (Balboa 23). Medio siglo después, en 1994, en el último gran intento de construir un relato histórico nacional —la *Historia de Cuba* elaborada por el Instituto de Historia de Cuba (valga la redundancia)— se dice que

> A diferencia de los poemas épicos o cantares de gesta que resurgen en el denominado Viejo Mundo hacia principios del siglo XVI, y que forman parte de lo que ha sido definido como renacimiento del romanticismo caballeresco de la Edad Media dentro de los moldes del absolutismo europeo, en América se manifiesta una épica que, más que una reproducción de esos estereotipos totalizadores, se acerca a los modelos más convincentes de los siglos IX y X europeos, en

---

4 Para reconstruir las relaciones entre utilidad y tradición ver: Hobsbawn, Eric. "Inventing Traditions". *The Invention of Tradition*. Edited by Eric Hobsbawn y Terence Ranger. Cambridge: Cambridge University Press, 1983.

que los referidos cantares estaban vinculados a la
exaltación de un espíritu colectivista por el cual las
distintas etnias van convirtiéndose en nacionalidades
definidas. (Sorhegui 135)

The Usual Suspects

En líneas generales, así es como se percibe en la actualidad el poema desde los grandes y pequeños relatos
nacionales: como representación primigenia del pueblo
cubano. Contrastemos este relato con lo que conocemos
sobre el poeta de *Espejo de paciencia* y sus protagonistas. Varios documentos atestiguan la existencia real de
estos últimos, mencionados con nombres y apellidos
en el poema. Uno de dichos documentos consigna que
Gregorio Ramos, líder del grupo que daría muerte al
pirata Girón, y varios de sus hombres estaban entre los
contrabandistas más notables de Bayamo (Marrero 1976
231). Y no solo ellos. Cuatro de los seis autores de los
sonetos de alabanza al poeta, y hasta el propio Silvestre
de Balboa, formaba parte del grupo de vecinos de Puerto
Príncipe (sitio de residencia de Balboa) acusados de
comercio ilícito. No está de más señalar que entre los
que acompañaban a Balboa tanto en el poema como en
la acusación legal se encontraba el propio alcalde de
Puerto Príncipe y dos regidores. Ni que la profesión del
poeta era la de escribano público de dicha villa entre
1600 y 1608, fecha esta última que coincide con la escritura de *Espejo de paciencia*. La coincidencia está lejos
de ser casual, como veremos más adelante. Téngase en
cuenta que un escribano de entonces, más que simple
amanuense, era pieza esencial del entramado colonial,

como nos demuestra Ángel Rama en *La ciudad letrada*, y tal empleo se consideraba "una de las vías de acceso al estamento de los principales" (Marrero 1977 19).

Desde la presentación de *Espejo de paciencia*, el escribano en funciones de poeta tratará de legitimar por todos los medios el producto de su "rudo ingenio". La dedicatoria al destinatario y protagonista del poema, el obispo Cabezas Altamirano, es de por sí elocuente: en ella se deja sentado que este fue el instigador del poema, aunque no dice que insinuara su tema. Cuál va a ser el centro de la composición será objeto de las acrobacias protocolares del escribano. A pesar de dedicar el poema a partes iguales al relato del secuestro del obispo y al combate entre los bayameses y los piratas, llegado el momento de exponer su sinopsis, se soslaya la segunda parte, que es la que concentra el mayor interés dramático del poema. Por si fuera poco, al dirigirse "Al lector" Balboa nos dice que "puse [junto al secuestro del obispo] la milagrosa victoria que el Capitán Gregorio Ramos alcanzó sobre el Capitán Gilberto Girón, en el puerto de Manzanillo, así por ser lo uno dependiente de lo otro, como porque pareciese algo este librito". Todo el esfuerzo que emplea Balboa en disimular el protagonismo de los bayameses no parece sino acentuarlo.

En ello no se agotan las habilidades diplomáticas del poeta. En la propia advertencia al lector Balboa insiste en usar la veracidad de los hechos que describe y la fidelidad como atenuantes a su "rudeza" poética. No menos notables son sus disculpas por lo artificioso de sus alusiones a seres sobrenaturales ("fingí, imitando a Horacio..."). Si al evitar la contaminación entre lo sobrenatural y lo histórico atenta contra la ambigüedad poética de *Espejo*, al mismo tiempo apuntala su condición de texto histórico. Todo ello nos indica cuál es la apuesta de Balboa. Más que poema épico, *Espejo de paciencia* se pretende fiel reflejo de los acontecimientos que relata.

Fidelidad a la letra era también lo que se esperaba de Balboa como escribano. Una fidelidad que certifica el cabildo de Puerto Príncipe en documento oficial: "no hay otro escribano público ni real (...) que use el oficio y a los autos y escritos que ante él han pasado y pasan se les da entera fe y crédito, en juicio y fuera dél, como escribano público de ésta (...) villa, fiel y legal" (Marrero 1976 210). Difícil darle algún peso a las palabras "fiel" y "legal" en una villa donde la mayoría de los vecinos estaban acusados de contrabando, incluyendo buena parte del mismo cabildo que atestigua la capacidad del escribano (y que meses más tarde, en condición de críticos-poetas, no dudarán en compararlo con Homero). Pienso que tales recomendaciones hablan menos de la honestidad laboral de Balboa que de la estrecha relación que tenía con los principales vecinos de la villa.

Las condiciones de vida de poblaciones marginadas del circuito comercial metropolitano y la resistencia ante medidas represivas emprendidas por las autoridades favorecían un sentido de comunidad que se percibe en el propio asunto del poema, en las alusiones personales a prácticamente todos los participantes en los hechos y en la descripción detallada del espacio y los frutos de la tierra. Todo esto es abordado una y otra vez tanto en los textos de crítica literaria de *Espejo de paciencia* como en los de historia. Falta, no obstante, un análisis de cómo se construye esta idea de comunidad y de cuáles son sus contornos exactos.

¿En torno a qué mecanismos se construye la idea de comunidad en el poema? Quizás no hay nada más evidente que el espacio en el que todos sienten arraigo. Pero primero habría que precisar a qué comunidad se refiere el poema. ¿A la de los habitantes de la isla? ¿A de los que se dedican al contrabando? Habrá que tener en cuenta que todas las referencias al poema conciernen solo a la reducida región que va de Bayamo a la bahía de Manzanillo. Y también que las menciones a las frutas autóctonas "crean un extrañamiento estético antes que una identificación" (González Echevarría 178).

El sentido de comunidad se construye en el poema menos en torno al espacio natural que al sentimiento colectivo de culpa y a la consiguiente expiación de dicha culpa. La culpa en este caso es levemente distinta de la acusación general que recaía sobre los vecinos de Bayamo, Puerto Príncipe, Santiago o Baracoa (estas dos últimas villas no se mencionan en el poema). Tal culpa ocupa el centro de una de las octavas reales más oscuras del poema:

Estaba el buen obispo muy sentido

de las pobres ovejas de esta villa [Bayamo]

porque del triste caso sucedido [el secuestro del propio
obispo]/

pensó que tenían culpa no sencilla.

¿En qué consistía pues esta culpa? El poeta no lo menciona, entre otras cosas, porque el obispo lo sabía al punto de haberlo contado en una carta redactada poco tiempo después de los hechos y cuatro años antes del poema:

y preguntándole que qué le había movido a hacer lo que hizo [el secuestro del obispo] respondió [Gilberto

Girón] que un mozo natural de esta villa había ido a rescatar en mi nombre 52 cueros (...) y se le había ido con la ropa por el monte, y que un religioso [...] se burlaba de él, habiéndole llevado mucha ropa de rescate y que se le debían hasta 600 cueros y que esperando esta paga, por no tener que comer como irritados y necesitados, habían hecho lo que hicieron. (Marrero 1976 121)

De ahí la "culpa no sencilla" que recae sobre la villa de Bayamo; de ahí la necesidad de expiar la culpa y de "dar de su valor al mundo muestra". El poema se convierte pues, en vehículo de exculpación de un grupo con intereses comunes que, no obstante, no se corresponde exactamente con los protagonistas del poema, pero que pueden resultar (poema mediante) intercambiables.

Un paso inevitable de la estrategia será el mea culpa que deberá exponerse del modo más difuso e impersonal posible. Cuando se menciona la culpa ("aquí del Anglia, Flandes y Bretaña/ a tomar vienen puerto en su marina/ muchos navíos a trocar por cueros/ sedas y paños, y a llevar dineros") esta aparece relacionada con el otro: "mientras duró este trato (...) un mal olor inficionó su orilla [la de Manzanillo] y hay desde ella al Bayamo, villa sana,/ diez leguas, y una más, por tierra llana". (Balboa 55) El recurso poético de atribuir a la geografía cualidades humanas cobra aquí una significación cuasi legalista.

La épica hecha carne

Ante lo difuso de los límites entre aquellos cuyas amistades o enemistades solo dependen de circunstancias comerciales de escasa formalidad, se hace necesario establecer límites. En el espacio del poema, el cambio de papeles de socios comerciales a enemigos desaparece para dar espacio a una oposición mortal entre españoles y franceses, católicos y luteranos, súbditos de Felipe III y traidores. Las partes mínimas representan a totalidades difusas, pues ya entrados en la segunda parte del poema, descubriremos que esa "Francia" a que se alude incluye hasta a un español que será perseguido y muerto sin piedad, mientras del lado "español" pelean negros e indios. Tal heterogeneidad contamina no solo la estrategia legal emprendida por el poema, sino que complica la adaptación del material histórico a los moldes de la poesía épica.

Al camino abierto por *La Araucana* en cuanto a la creación de posibilidades épicas para los hechos americanos se oponen nuevos obstáculos. Balboa sale adelante con todos los recursos que tiene a mano, ya sea con la conversión de los negros esclavos en etíopes (lugar demasiado alejado de los habituales mercados de esclavos) o atribuyendo la valentía del indio Miguel a las virtudes de su dueño, Luis de Salas, "¡provisor honrado!/ ¡Benévolo, cortés, sabio y prudente!/ que hasta tus esclavos en la tierra/ sirven a Dios y al Rey en paz y en guerra" (Balboa 81). Otro recurso que le permite reforzar la epicidad del poema es la atribución a los piratas de una valentía similar a la de los seguidores de Gregorio Ramos. Pero son los discursos de los respectivos capitanes los que marcan el perfil y la diferencia de las fuerzas enfrentadas. Es en el momento narrativo menos "natural", en el que el poeta debe intervenir más activamente, atribuyendo discursos coherentes a los adversarios. Ambos jefes dan razones para combatir y vencer, pero mientras el jefe francés insiste en el estribillo "que con la vida al fin todo se alcanza" Ramos repite "que un buen morir cualquier afrenta dora" aludiendo de manera indirecta a la ya mencionada culpa de los vecinos de Bayamo en el contrabando con los piratas. Pese al intento de igualar el valor de los contendientes y así acomodarlos mejor a la arquitectura épica, el poeta les asigna a los locales una disposición al sacrificio que los sitúa en la escala de lo heroico por delante de sus oponentes.

Hasta aquí he citado textos que en conjunto han incidido de modo más bien leve en el imaginario colectivo nacional. Si una imagen dominaba la colección de ilustraciones de buena parte de los textos escolares cubanos en las últimas décadas era el equivalente plástico a este fragmento del poema: "y viéndolo el buen negro [al capitán pirata] desmayado/ sin que perdiese punto en su defensa/ hízose afuera y le apuntó derecho/ metiéndole la lanza por el pecho" (Balboa 84). Que ninguna de las otras ilustraciones alcanzara el dinamismo y la expresividad de esta puede explicarse en el soporte literario de *Espejo*. De las tantas escenas de combate que desfilan por las páginas de las Historias de Cuba escolares pocas, si alguna, han sido individualizadas y descritas previamente como esta que nos muestra el poema. Salvador, el negro esclavo, aparece en primer plano clavándole la lanza al pirata. Explicar el protagonismo de un personaje negro en los textos posteriores a 1959 excede los límites de este trabajo. En cambio, vale la pena analizar su presencia en el poema, pues sospecho que puede arrojar decisiva luz sobre las interpretaciones nacionalistas que se le han dado a *Espejo de paciencia*.

Si en *Espejo de paciencia* se puede apreciar una identidad distinta de la española es a través de un persistente sentido de carencia que se disimula con sucedáneos. Es esta una epopeya construida con materiales locales a falta de algo "mejor". En el "nosotros" que se construye transpira la añoranza por un mundo más homogéneo. Contrasta, por ejemplo, la minuciosa descripción de cada uno de los combatientes blancos con la mención de pasada de "cuatro etíopes de color de endrina" de quienes solo menciona el nombre de dos. Aun cuando al cumplir con su anunciada fidelidad histórica mencione la participación protagónica de negros e indios, cada aparición de estos la acompañará con comentarios que buscan disculparla como el revelador "negro pero buen soldado" (Balboa 85). Luego de alabar a Salvador Golomón, matador del capitán pirata Gilberto Girón, se disculpa aclarando: "y no porque doy este dictado/ ningún mordaz entienda ni presuma/ que es afición que tengo en lo que escribo/ a un negro esclavo y sin razón cautivo" (Balboa 84). Sería más exacto ver en el tan comentado "y sin razón cautivo" no tanto una crítica a la esclavitud que la inconformidad del poeta con que el héroe de su obra sea un esclavo. Tal detalle afea por igual el lucimiento del bando de los vencedores como de la obra que intenta inmortalizarlos.

Para muchos, lo sorprendente en un poema de 1608 no es la desazón de su autor ante la falta de homogeneidad de sus héroes, sino la mera presencia de indígenas y negros entre sus protagonistas. Pero más que las inclusiones más o menos inéditas me interesa subrayar aquí las razones tácticas para hacerlo. Sospecho que a Balboa le interesaba menos la veracidad histórica, la justicia social o una embrionaria conciencia nacional que hacerse perdonar, a él y al grupo que representaba, por las acusaciones de contrabando. Para toda una tradición cubana posterior, Balboa aplica el principio de que el mejor medio de defender los intereses de un grupo concreto es identificarlo con una instancia mayor y más difusa como "pueblo" o "patria". El hallazgo de Balboa es el del uso prudente de figuras que por su carga simbólica obliguen a ensanchar la imagen del grupo aludido y confundir la persecución de fines concretos con la defensa de valores colectivos inevitablemente abstractos. Coincide así con la estrategia discursiva moderna que según Mabel Moraña tiende a "afirmar la idea de la totalidad social como un orden integral que se dirige, sin fracturas internas, hacia el logro de determinados fines colectivos, guiada por un sector privilegiado que interpreta la historia nacional [en este caso es mejor hablar de memoria colectiva] y dirige, consecuentemente, las formas de acción social" (Moraña 31).

Una cuestión laboral

Con este recurso táctico no se agotan los intentos de Balboa de ocultar sus intereses concretos tras entidades mayores y más prestigiosas. Piénsese en el propio poeta-escribano y en las circunstancias que lo llevaron a escribir su poema. ¿Por qué no lo escribió cuando aún estaban frescos los acontecimientos o más tarde, cuando éstos corrieran peligro de olvidarse? ¿Por qué Balboa escribió *Espejo de paciencia* meses después de que todos los pobladores acusados de contrabando recibieran el indulto real? ¿Por qué este intento de exculpación poética llegaba tarde?

Entre los pocos datos que conocemos del poeta hay uno muy significativo: luego de ocho años de ostentar el codiciado puesto de escribano de Puerto Príncipe, justo en los días en que se daba a la tarea de perpetuar los acontecimientos bayameses, Balboa estaba en peligro de perder tal puesto. ¿La causa? A la corona le parecía sospechoso el escaso precio que había pagado Balboa por un empleo ofrecido en pública subasta. No es descaminado suponer que con *Espejo de paciencia* Balboa buscaba demostrar su competencia en un campo familiar al de la escribanía: la producción poética. Su destinatario y supuesto protagonista era alguien —el obispo— que podía interceder ante las autoridades y dar fe de su utilidad. Parte de quienes entonan los cantos de alabanza al poema son los mismos que garantizan en otro documento su suficiencia como escribano. En cualquier caso, llegaría tarde su esfuerzo poético: el 22 de febrero de 1608 se decretaba en Sevilla el cese de Balboa como escribano. Para quienes gusten de finales felices sepan que, en 1621, el poeta fue reintegrado a su puesto (García del Pino 137). Ya para entonces Silvestre de Balboa no solo era el futuro fundador de la futura literatura cubana. También era el fundador en Bayamo de la figura del escritor, ese ser cuya existencia parece ligada a la salvación de la memoria colectiva cuando en realidad apenas pretende salvarse a sí mismo.

(2000)

Bibliografía

Historia de Cuba, Habana: Dirección Política de las FAR, 1967.

Balboa Troya y Quesada, Silvestre de. *Espejo de paciencia*. [Estudio crítico de Felipe Pichardo Moya]. La Habana: Imprenta Escuela del Instituto Cívico Militar, 1941.

Balboa y Troya, Silvestre. *Espejo de Paciencia*. Edición, introducción y notas de Ángel Aparicio Laurencio. Ediciones Universal, Miami, 1970.

Gilbert, Paul, "The idea of national literature". *Literature and the political imagination*. Ed. John Horton y Andrea T. Baumeister. London: Routledge, 1996, pp. 198-217.

González Echeverría, Roberto. "Reflexiones sobre Espejo de Paciencia de Silvestre de Balboa". *La prole de Celestina*. Madrid: Editorial Colibrí, 1999.

García del Pino, César y Alicia Melis Cappa. "Real cédula designando a Silvestre de Balboa escribano público y de cabildo de Puerto Príncipe". *Documentos para la Historia Colonial de Cuba*. La Habana: Editorial Ciencias Sociales,1993, pp.136-137.

Guerra y Sánchez, Ramiro. *Historia elemental de Cuba (Escuelas primarias superiores, preparatorias y normales)*. La Habana: Librería Cervantes, 1922.

_____. *Manual de Historia de Cuba*. La Habana: Cultural, S.A., 1938.

Hobsbawn, Eric. "Inventing Traditions". *The Invention of Tradition*. Editado por Eric Hobsbawn y Terence Ranger. Cambridge: Cambridge University Press, 1983.

Marrero y Artiles, Leví. *Cuba: Economía y Sociedad*, T- IV. Madrid, Editorial Playor, S.A., 1976.

_____. *Cuba: Economía y Sociedad*, T- V. Madrid, Editorial Playor, S.A., 1977.

Moraña, Mabel. *Literatura y cultura popular en Hispanoamérica*. Minneapolis: Institute for the Study of Ideologies and Literatures, 1984.

Remos y Rubio, Juan J. *Historia de la Literatura Cubana*. T-I. Miami: Mnemosyne Publishing Co., 1969 (Reimpresión de edición de 1945).

Rivero Casteleiro, Delia y otros. *Literatura Cubana. Noveno grado*. La Habana: Editorial de Libros para la Educación, 1980.

Sorhegui, Arturo y Alejandro de la Fuente. "El surgimiento de la sociedad criolla de Cuba (1553- 1608)". *Historia de Cuba. La Colonia*. María del Carmen Barcia y otros. La Habana: Editora Política. 1994, pp. 107-135.

Soy del Pozo, Juan Pedro, Teresita Aguilera y José de la Tejera. *Relatos de Historia de Cuba. Cuarto Grado*. La Habana: Editorial Pueblo y Educación, 1978.

LA OSCURA
CABEZA NEGADORA

Violencias de la Geografía

"Virgilio Piñera" es, entre otras cosas, la respuesta a una pregunta tan poco relevante como: "¿Quién es el escritor más influyente en la literatura cubana en la actualidad?". "¿Virgilio qué…?", preguntará cualquiera, confirmando la vieja sospecha de que Piñera, pese a su unánime prestigio entre los escritores cubanos, es un perfecto desconocido en casi cualquier otra parte del mundo.

Quien intente explicar esta paradoja atribuyéndola al exceso de color local en la obra de Piñera es porque no lo ha leído. En cambio, si procediéramos a la inversa, esto es, si inferimos que es justamente esa falta de color local lo que ahuyenta al lector extranjero, ávido de exotismos, y atrae a los escritores y lectores nacionales que ven los localismos como pura redundancia, quizás estaríamos más cerca de la respuesta. Podría hacerse, no obstante, una objeción difícil de eludir. ¿Acaso los lectores cubanos no pueden encontrar mejores muestras de desapego por el repertorio turístico nacional en cualquier escritor extranjero (contando con el valor añadido de que tal desapego sería mucho más auténtico)?

Los apologistas de Piñera han agotado el expediente de recordarnos que estrenó obras de teatro del absurdo antes que Ionesco, o que escribía cuentos muy cercanos en espíritu a los de Kafka cuando este era desconocido en español. Aunque no es difícil de entender la escasa repercusión de la primacía estrictamente cronológica del cubano, sí resulta algo oscuro el hecho de que Piñera no sea hoy mera reliquia nacional, sino la referencia más importante para las últimas generaciones de escritores cubanos. No haber sido incluido durante décadas en los programas generales de enseñanza de literatura, ni contar con concursos que lleven su nombre, o con instituciones que se dediquen a conservar su memoria son quizás requisitos que justifiquen el interés que despierta, pero son insuficientes para explicarlo. Podría buscarse una respuesta que concilie el prestigio interno y la ignorancia externa, la marginación oficial y el culto extraoficial. La mía es que Virgilio Piñera ha sido el más consistente productor de un discurso diferente de lo nacional. Un discurso donde los iconos con los que se ha construido lo cubano ceden paso a construcciones menos rígidas pero, por la misma razón, mucho más complejas y representativas.

Jorge Luis Borges, en su conferencia "El escritor argentino y la tradición", nos recuerda que las poesías nacionales y todos los signos de identidad que recogen son tan artificiales como cualquier otra construcción literaria. De ahí que "lo verdaderamente nativo suele y puede prescindir del color local". En este principio se fundamentaba la defensa que hacía Borges del derecho de cualquier escritor argentino y, por extensión, americano, de servirse de toda la tradición occidental para escribir una literatura que, incluso sin pretenderlo, será fatalmente nacional. Frente a esta defensa, la acusación de "tantalismo" que hacía Virgilio Piñera a los escritores argentinos contemporáneos y en especial a Borges en su "Nota sobre la literatura argentina de hoy" podría parecer, cuando menos, provinciana.

Aunque en sus respectivos ensayos tanto Borges como Piñera dan cuenta de una preocupación idéntica, no sería honesto disimular sus diferencias. El "tantalismo", según Piñera, consiste en el rechazo por parte de los escritores de un mundo "que les parece contradictoriamente pobre" y el reemplazo de este por "la búsqueda de una fórmula formal [sic] del mundo más que por la búsqueda de una forma en sí". De ahí que, según Piñera, a escritores como Borges el "verdadero mundo de la realidad" (*Virgilio* 113) se les escape. Todo esto parecería una vuelta al trasnochado debate entre literatura fantástica y literatura realista con Piñera como campeón de la segunda. En cambio, toda la obra de Piñera exhibe la tensa relación que el autor sostuvo con "el verdadero mundo de la realidad". Tensa, según Piñera, desde el propio instante en que viene al mundo:

> Juzgo ocioso declarar el año de mi nacimiento. Se cita el año de la llegada al mundo cuando se pertenece a un país donde, en el momento en que se nace, algo ocurre –ya sea en el campo de lo militar, de lo económico, de lo cultural… En tal caso la fecha tendría sentido. Verbigracia: "Cuando nací mi patria invadía el Estado tal o era invadida por el Estado más cual; cuando vine al mundo las teorías económicas de mi compatriota X daban la pauta a muchas otras naciones; cuando vine al mundo nuestra literatura dejaba sentir su influencia". Pero no, ¡qué curioso! cuando en 1912 (ya ven, pongo la fecha para que no queden con la curiosidad) yo vine al mundo nada de esto ocurría en Cuba. Acabábamos, como quien dice, de salir del

estado de colonia e iniciábamos ese triste recorrido del país condenado a ser el enanito irrisorio en el valle de los gigantes... Nosotros nada teníamos que ver con las cien tremendas realidades del momento. (*La vida* 22)

De este modo inicia Virgilio Piñera sus apuntes autobiográficos: exhibiendo la tensión entre su cronología personal y la cronología oficial del país. Le basta ese gesto a Piñera para anular la historia nacional como escenario indigno de su nacimiento. El provincianismo que él recalca le da a su triple condición de pobre, homosexual y artista, un peso trágico que pasará a desinflar a continuación, pues la tragedia a secas se le hace extraña a Piñera. No sorprende el entusiasmo con que acoge sus "fatalidades". De los papeles a su disposición escoge uno y se apresta a desempeñarlo. Para ello se ubica lejos de lo que en ese momento se considera el "espíritu nacional" y, por tanto, ajeno a lo que Occidente espera de él como escritor latinoamericano.

Los defensores de este adelantado en tierra de nadie, conscientes de que una vez negada la gloria universal, la provinciana gloria local exigirá pruebas de convicción para permitirle la entrada, han intentado librarlo de las sospechas de extranjería. Antón Arrufat, uno de sus más notorios defensores, nos explica que: "Con regularidad empleaba al hablar ciertos vocablos en francés. Algunos lo han acusado de afrancesado, apoyando la acusación en estas palabras, y en determinadas estructuras oracionales de su estilo". Luego de explicar por largo rato las relaciones de Piñera con la cultura francesa y en especial con Baudelaire, Arrufat concluye:

Baudelaire desciende del romanticismo europeo (…) y Piñera del modernismo latinoamericano (…). A los dos los define además otra limitación: si Baudelaire desciende del romanticismo europeo, es un poeta francés. Si Piñera desciende del modernismo latinoamericano, es un poeta cubano. Todo cuanto sabía y le interesaba en la vida, estaba situado —definitivamente— a partir de su cubanía esencial. Podría decir, si el verbo no estuviera tan viciado de superficialidad y esquemas impuestos, podría decir que él 'cubanizaba' cuanto tocaba. (Arrufat 21-23)

Arrufat, perdida la esperanza de que Piñera acceda al canon internacional, ha comprendido cuál es el único modo de negociar la entrada de su amigo y maestro en la gloria nacional: subrayando su "cubanidad esencial"[1]. No es mi caso. No pretendo negociar la cubanidad esencial de nadie. Apenas intento demostrar cómo se manifiesta en la obra de Virgilio Piñera su revolucionaria articulación de lo cubano con la tradición occidental. Cómo, en vez de subordinar lo cubano a la tradición occidental, usa esta última como instrumento de sus búsquedas particulares. Sería fácil apelar a *Electra Garrigó*, obra que adapta la tragedia griega para iluminar el drama soterrado de la vida familiar cubana. Pero prefiero dos textos (el poema "La isla en peso" y el relato "El álbum") donde, a mi entender, la propuesta piñeriana se expresa en toda su radicalidad.

Desde el mismo comienzo de "La isla en peso" Piñera declara que el peso de las circunstancias nacionales

---

1 El argentino José Bianco intentó "salvar" la condición cubana y latinoamericana de Piñera atribuyéndole un barroquismo que su obra difícilmente justifica. Cierto que Bianco aclara que "su barroquismo no viene de su estilo, simple, despojado (…) ni del ambiente que ese estilo refleja, sino de la acción misma de sus cuentos…". Bianco, José. "Piñera, narrador". *El que vino a salvarme*. Buenos Aires: Editorial Sudamericana, 1970.

será el mayor reto tanto para su escritura como para su equilibrio vital: "si no pensara que el agua me rodea como un cáncer/ hubiera podido dormir a pierna suelta". Pero lejos de esquivar el desasosiego que le suponen tales circunstancias hará de ellas la materia fundamental de su escritura. Esa "nada por defecto", esa fatalidad de lo leve, de lo provinciano, de lo marginal, será a un tiempo su mayor obstáculo y estímulo literario. (Aquí convendría hacer un aparte para poder situar a Piñera en su contingencia literaria. Recordemos que Piñera muy pronto se situó en las antípodas de la búsqueda de indecisos orígenes y de presagiadas posibilidades que proponía el grupo que encabezaba Lezama. "La negra cabeza negadora" de Piñera optó desde siempre por lo que llamó "terribles realidades". Prefirió la recuperación conflictiva de toda la levedad que lo rodeaba a la gravedad con que sus compañeros de grupo definían lo cubano como "el interminable aplazamiento de su propio ser" y perseguían "la integración de todas las cosas verdaderamente nutritivas", con las exclusiones que esta actitud suponía.

Piñera reconoce que padeció de la misma aspiración a la pureza que el resto de Orígenes. "[E]n otro tiempo yo vivía adánicamente", confiesa en su poema, para enseguida preguntarse "¿Qué trajo la metamorfosis?". Piñera juega incluso con la posibilidad de renunciar a la "maldita circunstancia": "Si tú pudieras formar de nuevo aquellas combinaciones,/ devolviéndome el país sin el agua/ me la bebería toda para escupir al cielo". "Pero", siempre hay un "pero" en Piñera: "Pero he visto la música detenida en las caderas,/ he visto a las negras bailando con vasos de ron en sus cabezas". Piñera decide al fin entregarse a las circunstancias, pero reservándose la libertad de alterarlas poéticamente. Explora las posibilidades que le ofrece su doble marginalidad: la del poeta que renuncia a la búsqueda de una "imagen posible" sumergiéndose en sus circunstancias, y la marginalidad que comporta la inmersión en un mundo que siente ajeno y que en un inicio rechaza. Esta doble marginalidad le permite que su entrega no sea ciega ni total sino que vaya acompañada de una exigente lucidez. Le permite exclamar: "¡Pueblo mío, tan joven, no sabes ordenar!/ ¡Pueblo mío, divinamente retórico, no sabes relatar!/ Como la luz o la infancia aún no tienes rostro".

Tanto la crítica como el elogio al "pueblo mío" son ambiguos. Las carencias de las que lo acusa podrían entenderse como virtudes. La "espantosa confusión" puede ser preferible a las "máscaras de la civilización". La marginalidad respecto a los modelos europeos puede ser una bendición, una forma de lucidez, aunque no confíe en poder conservarla:

Afortunadamente desconocemos la voluptuosidad y la caricia francesa,

Desconocemos el perfecto gozador y la mujer pulpo,

Desconocemos los espejos estratégicos

No sabemos llevar la sífilis con la reposada elegancia de un cisne,

Desconocemos que muy pronto vamos a practicar estas mortales elegancias.

(*La vida* 41)

Por otra parte, en "La isla en peso" Piñera reúne buena parte del catálogo que alimenta la pedagogía de lo nacional cubano: el ron, las frutas e instrumentos musicales típicos, los "negros fálicos", las negras, los ñáñigos, la "virgen bárbara", la fatídica condición insular. Con este catálogo de la cubanidad turística Piñera fija las referencias nacionales del poema sin perder oportunidad de contrariarlas. Lo hace ya sea desmontando los estereotipos (como cuando llama al cubano "pueblo tan triste"), o reduciendo los emblemas de lo nacional a su expresión más sobria y neutra:

> Me detengo en ciertas palabras tradicionales:
> El aguacero, la siesta, el cañaveral, el tabaco,
> Con simple ademán, apenas si onomatopéyicamente,
> Titánicamente paso por encima de su música,
> Y digo: el agua, el mediodía, el azúcar, el humo (30)

Pero para que la reconstitución de lo nacional complete su ciclo faltará crear un nuevo juego de posibilidades que dé paso a una dinámica distinta y a la vez familiar.

> Yo combino:
> El aguacero pega en el lomo de los caballos
> La siesta atada a la cola de un caballo
> El cañaveral devorando a los caballos
> Los caballos perdiéndose sigilosamente
> en la tenebrosa emanación del tabaco (31)

La preocupación de Piñera por arrancar las "máscaras de la civilización", por escapar al "tantalismo", no disminuye su preocupación por otras máscaras, las de lo exótico, tan eficaces en cerrar el camino hacia el "verdadero mundo de la realidad". Por otro lado, si intentamos leer los relatos de sus *Cuentos fríos* como textos cubanos, Piñera no nos deja muchos resquicios para asirnos. Allí no hay frutas, música, paisajes tropicales ni ningún otro símbolo de la heráldica nacional. En *Cuentos fríos* Piñera ofrece una neutralidad casi europea (valga la paradoja, pues en América Latina parece imposible adoptar cierta sobriedad figurativa sin ser tildado de europeizante)[2]. Sin embargo, un relato como "El álbum" pese a la "kafkiana" situación que narra, a la asepsia en las descripciones y a la selección de un léxico neutro, resulta irremediablemente cubano. Pero ¿dónde podríamos fijar lo cubano? Y sobre todo, ¿qué importancia tendría hacerlo?

Un documental dirigido por el actor cubano-americano Andy García sobre la vida y la música de Cachao López, importantísimo compositor y músico popular cubano, nos puede dar una pista. Allí se recoge el siguiente diálogo entre García y el músico:

AG: ¿Y Yeyito?

C: Yeyito ya murió... la historia de Yeyito es triste porque... Resulta que el hijo se fue primero.

AG: Masa Limpia. Así le decían...

2 Europa ocupa un lugar incómodo en el imaginario de nuestro escritor. Amenaza, con su orden racional, el orden natural de la isla, pero eso no le impide ser ejemplo, pongamos por caso, de cómo tratar la sexualidad de un escritor: "Si los franceses escriben sobre Guide tomando como punto de partida la homosexualidad de este escritor, si los ingleses hacen lo mismo con Wilde, yo no veo por qué los cubanos no podamos hablar de Ballagas en tanto homosexual. ¿Es que los franceses y los ingleses tienen la exclusiva de tal tema? No, por cierto, no hay temas exclusivos ni ellos lo pretenderían, sino que los franceses e ingleses nunca estarán dispuestos a hacer de sus escritores ese lechero de la Inmortalidad que tanto seduce a nuestros críticos". Piñera, Virgilio, "Ballagas en persona". *Virgilio Piñera al borde de la ficción. Compilación de textos. Tomo I* [Carlos Aníbal y Pablo Argüelles Acosta, compiladores]. La Habana: Editorial UH y Editorial Letras Cubanas, 2015, p. 204.

C: (Imitando a Masa Limpia) "¡Masa limpia y de primera…!" Ése era él… entonces el hijo… resulta que… tú sabes como son los músicos… no todos … tienen un hijo por aquí, otro por allá…

Paquito D'Rivera: ¿Por qué no cuentas lo tuyo?

C: No, qué va, yo no puedo hablar, la jefa [la esposa] está mirando…

AG: Todos los músicos no son así. Él es un músico serio, una excepción. Él no hace esas locuras de ponerse un vestido y bailar el can-can.

Esposa de Cachao: No, yo me voy pa' en casa de mi mamá. (Corte) (García)

Así, sin más explicación, concluye la escena, y nunca conoceremos la triste historia de Yeyito y su hijo Masa Limpia. Lo que quiero resaltar no es que tal conversación sin rumbo ni sentido se produzca, ni pretendo que sea el arquetipo de las conversaciones cubanas. Me interesa la naturalidad con que transcurre, naturalidad que le permitió ser incluida en el documental sin que nadie echara en falta su carencia de sentido. Es esta una evidencia "al natural" del amoroso reproche que Virgilio Piñera echa en cara a su pueblo en "La isla en peso". Pero no es la única razón por la que cito el diálogo anterior. "El álbum" incluye tres conversaciones regidas por la misma dinámica que seguramente cualquiera achacaría a la influencia de Kafka, pero contrastadas con el ejemplo anterior es puro hiperrealismo: una del narrador con el portero; otra con la huésped Minerva y la última con una mujer paralizada a la que llaman "la mujer de piedra". "¿[Q]ué interés real puede tener la exposición de un álbum de fotografías?" le pregunta el narrador al portero de la casa de huéspedes, a lo que este responde "¿Se ha fijado usted […] en la belleza de esos vidrios? Son de la época colonial". (*Cuentos* 67)

Estas "conversaciones", unidas al asunto central del relato —la propia exhibición del álbum— contienen elementos que encajan perfectamente con un especial discurso pedagógico de larga tradición en Cuba que criticaba modos de comportamiento cubano que debían erradicarse. La regeneración cubana, tema con una fuerte carga teleológica, pasaba, de acuerdo a sus proponentes, por cambios sustantivos en el carácter del cubano[3]. Piñera, sobre todo en sus ensayos, reproduciría observaciones de este tipo; por ejemplo, en su análisis de la poesía cubana del siglo XIX, a la que achaca como principales defectos la falta de autonomía estética, de concentración poética y de un plan poético. Sin embargo, lo que pudiera tomarse como una simple crítica sociológica, se convierte en "El álbum" en el relato de un pacto. O más bien de la paulatina aceptación del narrador de las bases del juego social en un ámbito concreto.

La ridiculez o la falta de sentido de ese juego es lo de menos. Más sustancial es la aparición de unas bases de convivencia alineadas hacia un objetivo común del que no todos están conscientes —como es el caso del propio narrador— en un espacio también común: la casa de huéspedes. No pretendo convertir la casa de huéspedes en alegoría del espacio nacional. Sí me interesa ver

3 Muestras centrales de este discurso son algunos de los escritos de Félix Varela en la segunda década del XIX, continuando con la *Memoria sobre la vagancia en Cuba* de José Antonio Saco en la década siguiente, y con los de Francisco Figueras (*Cuba y su evolución colonial*), Fernando Ortiz (*Entre cubanos*) y Jorge Mañach (*Indagación del choteo*) en el primer tercio del siglo XX.

cómo el texto alude a lo concreto nacional recreando, en lugar de ciertas marcas "exóticas" de lo nacional, un modo específico de socialidad. Si entendemos la ideología no como conjunto rígido y coherente de ideas políticas, sino como modo en que una comunidad interactúa y se da sentido a sí misma, entonces podemos decir que en "El álbum" Piñera esboza una ideología de lo nacional. Al neutralizar el color local de la circunstancia que describe, Piñera reclama la inserción de lo concreto en lo universal sin por ello renunciar a su carácter específico.

En el caso de "El álbum", quien se verá atrapado por esta socialidad específica es el narrador. No sabemos nada de él excepto que es un recién llegado con un objetivo concreto: comenzar ese día a trabajar como lector de un ciego rico. Estos detalles bastan para que el narrador se constituya en el sujeto fronterizo (ajeno a la dinámica de la casa de huéspedes y al proyecto colectivo de la contemplación del álbum) que según Homi Bhabha hace visible, en su proceso de integración a la comunidad, la ambivalencia narrativa de tiempos y significados divergentes (Bhabha 297). Este sujeto, es y no es marginal: pertenece de modo teórico a la comunidad en virtud de su condición nacional, pero carece de lazos concretos con esta, de modo que está en condiciones idóneas para expresar su perplejidad ante un mundo que le es familiar y ajeno al mismo tiempo. Justamente, el vehículo que desencadena la inmersión del narrador en un proyecto que le es ajeno y absurdo, frustrando sus propios proyectos, es la repentina familiaridad con que sucesivamente lo abordan seres hasta entonces desconocidos para él, familiaridad de la que pronto se sentirá contagiado. Esa familiaridad repentina, aunque parezca un recurso kafkiano similar a la irrupción de los dos desconocidos en el apartamento de Joseph K. en *El proceso*, había sido ya definitivamente fijada en un texto clásico de la pedagogía de lo cubano. Nos referimos a la *Indagación del choteo* de Jorge Mañach:

> A mí no hay nada que me desasosiegue más que entrar en un despacho donde todo está en orden; en cambio, allí donde las cosas andan manga por hombro, experimento siempre un sentimiento de familiaridad. Este deseo de familiaridad con las cosas es algo a lo que el cubano es sobremanera adicto. Ya veremos que una de las causas determinantes del choteo es la tendencia niveladora que nos caracteriza a los cubanos, eso que llamamos "parejería" y que nos incita a decirle "viejo" y "chico" al hombre más encumbrado o venerable. (Mañach 33)

Lo que llamaría Althusser "mecanismo de interpelación", cuya función es precisamente convertir a los individuos en sujetos, cobra la forma de una familiaridad constitutiva de lo nacional. La complicidad sobreviene en instantes, mostrando lo frágil de la distinción entre lo público y lo privado. Lo familiar no alude a lazos sanguíneos, sino a vínculos vagamente afectivos. Una vez que lo ajeno se vuelve cercano, el proceso de conversión de lo privado en público se hace indetenible: en el relato de Piñera mostrar un álbum de fotos y defecar se hacen actos igualmente públicos y simultáneos. Lo familiar, como se trasluce en la cita de Mañach, se opone al orden de jerarquías entre lo respetable y lo que no lo es y entre lo público y lo privado. Frente a esto, el narrador de "El álbum" intenta defender aquello que amenaza con disolver lo poco que sabemos de él (su condición de desconocido, su empleo), pero en cuanto trata de establecer una racionalidad, fracasa. El único recurso que le queda será su integración en la dinámica que en un principio trataba de esquivar.

La exhibición del álbum, comentada por nuestro narrador, es el momento culminante del contrato social que ha tenido lugar en la casa de huéspedes. En virtud de evitar la suspensión del espectáculo, dentro de la casa de huéspedes todo se autorregula, se evitan las discusiones por los puestos en torno al álbum, la especulación del portero con los puestos para presenciar el espectáculo no es denunciada. Por encima de las diferencias sociales (y el narrador nos las hace notar todo el tiempo), todos cooperan para que la exhibición del álbum siga adelante. No importa lo ridículo del hecho en sí: al concluir su relato, el narrador está convencido de su magnificencia: "Aquello sí constituía un espectáculo magnífico y no esas insípidas sesiones de cine con su insoportable cámara oscura y sus inevitables masturbaciones". Su seducción es tal que el narrador debe esperar que la dama abandone el escenario con su esposo y su álbum para comprender que "la sesión había terminado" (*Cuentos* 80-81).

En este universo en que todos hacen lo indecible porque la exhibición del álbum marche bien ¿no existen tensiones? Existen, por supuesto. De estas tensiones conviene destacar la existente entre el discurso central, la propia exhibición del álbum, y el discurso marginal que intenta desarrollar la mulata Minerva. Minerva es la única que no parece interesada en el álbum, la única que se resiste al discurso totalizador que este supone. Cuando se la interroga sobre el álbum, su respuesta hace ver un resentimiento mal oculto. Mientras el espectáculo del álbum tiene toda una maquinaria de legitimación detrás, Minerva apenas cuenta con su ímpetu y con su propio hijo para inmovilizar a los oyentes y hacer que escuchen su historia que está ya fijada alrededor de ciertos puntos a los que ella concede la mayor importancia. Su discurso no es menos legítimo, pero mientras ella apenas puede transmitírselo a quien consiga atrapar, el discurso de la dueña del álbum, siendo más ajeno a la experiencia de los que asisten a su presentación, consigue que la felicidad de los oyentes sea tan absoluta que "ni la más categórica reparación social los habría satisfecho tanto como los satisfacían las explicaciones de la dama". (*Cuentos* 77)

El provincianismo, "La maldita circunstancia del agua por todas partes", el ansia ávida por "lo otro", la "nada por defecto" y, por supuesto, el ser la dueña de la casa de huéspedes, le permite a la propietaria del álbum asumir el papel central del que disfruta. Nada de lo anterior se menciona directamente, pues todo forma parte de "lo obvio" nacional y "lo obvio" es, como nos recuerda James Kavanagh, la definición más abarcadora y encubierta de lo ideológico (Kavanagh 306). Así, finalmente, lo nacional nos entrega su naturaleza ideológica. Este texto da cuenta de la ideología nacional por medio de una recreación de su lado obvio y oscuro que los discursos pedagógicos pretenden superar. De este modo en textos como "El álbum" se generan, en lugar de la tradicional crítica de costumbres, nuevos significados de lo nacional. El "yo combino" de "La isla en peso" deviene entonces, a un tiempo, declaración de principios y patente de corso creativa.

La fatalidad de ser latinoamericano (es decir, la difusa fatalidad de ser y no ser occidental) es asumida por

Piñera no solo como destino sino como tema. Su poda sistemática de las marcas pedagógicas de lo nacional al mismo tiempo cuestiona su relación con lo universal. Piñera parece decirnos que el único modo de sentir suya la tierra en que ha nacido no es imaginando para ella un telos, un paraíso, o poblando un vacío con nuevas construcciones, sino recreando ese "vacío", poniendo a prueba la realidad de ese mundo, zarandeando sus signos, dándole nueva forma, permanencia, a su absurdo cotidiano. La falta de sentido de ese mundo (y "sentido" aquí adquiere el doble significado de dirección e inteligibilidad) será para Piñera el único significado que él puede aceptar. Y en su construcción Piñera no pretenderá, como Cintio Vitier, "la integración de todas las cosas verdaderamente nutritivas", sino la tensa inclusión de todo, sea cual sea su signo. Para Piñera lo nacional no es "la fiesta innombrable" de Lezama sino más bien un infierno que no puede, no quiere, evitar. Porque como dice en un relato titulado justamente "El infierno: "¿quién renuncia a tan querida costumbre?".

(2000)

Bibliografía

Althusser, Louis, "Ideology and Ideological State Apparatuses." *Lenin and Philosophy and Other Essays*, New York y Londres: Monthly Review Press, 1971. pp. 127-186.

Arrufat, Antón, *Virgilio Piñera, entre él y yo*. La Habana: Ediciones Unión, 1994.

Bhabha, Homi K., *Nation and Narration*. New York: Routledge, 1993.

Cabrera Infante, Guillermo, *Mea Cuba*. México: Editorial Vuelta, 1993.

Díaz Quiñones, Arcadio, *Cintio Vitier: La memoria integradora*. San Juan: Editorial Sin Nombre, 1987.

García, Andy, *Cachao: como su ritmo no hay dos* (video). Miami: Cineson, 1993.

Guerra, Ramiro, *Historia elemental de Cuba*. La Habana: Editorial Cultural, SA., s/f.

Kavanagh, James H., "Ideology". *Critical Terms for Literary Studies*. Ed. F. Letricchia. Chicago: The University of Chicago Press, 1995. pp. 306- 320.

Mañach, Jorge. *Indagación del choteo*. Miami: Mnemosyne Publishing, 1969.

Parker, Andrew et al. *Nationalisms & Sexualities*. New York: Routledge, 1992.

Piñera, Virgilio. *Cuentos completos*. Madrid: Alfaguara, 1999.

_____. *El que vino a salvarme*. Buenos Aires: Editorial Sudamericana, 1970.

_____. *La vida entera*. La Habana: UNEAC, 1969.

_____. "La vida tal cual". *Unión*. No. 10, La Habana, 1990.

_____. *Virgilio Piñera al borde de la ficción*. *Compilación de textos. Tomo I* [Carlos Aníbal y Pablo Argüelles Acosta, compiladores]. La Habana: Editorial UH y Editorial Letras Cubanas, 2015.

Rivero Casteleiro, Delia et al, *Literatura Cubana*. La Habana: Ministerio de Educación, 1980

ENEMIGO CARIBE

Una isla excepcional

Muchos han hecho notar la manera en que Cintio Vitier en su ensayo *Lo cubano en la poesía* abandona su acostumbrada indulgencia para con los poetas locales y la emprende contra Virgilio Piñera, antiguo integrante del grupo Orígenes. Allí Vitier acusa a Piñera y su poema "La isla en peso" de convertir a Cuba "tan intensa y profundamente individualizada en sus misterios esenciales por generaciones de poetas, en una caótica, telúrica y atroz Antilla cualquiera, para festín de existencialistas" (*Lo cubano* 480). Fácil resultaría descalificar el argumento de Vitier como racista. Fácil pero no demasiado útil si de lo que se trata es de entender —digámoslo en términos administrativos— la política exterior del grupo Orígenes.

Me interesa ese ataque como uno de los momentos más diáfanos en la crítica literaria de lo que se ha dado en llamar "el mito de la excepcionalidad cubana". La idea de que la mayor de las Antillas era una Nación excepcional y distinta de su entorno y predestinada a cumplir un destino único en la Historia Universal tiene una larga tradición en el discurso político cubano. Un mito que enuncia la Junta Cubana de Nueva York en 1855 al declarar que una Cuba libre e independiente "presentaría muy en breve el espectáculo sorprendente de una prosperidad sin igual en los anales de la historia y de una grandeza indestructible, basada como lo estaría en el equilibrio y regulación de los más valiosos intereses del mundo moderno" (Sorel 44) y que confirma Martí en su *Manifiesto de Montecristi* en 1895, al declarar que la independencia de Cuba le prestaría un "servicio oportuno" al "equilibrio aún vacilante del mundo" (Martí 101). Tanto delirio de grandeza lo explica el ensayista Miguel Sales como "mito compensatorio destinado a paliar el sentimiento de inferioridad que produjo en las capas ilustradas de la isla el retraso en independizarse de España" (Sorel 50-51). Esa sensación de retraso, de desajuste temporal, es clave para entender la mitología que los cubanos han creado sobre su propia especificidad. De ahí que el futuro autor de *La expresión americana* confiese en el "Coloquio con Juan Ramón Jiménez" que "los cubanos nunca hemos hecho mucho caso de la tesis del hispanoamericanismo, y ello señala que no nos sentimos muy obligados con la temática continental" ("Coloquio" 172).

Aunque Miguel Sales apunta que en los años republicanos "los delirios de protagonismo universal de los cubanos" parecieron enfriarse "como si las secuelas de la guerra y la intervención extranjera hubieran sido una cura de sobriedad y modestia para los ideólogos" (Sorel 48) dicha observación no necesariamente aplica al terreno de la literatura. Como vimos ejemplarmente en la frase de Vitier, la Poesía pretendió en esos años tomar el relevo de la Historia o la Política en intentar desprender a la mayor de las Antillas de su geografía.

"Nuestra sangre, nuestra sensibilidad, nuestra historia" —prosigue Vitier en su análisis de "La isla en peso"— "nos impulsan por caminos muy distintos" (*Lo cubano* 481). Una década antes el propio Vitier había expuesto su repugnancia hacia el poema de Piñera de manera más abierta en una carta en la que le decía: "[…] lo único que sí no puedo compartir de tu poema es la descripción, en general, de una isla —¿en qué siempre lejanísimo trópico?— dónde yo nunca he vivido ni quiero vivir. Porque mi patria, la que está formándose y yo estoy formando en mi medida, nada tiene que ver con esa pestilente roca de que hablas" (*Virgilio Piñera* 55).

Orígenes: la excepción de la excepción

En su libro *Los límites del origenismo* el estudioso Duanel Díaz ha demostrado de modo sistemático cómo, desde los primeros tanteos, el grupo que fundaría la revista *Orígenes* se identifica a sí mismo tomando distancia de la poesía vanguardista, la negrista y la poesía social, tendencias que dominaron el panorama intelectual cubano desde mediados de la década del 20 hasta bien entrada la siguiente. Al contrario del vanguardismo precedente, los origenistas trataban no de "actualizar a Cuba, sino, más bien, aprovechando el hecho de encontrarse 'venturosamente al margen, en lo posible, del siniestro curso central de la Historia' buscar una cubanidad profunda, que se afirma en el rescate silencioso de las esencias fundacionales del siglo XIX, e informa de un arte que rechaza todo tipicismo mundonovista para ganar una auténtica universalidad" (Díaz 104). "La ínsula distinta en el Cosmos, o lo que es lo mismo, la ínsula indistinta en el Cosmos", lema de la revista *Espuela de Plata*, era la fórmula lezamiana para resolver la oposición entre la singularidad nacional y la universalidad a que aspiraba su cultura.

Pero en la visión origenista esa universalidad solo era alcanzable si se desvinculaba la ínsula de sus circunstancias geográficas. Nadie lo dice más claro que el crítico de arte Guy Pérez Cisneros. En un artículo del número inaugural de la primera revista que dirigiera Lezama, *Verbum*, Pérez Cisneros habla de la necesidad de la "creación de una patria no geográfica sino histórica" (67). Dicho artículo, "Presencia de 8 pintores", al decir del crítico Amauri Gutiérrez Coto, "se puede considerar un verdadero manifiesto a la usanza de las corrientes artísticas de las vanguardias europeas" (*Orígenes* 21). En su ensayo Pérez Cisneros aboga por derrocar "todo intento artístico de tendencia política", "todo arte racista, hispano-americano o afro-cubano" y "todo arte servil [...] exclusivamente turístico" ("Presencia" 66). Con este ensayo, Pérez Cisneros se enfrentaba sin demasiado disimulo a la concepción vanguardista de la cultura propugnada primero desde la *Revista de Avance* y luego desde proyectos culturales usualmente afiliados al marxismo-leninismo criollo. De ese enfrentamiento que abarcaría al menos los siguientes diez años, y cuyos momentos más visibles fueron las polémicas que entablaron Jorge Mañach y Lezama Lima, y Juan Marinello y Gastón Baquero, surgirían definiciones sucesivas del perfil y la propuesta del grupo de poetas que Lezama fue nucleando a su alrededor. En este artículo de 1937, Guy Pérez Cisneros asumirá la responsabilidad doctrinaria que Lezama solía rehuir (pero sin dudas alentaba, como también ocurrirá con los ataques de Cintio Vitier). Pérez Cisneros afirma que "toda tendencia política que no sea estrictamente nacional, está forzosamente equivocada y solo nos puede conducir a una desaparición total" y que el arte afincado en la identidad racial es "un obstáculo para la integración de nuestra nacionalidad" (66).

Para confirmarnos que se trataba de una preocupación compartida con Lezama existe un texto de 1956 que se mantuvo inédito hasta 1988 en el cual el autor de *Enemigo rumor* rememora sus relaciones con Guy Pérez Cisneros, fallecido en 1953. Allí, el escurridizo poeta habla de una generación que "había desdeñado lo popular turístico, las fáciles onomatopeyas del negrismo musical o poético", onomatopeyas a las que acusa de ser "disfraces de lo hispánico menor y del cosmopolitismo desangrado" ("Recuerdos" 28). Frente a esos intentos, que consideraba espurios, su "generación" había buscado "para lo cubano una levadura más alta" que actuaba "por saturación, por una lenta acumulación de lo occidental" (28). Y ello se debía a que querían un "arte no a la altura de la nación, indecisa, claudicante y amorfa, sino de un estado posible, constituido en meta, en valores de finalidad" (26).

No se trataba solo de que el contexto caribeño le quedara angustiosamente estrecho al doble viaje originenista, a "los orígenes traicionados de la nacionalidad y a la 'gran tradición' de la poesía" sino que ese Caribe contra el que se recortaba el proyecto de Orígenes era visto como una amenaza de disolución para su propósito, al decir de Rafael Rojas, "de construir un archivo de mitos y valores nacionales, transmitidos por medio de una expresión inteligible desde los códigos de la alta cultura occidental" (*Tumbas* 116).

Es a la sombra de esta amenaza que se perfila la imagen origenista del Caribe. Constituye en primer lugar un conjunto de islas desiertas de cultura y de Historia, espacio fragmentado y ajeno al legado europeo católico, un estorbo en el avance "hacia la coherencia y la intimidad dentro de un orbe cultural que tiene a Roma por centro" (Díaz 44), a que aspiraba Lezama. Cuba es distinta gracias a la profundidad de la huella europea: "Si [Europa] no interviniera no sería Cuba, sería una Antilla, una Antilla en el Caribe" (*Las estrategias* 223) afirma el crítico de arte Guy Pérez Cisneros como quien pronuncia una maldición. Esta maldición alcanza a la poesía de Guillén y al resto del movimiento poético afrocubano que "nos antillaniza, en el peor sentido de la palabra. Lo cubano aquí pierde su individualidad, su perfil, para sumergirnos en una especie de difuso pintoresquismo antillano, que lo falsea todo" (*Lo cubano* 419).

"Telúrico" es el concepto al que apela el núcleo duro del origenismo para encasillar estas descripciones de las Antillas. Vitier define lo telúrico como "la acepción metafísica de la tierra sin paisaje, ya que todo paisaje implica una suma y una creación espiritual" ("Virgilio" 47). Es la reproducción a un nivel bastante más sofisticado del tópico de Sarmiento sobre el enfrentamiento entre la civilización y la barbarie. De la resistencia del orden frente al "azar y la demencia". Solo que ese orden no atribuye su prestigio a haber sido importado sino a responder a una encarnación particular "del sueño más luminoso de la Historia", el de la revelación cristiana.

No es que Lezama ni Vitier rechazaran de plano el valor de la cultura afrocubana. Sobre el atribuido maniqueísmo con que se suele manejar esta polémica Odette Casamayor nos dice que no es "infranqueable el foso abierto entre los supuestos defensores de la antillanidad y sus detractores" (Casamayor 15). Más bien se resistían a que la representación del todo insular se hiciera de acuerdo con la moda europea: "el ojo europeo superpuesto al insular" (*Lo cubano* 418). "El cubismo puso de moda el negrismo en Europa" advierte Vitier para luego insistir en lo forzado de su intrusión: "Según Fernández Retamar, quienes directamente introducen el negrismo poético entre nosotros son 'el uruguayo Ildefonso Pereda Valdés [...] y el norteamericano Langston Hughes'" (*Lo cubano* 414).

Origenismo, negrismo, comunismo

El vértigo vanguardista seguido a tropezones desde los márgenes de la modernidad le parecía a los origenistas tan ajeno como la Cuba antillana de Guillén. A ese vanguardismo copiado de Europa, Lezama lo trata de "imaginación haitiana", de "terror visto a lo francés donde a través de los cristales de refracción del surrealismo, nuestros graciosos fantasmas cornudos se convierten en sudorosos campesinos muertos en las granjas de Haití" ("Recuerdos" 28). Si en el vanguardismo local los origenistas veían mero deslumbramiento ante la última moda de Occidente, la poesía afrocubana se les antojaba como una recreación de la imagen turística igualmente impuesta desde París y Nueva York. Una Cuba demasiado folklórica, desasida de esa Historia Universal en la que estos imitadores de modas ajenas querían inscribir su imagen de lo nacional.

Por su parte, los intelectuales comunistas o afines, que sí habían saludado con fervor la aparición de la poesía negrista, desarrollaban su propia versión del enfrentamiento entre lo particular y lo universal. Para ello se valían de una concepción omnipresente y omnívora de lo político como "cosa que abarca y comprende toda actividad humana y que intenta dirigir en un rumbo determinado, la vida del hombre" (*Polémica* 72). Su abierto entusiasmo por integrar la imagen de lo nacional cubano en su entorno caribeño puede verse como resignación ante la férrea geopolítica concebida en los despachos de la Tercera Internacional en Moscú. Esta subordinación, sin embargo, no obligaba a los comunistas criollos a renunciar al mito de la excepcionalidad cubana: si había que ser caribeños, Cuba sería el centro de las Antillas. La intelectual comunista Mirta Aguirre —haciendo poco caso a la evidencia cartográfica— diría en el primer editorial de *Gaceta del Caribe* de 1944. "Si se nos pidiera justificar el título, diríamos que arrancando desde lo hondo de esta isla nuestra, centro geográfico del mar de las Antillas, queremos dar el latido pleno del archipiélago dentro del ámbito continental, pero con una alerta conciencia de la universalidad" (*Tumbas* 121).

Con la conversión de la poesía negrista en social, los comunistas intentaban encajar la visión de un poeta como Guillén en esa variante del universalismo que eran los monumentales planes de la inminente Revolución Mundial. Lo negro, como resumen y símbolo de la explotación colonial o neocolonial, serviría de comodín para reforzar la influencia cultural de los comunistas cubanos en su entorno caribeño y darle un sentido supranacional. La queja que años antes le expresara el intelectual comunista Juan Marinello al liberal José Antonio Fernández de Castro puede verse bajo esta luz:

Me dolí entonces, como me duelo ahora, de que se haga poesía negra de corto vuelo pudiendo hacerse cosa distinta. En mil casos se ha cazado cabalmente el ritmo afrocriollo —espléndido ritmo—, lo que no está mal si no muy bien, pero mucho mejor estaría que nuestros grandes poetas —Guillén, Ballagas— nos dieran por ese ritmo, al hombre negro, como tal hombre, no como espectáculo y menos como ocasión pintoresca. No es que yo repudie lo hecho, es que siento y veo fuerzas para mucho más. Máxime cuando Nicolás Guillén nos ha dejado ya [...] muestras de su potencia, de todo lo que puede hacer cuando afinca su voz en lo firme y hondo del hombre negro de América. Y cuando Regino Pedroso nos ha anunciado en su "Canción de amor bajo los astros" a lo que podrá llegar su poderoso talento lírico *como siga por la buena senda*, como insista en decirnos el dolor y la esperanza del negro en su opresión cruelísima. [...] Yo creo, José Antonio, que si la temperatura racial queda para calentar tipicismos gratos, pero excluyentes, estamos limitando, y quizá si traicionando, la gran posibilidad, la gran realidad que es lo negro como traducción humana. (Marinello 539-540)

De ese pastoreo de la poesía negrista hasta los predios del universalismo según Stalin, dan testimonio los títulos que siguieron a *Sóngoro Cosongo* de 1931: *West Indies, Ltd.* (1934) y *Cantos para soldados y sones para turistas* (1937) o aquellos versos suyos que ya no es de buen gusto repetir: "Stalin, Capitán,/ a quien Changó proteja y a quien resguarde Ochún./ A tu lado, cantando, los hombres libres van:/ el chino, que respira con pulmón de volcán,/ el negro, de ojos blancos y barbas de betún,/ el blanco, de ojos verdes y barbas de azafrán" (Guillén 226).

Pero si la ideología de los intelectuales comunistas los distanciaba del catolicismo ético y estético de Orígenes los acercaba una parecida confianza en la excepcionalidad cubana. En unos y otros encontramos la misma resistencia a la imagen y destino turístico de la isla, a ese folklorismo que los apartaba de cualquier Historia Universal enterrándolos en el tiempo sin Historia del exotismo. Para Lezama, que definía a Orígenes como "un estado organizado frente al tiempo" (*Imagen* 173) el anacronismo era el arma con que resistiría los tiempos que acosaban a la isla: el de la modernidad funcional y sin sustancia de la República; el tiempo histórico de la épica independentista; el de las revoluciones sucesivas que decían seguir husos horarios universales o locales; el tiempo frenético de las vanguardias europeas que anunciaban la disolución de un esplendor que la isla nunca había conocido; y el tiempo detenido de los trópicos. Para el comunista Marinello todo era más sencillo: en su diccionario particular en lugar de "anacronía" aparece "reacción" y en su polémica con Baquero afirma que el grupo de poetas al que pertenece "repudia lo nuevo tanto como añora lo viejo". Y que para "sus compañeros de capilla reaccionaria" del grupo Orígenes "la Revolución Francesa fue un crimen y la Inquisición un regalo de los dioses" (*Polémica* 78).

El tiempo pesado de una isla

Rafael Rojas, por su parte, argumenta que a Orígenes lo dominaba un impulso nihilista. Los origenistas, según Rojas, "sustituyeron la ucranía por la utopía, la frustración por el vacío y la decadencia por la nada" y comprendieron que "solo a través de una mirada nihilista podían 'penetrar el ser' nacional y trocarlo en imagen histórica" (*Motivos* 283-284). Independientemente de lo esencial que podría ser para el proyecto origenista, ese nihilismo fue puesto a prueba durante la oscura revuelta que significó la aparición de *La isla en peso*. Y lo cierto es que el origenismo fue incapaz de reaccionar ante ese reto con justicia. O con mediana claridad y calma. La nada origenista en la que "palpita siempre una significación divina" ("Virgilio" 48) según Vitier, no supo qué hacer frente al vacío o la nada por defecto que anunciaba el Virgilio cubano. A ese tiempo mítico que Orígenes intentó poblar con imágenes, Piñera le opuso "el horroroso paseo circular" compuesto por "los cuatro momentos en que se abre el cáncer: madrugada, mediodía, crepúsculo y noche" (*La isla* 38-39). Frente al tiempo lineal y ascendente que va de la nada a la esperanza, Piñera extiende el sinsentido del círculo. Una circularidad donde, según Jesús Jambrina, se funden "dos dimensiones distintas o temporalidades de un mismo recorrido: una cotidiana y otra histórica" (78).

Injusto fue acusar al poema de estar poseído "por la vieja mirada del autoexotismo". De hecho, Piñera obedece el llamado de Lezama de "convertir el majá en sierpe, o por lo menos, en serpiente", o sea, de traducir la sustancia local a una lengua universal deteniéndose en

> ciertas palabras tradicionales: el aguacero, la siesta, el cañaveral, el tabaco
>
> con simple ademán, apenas si onomatopéyicamente,
>
> titánicamente paso por encima de su música
>
> y digo: el agua, el mediodía, el azúcar, el humo
>
> (*La isla* 36-37)

La traición de Piñera al origenismo fue más profunda. Al usar como referencia al martiniqués Aimé Césaire, para representar el peso y el tiempo de la isla Piñera anula el tiempo y el peso cubanos: renuncia a la excepcionalidad nacional. Ya en carta citada anteriormente, Vitier le enrostra a Piñera ocuparse de "esos elementos sociales y sociológicos, constitutivamente intrascendibles" y se pregunta, retóricamente "¿a qué gastar fuerzas contra lo que no tiene fuerza alguna, desluciendo el gran impulso de expresión en trofeos estériles?" (*Virgilio Piñera* 56).

El diálogo que nadie escuchó

En su primera crítica pública a *La isla en peso* —en el número de primavera de Orígenes de 1945— Vitier es más bien discreto. No alude a la influencia más directa del poema (como sí lo hace en *Lo cubano en la poesía*). O se refiere a ella de una manera tangencial, entre generosa y cauta. Como si temiese caer en alguna trampa: "Sería totalmente ocioso ejercer frente a este libro el oficio, siempre triste, del cazador de influencias. Las influencias aquí son tan visibles, y en cierto modo ingenuo tan agresivas, que no parece sensato atribuir al autor el ánimo de ocultarlas" ("Virgilio" 47). Tampoco allí lo acusa de antillanizar a Cuba. Apenas de describir una "Tierra sin telos, sin participación. Alma telúrica, en cuyo ámbito solo puede prosperar una actitud, aquélla que, llevada por el orgullo a calidad monstruosa, encarna la negación de todo sentimiento y diálogo cordial: la ironía" (49). Y con telúrico, como ya mencioné, se refiere a la "acepción metafísica de la tierra sin paisaje, ya que todo paisaje implica una suma y creación espiritual" (47).

Esa crítica vendría precedida por la de otro poeta del grupo, Gastón Baquero, quien habla del poema como compuesto con "versos inteligentes, audaces" pero "en desconexión absoluta con el tono cubano de expresión" y que es "una antillana y martiniquería que no nos expresa, no nos pertenece" (*Polémica* 52). Pero, aun así, no llega a identificar la referencia más evidente, el *Retorno al país natal* de Aimé Césaire. (En otra parte de la misma reseña menciona la edición cubana del poema de Césaire, traducido por Lydia Cabrera, y lo define como "uno de los puertos indispensables de parada y admiración" (Baquero 56)). No es hasta *Lo cubano en la poesía*, libro que contiene la más severa de las admoniciones públicas de Vitier al poema de Piñera, donde el crítico origenista identifica la influencia de Césaire y advierte que "de ningún modo y en ningún sentido debe correspondernos". Se acusa a *La isla en peso* de imitar un modelo ajeno, disolvente, empobrecedor. En otra de las críticas iniciales, la de la comunista Mirta Aguirre, se intenta defender a Piñera en este punto: "Ciertamente hay puntos de contacto, sobre todo en lo que respecta al andamiaje arquitectónico, entre esta obra de Piñera y la de Aimé Césaire. Sin embargo —no [debe] olvidarse de que el plagio es algo muy distinto" (Aguirre 30).

Lo que ningún crítico parece advertir es que, más que imitar, lo que hace Piñera es responder al poema de Césaire. Ciertamente el "andamiaje arquitectónico" de ambos poemas tiene varios puntos en común. Y el repertorio de imágenes que emplean, desde el mismo principio, es de un parecido que va mucho más allá de cualquier coincidencia. Donde Césaire declama:

> Al morir el alba, de frágiles ensenadas retoñando, las
> Antillas hambrientas, las Antillas perladas de virue-
> las, las Antillas dinamitadas de alcohol, varadas en el
> fango de esta bahía, siniestramente fracasadas en el
> polvo de esta ciudad (Césaire 3)

Piñera parafrasea: "Cuando a la madrugada la pordio-
sera resbala en el agua/ en el preciso momento en que
se lava uno de sus pezones,/ me acostumbro al hedor
del puerto" (*La isla* 33).

Vitier, ya lo dijimos, ante la desfachatez del parecido
procede con cautela. No es la imitación lo que parece
molestarle, sino que aplique los hallazgos poéticos
del martiniqueño a la descripción de la isla que "nos
pertenece". Que Piñera demuestre, poesía mediante,
que tal asociación era posible. (Se percibe, en el fondo,
como si Baquero y Vitier resintieran que Piñera hiciera
libre uso de ese formidable artefacto poético, esa máquina de producir versos "deliberadamente llamativos
y escabrosos" (*Polémica* 52) engendrada por Césaire,
para describir a Cuba. Como si Piñera hiciera trampa,
rompiese las reglas del juego poético que los origenistas iban construyendo con delicada orfebrería. En la
carta ya mencionada de noviembre de 1943, Vitier le
recuerda a Piñera "cuán profundamente me impresionó
tu poema en tu lectura" pero "mi lectura con los ojos
[…] me ha cambiado tu poema" (*Virgilio* 53). Como
si necesitara del segundo aire de la lectura a solas para
recomponerse ante lo que el deslumbramiento inicial
había representado para su alma de poeta temeroso de
Dios y de las Formas). La desfachatez en el uso del
poema del martiniqués indica el deseo de Piñera de
hacer obvio el parentesco entre ambos poemas. Como
para que sus críticos lo entendieran de un modo que, a

pesar de todo, no han conseguido hacerlo: no como mera imitación sino como un diálogo entre poetas; o mejor, un diálogo entre islas a partir de su comunidad pero también de sus diferencias. Sin embargo, el rechazo de cualquier atisbo de confluencia entre las dos realidades impidió que ese diálogo fuera escuchado.

La ofuscación de los críticos origenistas ante el parecido de los poemas no les habrá permitido notar las diferencias que señalaba Piñera en su isla respecto a la de Césaire. Porque por mucho en común que tengan los poemas, los separa una radical diferencia en el tratamiento del Tiempo y de la Historia. Esa diferencia la advierte Césaire cuando señala la escasa densidad histórica de su isla. Lo reconoce al comparar en su poema a "mi isla sin cercar" y a Guadalupe "hecha de nuestra misma miseria" con "Haití, donde por primera vez se alza la negrada y dice que creía en su humanidad" (Césaire 17). O al reconocer en una entrevista que le hiciera René Depestre en La Habana: "Yo adoro la Martinica, pero es una tierra alienada, mientras que Haití representaba para mí las Antillas heroicas […] un país que tiene una historia prodigiosa" (Césaire XXVIII). Piñera, en cambio, sí reconoce en la descripción de su isla la existencia de "las eternas historias blancas, negras, amarillas, rojas, azules" que andan "en boca de todo el pueblo". Y esas historias entrañan un saber. Donde el martiniqués coloca la esperanza, el cubano antepone un escepticismo nacido de la experiencia histórica.

Pero ni Vitier, ni Baquero, ni siquiera Aguirre, parecen advertir la variación que introduce Piñera en el uso de la secuencia temporal en que transcurre su poema. Es cierto que tanto Césaire como Piñera transitan por la realidad caribeña a través de los distintos momentos del día, un modo en que el cubano parece emparentar el tiempo de una isla con el de la otra, es decir, con el eterno presente antillano. Sin embargo, hay una diferencia sustancial. Césaire ve el amanecer, la luz, como punto de llegada para la realización de sus esperanzas (aunque es necesario apuntar que la versión expandida de 1947 es, en ese sentido, mucho más optimista que la de 1939). El amanecer "de ardores y miedos ancestrales" llega para sorprender a Césaire. "¿Mas qué extraño orgullo súbitamente me ilumina? ¡Oh! luz amiga ¡oh!". El amanecer como momento de la profecía: "he aquí el fin de este amanecer, mi plegaria viril. No escucho las risas ni los gritos, fijos los ojos en esta ciudad que profetizo bella" (Césaire 39). Piñera, en cambio, descree de las ilusiones que le ofrece el amanecer. Para el cubano, el transcurso del día, o lo que es lo mismo, el tiempo histórico, es "horroroso paseo circular". De ahí que el crítico Jambrina diga que "Piñera hace visible un desajuste crónico en la manera en que el sujeto se percibe a sí mismo históricamente" (Jambrina 77). Es la manera en que Piñera le explica a Césaire que Cuba, su isla, ya había asistido a la aparición de "los macheteros" —el reverenciado ejército independentista— "introduciendo cargas de claridad" que luego "se van ensombreciendo/ hasta adquirir el tinte de un subterráneo egipcio" (*La isla* 40). Para Piñera el amanecer no es la esperanza sino "la hora terrible", "rastro luminoso de un sueño mal parido,/ un carnaval que empieza con el canto del gallo" (39). "¿Quién puede esperar clemencia en esta hora?" (40) se pregunta. Piñera anticipa al checo Kundera al alertar que el optimismo, la esperanza, es el opio del pueblo:

> Confusamente un pueblo escapa de su propia piel
>
> adormeciéndose con la claridad,

la fulminante droga que puede iniciar un sueño mortal en los bellos ojos de hombres y mujeres (40).

La luz no es necesariamente sinónimo de un porvenir promisorio: "la claridad empieza el alumbramiento más horroroso,/ la claridad empieza a parir claridad./ Son las doce del día". Piñera anuncia que todo "un pueblo puede morir de luz como morir de peste", o sea, morir de "la mortal deglución de las glorias pasadas" (41). En el diálogo que establece Piñera con Césaire al tono auroral del martiniqués el cubano responde con una nocturnidad alevosa. Donde Césaire espera un amanecer distinto que se resuelva en una "áspera fraternidad", Piñera empuja el tiempo de su isla hacia la noche que "sabe arrancar las máscaras de la civilización" (44) y no busca la redención en la Historia sino en la tierra y el deseo.

Cuando Vitier apenas observa la repetición incesante del presente en la circularidad del día, un "alucinante infierno cuya esencia consiste en ser todo superficie" puede, en cambio, descubrirse el tiempo recurrente de la historia nacional, su ciclo de esperanzas y decepciones. Se trata de representar no una "tierra sin telos, sin participación" sino el tránsito que señala Piñera desde "el rastro luminoso de un sueño mal parido" hasta la "noche antillana" […] "sin memoria, sin historia". Lo que Piñera le advierte al futuro alcalde de Fort-de-France es que al esperanzado amanecer de la Historia siempre le seguirá el resto del día. Que ese ciclo está condenado a repetirse y que no solo es maldición sino escape. *La isla en peso* es un modo —mucho más sutil del que se le ha supuesto— de representar a un mismo tiempo la sincronía y la anacronía de Cuba respecto al resto del Caribe. De admitir que pese a denominadores comunes

—la tensa confluencia étnica, el clima, la naturaleza, los goces y sufrimientos similares, y la misma sensación de vacío— falta la sincronía antillana, elemento indispensable —según Benedict Anderson— para construir una comunidad imaginada. Que más que incomunicadas por las lenguas que circulan por el Caribe, las Antillas están separadas por los diferentes tiempos en que transcurren sus historias.

El (tenso) diálogo interior

Pero ese no era el único diálogo que intentaba establecer Piñera. Incluso más importante para él era el que dirigía al interior de su isla. Un diálogo crítico, sin dudas, y que sus exégetas cubanos entendieron bastante mejor. Incluso aunque desconocieran su pertinencia para la cultura cubana. Aunque llamaran a la isla que representa Piñera, como en el caso de Baquero, "una isla de plástica extra-cubana, ajena por completo a la realidad cubana" (*Polémica* 52). Los origenistas entendieron el poema como un ataque directo contra el "intento de revolución espiritual desde lo literario" (*Orígenes* 43) que intentaban realizar al decir de Gutiérrez Coto. El grupo Orígenes, según Jesús Barquet, estaba "animado por una oscura fe en el futuro que restauraría las corroídas instancias históricas y políticas del país" (Barquet 73) Cuando Piñera exclama "¡Pueblo mío, tan joven, no sabes ordenar!/ ¡Pueblo mío, divinamente retórico, no sabes relatar!" no parece compartir la distinción que hacía Lezama entre la nación "indecisa, claudicante y amorfa" y el estado "que es toma de poder, irrupción, estreno de una generación, chispa energética que contrae la masa y la cruje" ("Recuerdos" 26). Aquel origenismo incipiente podía sentirse aludido en versos como la "nueva solemnidad de esta isla" que hace exclamar al poeta "¡País mío, tan joven, no sabes definir!". O percibir que todo su esfuerzo poético como grupo era reducido al acto absurdo e inútil de orinar hacia arriba "en sentido inverso a la gran orinada/ de Gargantúa en las torres de Notre Dame". O podían identificar a su Maestro Lezama con ese "isleño que no sabe/ lo que es un cosmos resuelto" (42).

La falta de respuesta de Lezama al poema de Piñera es engañosa. Ha dicho Jesús Barquet que "Al parecer Lezama prefirió pasar por alto una polémica que, si bien era consustancial a la estética conscientemente anti-lezamiana e iconoclasta de Piñera, no lo era así a la suya" (Barquet 368). Pero si se atiende a ciertas alusiones oscuras, el silencio no es tan completo como parece. La "imaginación haitiana" de que hablaba Lezama en el artículo dedicado a Pérez Cisneros puede aludir a la inspiración que Piñera encontró en el poeta de Martinica. Y los "sudorosos campesinos muertos en las granjas de Haití" pueden insinuar "los once mulatos fálicos" que "murieron en la orilla de la playa" del poema piñeriano.

Más allá de que el origenismo acusara las alusiones de *La isla en peso* no podía más que sentirlo como un ataque a su "concepción antropológica" de la cultura (Gutiérrez Coto dixit). A los origenistas debió ofenderles que la influencia europea en la isla se redujera en el poema de Piñera a una "cagada ilustre,/ a lo sumo, quinientos años, un suspiro en el rodar de la noche antillana,/ una excrecencia vencida por el olor de la noche antillana" (*La isla* 43). Vitier percibe en el poema de Piñera una traición. Traición a un ideal de cultura en favor de lo telúrico. La traición de presentar como superficial y prescindible algo —la herencia de Occidente— que Vitier y el resto de los origenistas asume como esencial.

Sin embargo, la "traición" de Piñera tampoco conseguía acercarlo al grupo de intelectuales comunistas que pudo haber visto en Piñera un compañero de viaje en "el camino hacia una igualación que pugna contra un sentido jerárquico tan fiero como disimulado y cambiante" (Marinello 73). Aunque no lo menciona directamente, nada parece excluir a Piñera de las "tendencias indeseables", los "grupos deshumanizados" y la "mala yerba esterilizadora" que según Marinello entraban en su clasificación de literatura reaccionaria. Porque si a *La isla en peso* no puede acusársele de defender "una realidad social en que los hombres de un color esclavizaban a los de un color distinto" o de citar "a Dios con frecuencia excesiva", entraba de lleno entre los que proclamaban "sin descanso que todo esfuerzo revolucionario ha sido baldío" (*Polémica* 78). No menos decisivo es que Piñera con su poema confrontara el mito de la excepcionalidad que los comunistas compartían con los origenistas. Los primeros, pese a las profundas diferencias con los segundos, estaban igualmente convencidos de ser continuadores de "una hermosa tradición de cultura que hace de Cuba, en más de un aspecto, señal y signo de los pueblos hispánicos de América" (*Polémica* 72). También es cierto que la excepción en este rechazo casi unánime al poema de Piñera como representación de Cuba vendría de otra intelectual comunista, Mirta Aguirre, quien reconoce en una brevísima reseña que el poema resume "el peso de una isla en el amor de un poeta que comienza a verla" (Aguirre 30).

El Caribe como espejo (paciente)

La intensidad con la que todavía se lee y debate *La isla en peso* dice mucho de lo singular de su acercamiento a la identidad nacional cubana. Al decir de Miguel Ángel De Feo "La visión optimista y mesiánica de la 'cubanidad' auspiciada por el grupo Orígenes, se re-significa y des-ontologiza en el poema como una suerte de celebración superadora y negadora de 'lo nacional' expuestas tanto por la poesía negrista de Nicolás Guillén y la insularista de José Lezama Lima" (De Feo 215). Lezama, bastante más sutil que Pérez Cisneros o Vitier, no rechaza del todo el topos de lo telúrico y lo popular aunque lo considerara disolvente de la identidad nacional. Lezama prefiere tratar el topos que intento resumir con la palabra clave "Caribe" como "enemigo".

El concepto de enemistad en Lezama no supone un rechazo elemental sino una oposición compleja. Supone "la realización de un cuerpo que se constituye en enemigo y desde allí nos mira. Pero cada paso dentro de esa enemistad provoca estela o comunicación inefable" (*La amistad* 39). Así aconsejaba a Cintio Vitier en una carta del otoño de 1944 después de preguntarse "¿Huye la poesía de las cosas? ¿Qué es eso de huir?". Tal concepción de la enemistad era compartida por Piñera, un escritor que lo mismo hacía de Pierre Menard cubano de un poeta martiniqués, que adaptaba una tragedia griega a las peripecias de una familia cubana.

La vigencia del poema piñeriano viene dada también, en no poca medida, por la fragilidad de esa lenta "acumulación de lo occidental" de que hablaba Lezama. Porque, como intuía el poema de Piñera, la matriz colonial y el violento mejunje étnico y cultural resultante es lo más duradero que dejó la presencia europea entre nosotros. Caribe o Antillas, más que espacio geográfico o cultural, se utiliza —tanto en *La isla en peso* como en sus críticas— como el topos de un vacío de sentido trascendente. Un vacío asociado a cierta meteorología, cierta botánica y cierto modo de ser. Un sitio que va más allá de la geografía antillana para aludir a su vez al propio interior de la sociedad cubana: un conjunto de expresiones rechazadas por cierta concepción de la cultura. Un topos que es a la vez un espejo que le devuelve a los cubanos una imagen tan cruda de sí mismos que no pueden reconocerse en ella. Y, como los peces peleadores, los origenistas reaccionaron ante dicha imagen tomándola por la del otro, el enemigo.

Una muestra de la independencia de dicho topos respecto a la realidad geográfica a la que alude *La isla en peso* es una carta que Piñera dirige a Lezama el 16 de julio de 1941, o sea, antes de su posible lectura del poema de Césaire y de la escritura del poema. Allí comenta: "¿No he dicho yo mismo que la geografía del poeta es ser isla rodeada por todas partes?". Y aclara que alude a las islas "no para desacreditar tus hermosas y majestuosas islas, sino como manera de no quedar anclado en ellas". (*Virgilio Piñera de vuelta....* 35). El Caribe como topos poético puede resultar —nos sugiere Piñera— profundamente liberador. Lo ayuda a liberarse —entre otras cosas— de la economía teológica que el origenismo toma de la religión católica. Después de todo "no hay que ganar el cielo para gozarlo/ dos cuerpos en el platanal valen tanto como la primera pareja" (*La isla* 44).

La noche, como final del recorrido de la rutina diaria y de la Historia, es entonces una suerte de refugio del falso paraíso que es la isla. Así Piñera se anticipaba al Nobel trinitario V.S. Naipaul quien diría en 1983:

> In the slave plantations of the Caribbean, Africans existed in two worlds. There was the world of the day; that was the White world. There was the world of the night; that was the African world, of spirits and magic and the true gods. […] To the outsider, to the slave-owner, the African night world might appear a mimic world, a child's world, a carnival. But to the African —however much, in daylight, he appeared himself to mock it— it was the true world: it turned white men to phantoms and plantation life to an illusion (Naipaul 279-280).

Y justo allí radica el vigor y la flaqueza de cualquier identidad colectiva en el Caribe: en la persistencia de los instintos creados en aquellas noches en los barracones y en su no menos persistente negación por parte de las culturas dominantes o que aspiran a serlo. Solo en esa noche —con la que termina reconciliándose Piñera en su famoso poema— cobra sentido nuestra ilusoria cercanía.

(2015)

Bibliografía

Aguirre, Mirta. "Virgilio Piñera. La isla en peso. Un poema". *Gaceta del Caribe*, Vol. 1., No. 3, mayo, 1944, p. 30.

Barquet, Jesús. *Consagración de La Habana (las peculiaridades del grupo Orígenes en el proceso cultural cubano)*. Miami: University of Miami Press, 1992.

Casamayor, Odette. "Piñera, Lam y los Origenistas: Suspenso, tragedia o comedia de enredos con fondo tropical". *Una isla llamada Virgilio*. Ed. Jesús Jambrina. Doral (FL): Stockcero, 2015, pp 13-49.

Césaire, Aimé. *Poesías*. La Habana: Casa de las Américas, 1969.

De Feo, Miguel Ángel. "La celebración del hereje: Cuba sin atributos en 'La isla en peso' de Virgilio Piñera". *Virgilio Piñera: el artificio del miedo*. (Humberto López Cruz, Editor). Madrid: Editorial Hispano Cubana, 2012, pp. 213-238.

Díaz, Duanel. *Los límites del origenismo*. Madrid: Editorial Colibrí, 2005.

Guillén, Nicolás. *Obra poética 1922-1958*. La Habana: Editorial Letras Cubanas, 1980.

Gutiérrez Coto, Amauri. *Polémica literaria entre Gastón Baquero y Juan Marinello*. Sevilla: Ediciones Espuela de Plata, 2005.

_____. *La amistad que se prueba: Cartas cruzadas, José Lezama Lima-Fina García Marruz, Medardo Vitier y Cintio Vitier* (Compilación y estudio introductorio). Santiago de Cuba: Editorial Oriente, 2010.

_____. *Orígenes y el paraíso de la eticidad*. Santiago de Cuba: Ediciones Caserón, 2011.

_____. *El grupo Orígenes de Lezama Lima, o, El infierno de la trascendencia*. Madrid: Legado Ediciones, 2012.

Jambrina, Jesús. *Virgilio Piñera: poesía, nación y diferencias*. Madrid: Editorial Verbum, 2012.

Lezama Lima, José. "Coloquio con Juan Ramón Jiménez". *Ensayos latinoamericanos*. México D.F.: Editorial Diana, 1997.

_____. *Imagen y posibilidad*. Selección y notas de Ciro Bianchi Ross. La Habana: Letras Cubanas, 1981.

_____. "Recuerdos: Guy Pérez Cisneros". *Revista de la Biblioteca Nacional José Martí*. No. 2, mayo-agosto (1988), pp. 24-37.

Marinello Vidaurreta, Juan. *Cada tiempo trae una faena: selección de correspondencia de Juan Marinello Vidaurreta, 1923-1940*. [Ana Suárez Díaz, compiladora]. La Habana: Centro de Investigación y Desarrollo de la Cultura Cubana Juan Marinello, Editorial José Martí, 2004.

Martí, José. *Obras completas. Tomo 4*. La Habana: Editorial de Ciencias Sociales, 1992.

Naipaul, V.S.. "The cocodriles of Yamoussokro". *The Writer and the World*. New York: Alfred A. Knoff, 2002, pp. 229-298.

Pérez Cisneros, Guy. "Presencia de 8 pintores". *Verbum. Órgano Oficial de la Asociación Nacional de Estudiantes de Derecho*. No. 1, junio, 1937, pp. 56-67.

_____. *Las estrategias de un crítico. Antología de la crítica de arte de Guy Pérez Cisneros*. [Prólogo de Graziella Pogolotti, selección y notas de Luz Merino Acosta]. La Habana: Editorial Letras Cubanas, 2000.

Piñera, Virgilio. *La isla en peso*. La Habana: Ediciones Unión, 1998.

_____. *Virgilio Piñera de vuelta y vuelta. Correspondencia 1932-1978*. La Habana: Ediciones Unión, 2011.

Rojas, Rafael. *Tumbas sin sosiego. Revolución, disidencia y exilio del intelectual cubano*. Barcelona: Editorial Anagrama, 2006.

_____. *Motivos de Anteo. Patria y nación en la historia intelectual de Cuba*. Madrid: Editorial Colibrí, 2008.

Sales, Miguel [seud. Julián Sorel]. *Nacionalismo y Revolución en Cuba. 1823-1998*. Madrid: Fundación Liberal José Martí, 1998.

Vitier, Cintio. "Virgilio Piñera: Poesía y prosa". *Orígenes*, No. 5, Primavera 1945, pp. 47-50.

_____. *Lo cubano en la poesía*. La Habana: Instituto del Libro, 1970.

Todo es absurdo hasta un día

Como Cristo, hay una obra de teatro de Virgilio Piñera que fue negada tres veces: dos por su autor —la primera en un artículo en 1960 y la segunda, ese mismo año, al excluirla de la edición de su *Teatro Completo*— y la tercera en la edición póstuma del *Teatro Completo* de 2002. ¿Por qué insistir entonces en una obra que ha sido rechazada tres veces? La respuesta es fácil. Si la triple negación no fue suficiente para Jesús —quien da, por cierto, título a una obra de Piñera— no tendría que serlo para una pieza mucho más importante dentro de la obra piñeriana de lo que sugiere tanto rechazo. No seré el primero en señalar la marginación de esta pieza y la poca justicia que se le hace. El dramaturgo Norge Espinosa decía hace ya dos décadas: "*Los siervos* ha conseguido ese envidiable prodigio que marca la propia naturaleza del mito" (Espinosa Mendoza). Y Carlos Alberto Aguilera llega a afirmar que "parece ser una de las grandes obras de la imaginería política que se publican en cualquier lugar durante los años cincuenta" (Aguilera 35). Lo que intento analizar a través de *Los siervos* es el acercamiento de Piñera al totalitarismo como tema literario, y cómo este acercamiento permitió el posterior reajuste de su concepción creativa frente a una realidad que, sin pretenderlo, ya había adelantado en su obra.

Los siervos, publicada en la revista *Ciclón* en 1955, cuenta la anómala rebelión de Nikita Smirnov, filósofo oficial del partido comunista, en un mundo en el que ha triunfado la Revolución mundial comunista y "Toda la tierra y todos los hombres están comunizados" ("Los siervos" 38). Es entonces, "cuando se ha llegado a la cima del mejor de los mundos", que el filósofo oficial del partido decide rebelarse. Y lo hace de la única manera posible en donde todo tipo de explotación y opresión ha sido eliminada oficialmente. Nikita, el filósofo, decide declararse siervo. Y para declarar públicamente su servidumbre anda en busca de un amo que le propine patadas en el trasero.

Tan servil gesto llena de preocupación a las más altas esferas del Partido Comunista. "¿Pero quién tomaría las armas contra la felicidad?" (44) se pregunta Kirianin, general del ejército, a lo que responde Nikita con el argumento último de la libertad individual: "no me place la felicidad colectiva. Prefiero la felicidad personal de ser el humildísimo siervo de tan grandes señores" (46-47). A diferencia de los abanderados de la teoría de la lucha de clases, la rebeldía de Nikita no apela a la violencia. O mejor dicho: su rebeldía consiste en ofrecerse como blanco de esta. Sin embargo, su sometimiento viene acompañado de una abnegación reservada para los grandes heroísmos: por declararse siervo Nikita está dispuesto incluso a morir.

Ha de notarse que, aunque reincide en obsesiones y recursos comunes a toda la obra de Piñera, *Los siervos* —al menos en cuanto al tema y al contexto en que se sitúa— puede considerarse como una pieza anómala.

Primero por la abierta dimensión política de la pieza. "Lo ideológico" en Piñera, nos explica Aguilera, "tendría que esperar a esta pieza para tomar cuerpo" (Aguilera 28). Segundo, por su fecha de publicación, 1955. O sea, 4 años antes de la revolución de 1959 en Cuba, y cuando la posibilidad de que se instaurara un régimen comunista apenas era tema de la propaganda batistiana. La tercera anomalía es una combinación de las anteriores: la representación de distopías totalitarias era inédita en la literatura latinoamericana en una época más familiarizada con dictaduras y caudillos tradicionales.

Los siervos se desencadenan (a destiempo)

Es el momento de una segunda pregunta: ¿por qué escribe Piñera en 1955 una obra ciertamente extraña a sus hábitos creativos y a su propia experiencia? Es tentador ver en *Los siervos* un texto profético que anticipa el fenómeno totalitario tal y como se implantaría en el país del autor. Y hasta como anticipo de la sutil resistencia que ciertos intelectuales —incluido el propio Piñera— le opusieron. Sin embargo, esta obra carece de dos condiciones elementales para que hoy sea considerada profética: una es que la premisa básica de la obra —el triunfo del comunismo en todo el planeta— no se cumplió. La otra son las múltiples evidencias de que su autor no pretendía anticipar el futuro sino aprovechar las posibilidades teatrales que ofrecían las paradojas de un régimen totalitario. Las páginas que siguen serán un intento de reconstruir el sentido original de esta pieza en el marco de la obra piñeriana y de sus sucesivos cambios, obra en la que —adelanto— juegan un papel decisivo las diferentes conexiones polacas de Piñera.

Desechemos la profecía por inexplicable, como cualquier acción mágica. Y por estéril, como cualquier acto impotente ante la realidad. De todas mis sospechas, la menos complicada de demostrar es que el interés de Piñera hacia el fenómeno totalitario fue estimulado por sus relaciones con el escritor exiliado polaco Witold Gombrowicz. Mucho se ha hablado de la importante colaboración de Piñera en la traducción al español de *Ferdydurke* a su llegada a Buenos Aires en 1946. Pero más allá de la traducción y del esfuerzo por difundir la novela o de los comentarios mutuos sobre aquella experiencia es en la propia obra de ficción de ambos, anterior y posterior a aquella colaboración, donde podemos sopesar su afinidad e influencias mutuas. Porque había mucha más afinidad entre ellos que su condición de expatriados; o el modo desembozado con que asumían su sexualidad; o su condición marginal respecto al campo literario en el que se habían formado; o la posición excéntrica que ocupaban en relación con sus correspondientes tradiciones literarias.

La complicidad entre Piñera y Gombrowicz se explica y manifiesta en el modo en que fijaron sus respectivas actitudes frente a sus culturas nacionales, ambas excéntricas y subalternas respecto a Occidente. Y en cómo enfrentaron los rituales intelectuales de otra cultura excéntrica y subalterna como la argentina. El cubano y el polaco se definen en Argentina a partir de su propia marginalidad, una marginalidad que los enorgullecía. Cuando luego de nueve años de su primera visita a Argentina, Piñera se presentó en 1955 en la redacción de *Sur* para anunciar la inminente visita del director de *Ciclón*, José Rodríguez Feo, el secretario de redacción de *Sur*, José Bianco, intentó reprocharle por acercarse "al cabo de tanto tiempo, y con ese exclusivo propósito". Sin embargo, el cubano "se limitó a quitarse los anteojos y a sonreír, enarcando las cejas" (Espinosa Domínguez 171). Gombrowicz dirá por su parte que "If I managed to enjoy a certain fame in the Argentine it was not as an author, but as the one and only foreign writer who had not made a pilgrimage to Señora Ocampo's salon" (*A Kind* 96).

La traducción de la novela del polaco por parte de Piñera no solo ayudó a consolidar la amistad entre ellos sino que le sirvió al cubano como herramienta para afrontar los dilemas de la subalternidad cultural. "*Ferdydurke* —declara en un diálogo radial con Gombrowicz— nos abre el camino para conseguir la soberanía espiritual, frente a las culturas mayores que nos convierten en eternos alumnos. Mi trabajo literario persigue el mismo fin y creo que aquí nos encontramos —Polonia, la Argentina y Cuba— unidos por la misma necesidad del espíritu" (*Poesía* 256). Mientras Gombrowicz había construido buena parte de su imagen literaria en el rechazo a lo que él calificaba como la tendencia romántica y lírica de la literatura nacionalista polaca, Piñera execraba "todo ese esteticismo trasnochado, esa catolicidad libresca y, sobre todo, esa poesía verbalista e inconducente" ("Cada" 11) de la generación de Orígenes. De Gombrowicz se podría decir lo mismo que sobre Piñera ha escrito Antonio José Ponte: "Escribía negando. La suya fue escritura reactiva como ciertos preparados químicos. Tuvo tan clara conciencia de otras voces que vino a completar. Escribió para dotar a la literatura de algo que le estaba faltando y él echaba de menos" (Ponte 52).

Tanto Gombrowicz como Piñera se hallaban en el mismo estado de revisión profunda de sus relaciones con la ciudad letrada y mantenían la misma aprensión sobre los efectos opresivos de lo nacional. Frente al constreñimiento que suponen los límites nacionales, Gombrowicz afirma que el individuo debe mantener una "actitud defensiva en relación con la Nación, como ocurre en el caso de cualquier violencia colectiva" (*Trans-Atlántico* 9).

Por si fuera poco, Gombrowicz le traía noticias frescas a Piñera sobre las dos variantes del totalitarismo que había soportado la nación polaca en los años recientes: el nazismo y el comunismo. No es arriesgado suponer que Piñera estuviese inclinado a interesarse en informaciones de ese tipo. Los miedos, las fobias, el chovinismo furioso y vulgar y el entusiasmo por el absurdo que habían estado bajo el constante examen en su literatura cobraban a través del totalitarismo un sentido brutal, pesadillesco y, al mismo tiempo, literal. En varios textos que escribió Piñera por aquellos años es fácil constatar su atracción por el comunismo como curiosidad metafísica y pretexto narrativo. Tanto en su fase opositora (con sus tramas oscuras, su madeja de conspiraciones y su apuesta al triunfo de la Revolución mundial) como constituido en estado totalitario, el comunismo le serviría a Piñera de tema en relatos como "El muñeco", en su novela *La carne de René*, o en la propia obra *Los siervos*. Como fuerza subversiva, el racionalizado fanatismo comunista, su disciplina y su inquebrantable confianza en la transformación total de la sociedad, le servían de modelos para representar a escala mayor, universal, un fenómeno que no le era ajeno del todo.

El comunismo cuajado en régimen totalitario le ofrecía a Piñera la posibilidad de exagerar hasta el absurdo las restricciones y convencionalismos que condicionaban la existencia de los individuos en la sociedad burguesa, así como los contrasentidos de los proyectos de emancipación que se ofrecían a transformarla radicalmente. Al comparar liberalismo y totalitarismo, el teórico Michael Halberstam rechaza la idea de que las sociedades liberales estén fundadas en órdenes ideales objetivos. Prefiere apelar al concepto de sentido común no universal que emana de entendimientos y compromisos compartidos por cada sociedad. En cambio —sigue diciendo Halberstam— el totalitarismo tiene la capacidad de conseguir un total condicionamiento de sus sujetos y de destruir toda comunidad, toda experiencia compartida y todo entendimiento compartido. Halberstam entiende las representaciones occidentales del totalitarismo no como un intento de comprender las sociedades totalitarias sino como una proyección de los temores de las sociedades liberales sobre su capacidad para proteger al individuo como sujeto autónomo. De manera que "the consent of the individual to a particular social order might then be regarded as a product not of the individual's exercise of choice, but as a product of the practices of the ideology […] of the society he or she lives in" (Halberstam 114). Estos factores les parecen objetivos a los miembros de determinada sociedad "because of the way in which they are mediated by the particular common sense […] that is the product of that particular political community" (114).

Los héroes de Piñera, como el barbero Jesús García de la obra teatral Jesús, como René en la novela *La carne de René* o como el propio Nikita Smirnov, están hechos a la medida de esa impotencia. Rechazan participar o conducir un cambio en el que no creen, apelando a la más radical de las rebeldías: la de resistirse a actuar allí donde toda la sociedad los empuja a la acción. Los héroes de Piñera no se rebelan contra un orden político sino contra el sentido común en el que este orden está enmarcado. Un sentido común que condiciona ese orden y al mismo tiempo es manipulado por éste. "Yo no creo en los sueños —dice uno de los personajes piñerianos— pero creo en la fatalidad" ("Los siervos" 65).

Considerar *Los siervos* solamente como una obra anticomunista o incluso antitotalitaria es reducir buena parte de su sentido. Ciertamente, una de las líneas maestras de la obra parte del cuestionamiento del comunismo como proyecto de emancipación. Un proyecto que, al aspirar a la emancipación absoluta, exige para sus líderes un poder no menos absoluto. De manera que, al alcanzar "ese nivel de absolutismo de poder y dependencia se acerca más al contrato social feudal que al contrato social capitalista" (Leyva 202). La conversión de Nikita en siervo no solo contradice la anulación absoluta de toda explotación sino que delata su encubierta persistencia en el nuevo régimen.

En su manifiesto al resto de los siervos Nikita escribe:

> ¡Camaradas! En vista de que la igualdad social no es tan igual como parece, en vista de que el comunismo se compone de partes desiguales de señores y siervos —mayor número de partes serviles, menor número de partes señoriales— y en vista de que las partes serviles están obligadas por la razón del Estado a no manifestar su verdadera condición, en vista de todo eso, nosotros, siervos encubiertos, nos declaramos siervos serviles y

juramos defender el servilismo hasta la muerte ("Los siervos" 65).

No obstante, la obra va más allá de exponer los contrasentidos del comunismo. Con *Los siervos* Piñera enjuicia el comunismo desde el sentido común liberal, según el cual la explotación y el deseo de dominio son consustanciales a la condición humana. De ahí que resulte inevitable que cualquier proyecto emancipatorio termine convirtiéndose en un nuevo sistema de dominio de unos hombres sobre otros. Al respecto, Orloff, uno de los dirigentes del partido, concluye:

> Orloff: Una vez instaurada la república de los siervos, estos por puro espíritu de emulación se esforzarán por devenir señores. (Pausa.) No, nada de eso sirve de nada. La única verdad es la que tenemos nosotros: un Estado comunista con absoluta nivelación social, pero también con siervos y señores, se entiende, unos y otros encubiertos, a fin de salvar la contradicción. He ahí la verdadera igualdad (66).

El anticomunismo del Piñera que escribe *Los siervos* antes que político o visceral era lógico y lúdico. Al Piñera de 1955 el comunismo le podía parecer absurdo pero no amenazador. Para decirlo con Halberstam, dentro de las convenciones de su propio sentido común, la instauración del comunismo en Cuba, tal y como se presenta en *Los siervos*, le resultaba impensable. Cuando —por ejemplo— Piñera reseña *El pensamiento cautivo* de Miłosz (y aquí tenemos el segundo eslabón de su conexión polaca), no reconoce en el totalitarismo un régimen radicalmente distinto: más bien apunta a la identidad existente entre Este y Oeste en cuanto a su "concepción de la muerte".

Piñera no se apartaba mucho de su mentor en estos temas, el propio Witold Gombrowicz, quien consideraba que la descripción que del totalitarismo hacía su compatriota Czesław Miłosz era pura exageración. Gombrowicz rechazaba considerar el totalitarismo como algo extraordinario, nuevo o chocante. "This approach is simply not reconcilable with maturity, which, in knowing the essence of life, does not allow itself to be surprised by its events. Revolutions, wars, cataclysms —what does this foam mean compared to the fundamental horror of existence?" (*Diary* 17). En un cuento de Piñera —"El enemigo" con fecha de 1955— el protagonista llega a decir una frase cuasi gemela de la anterior: "Mi miedo es mi propio ser y ninguna revolución, ningún golpe de fortuna adversa podrá derrocarle" (*Cuentos* 168).

La escritura de *Los siervos* no parece haber hecho a Piñera especialmente consciente del fenómeno totalitario, un fenómeno que superaba el marco de su lucha contra el sentido común burgués. El totalitarismo supera toda noción de sentido común —nos dice Halberstam— al conseguir un total condicionamiento de sus sujetos "eliminating all external measure, any 'outside' that would interfere with the self immanence of this society" (Halberstam 122). La brecha entre el sentido común del liberalismo y la racionalidad totalitaria de que habla Halberstam sugiere indirectamente la imposibilidad de representación del totalitarismo desde un punto de vista liberal y viceversa. Dicho de otro modo: esa diferencia de sentidos comunes no compartidos los hace intraducibles, opacos uno al otro. Sospecho que, al plasmar en *Los siervos* algunos de los rasgos esenciales de una sociedad totalitaria que no cuenta con otro sistema de referencia que el suyo propio, Piñera no era del todo consciente de lo que hacía.

Los sueños de la Revolución (producen monstruos)

La opacidad de la experiencia totalitaria le permitió a Piñera abrazar sin demasiadas suspicacias la Revolución Cubana de 1959. Entusiasmarse sinceramente a pesar de los cínicos consejos que le dirigiera Gombrowicz en las primeras semanas del nuevo poder: "¿Qué tal el embriagador aire de libertad y el fervor patrio? Aprovechen para condenar a los infames y alabar al gran jefe" (*Virgilio* 223). Resultaba natural que el dramaturgo sintiese el triunfo fidelista como suyo. ¿No era aquella una revolución para los humildes? ¿Acaso la Revolución no venía a destruir un orden que Piñera había visto como insufrible y patético y que había ridiculizado en casi todos sus textos? Es cierto que Piñera no había luchado con las armas en la mano o ni siquiera —como Lisandro Otero o Cabrera Infante— había colaborado con el movimiento insurreccional contra Batista, pero su obra se podría ver como precursora de un arte revolucionario.

Los dos primeros años de Revolución vieron a un Piñera entusiasta, activísimo y ampliamente reconocido. Si en los primeros 20 años de su carrera como dramaturgo había escrito siete obras, entre 1959 y 1960 terminó cuatro. Lo mismo creaba obras más o menos comprometidas (*El filántropo, La sorpresa*) que azuzaba desde la sombra a los jóvenes redactores de *Lunes de Revolución* contra sus viejos enemigos literarios, Lezama en primer lugar. (No obstante, la crítica de Piñera a Lezama no deja de tener una fuerte carga autorreflexiva: De 1959 es precisamente *El flaco y el gordo*, una dramatización antropofágica de su relación con Lezama. En la obra, el flaco devora al gordo para terminar convertido en otro gordo y, ante la llegada de otro flaco, en previsible manjar de este).

Bastante se ha discutido aquel entusiasmo súbito de Piñera en contraste con su habitual escepticismo. Las explicaciones son múltiples: desde una borrachera de vanidad halagada al sentirse reconocido como escritor hasta la oportunidad de resarcirse de su precaria existencia anterior y de los agravios ocasionados por la clase intelectual y, en especial, sus compañeros de generación. O que simplemente tenía fe en que la desaparición de un mundo que más bien detestaba no desembocaría en un estado totalitario. Un pueblo "incapaz de definir", como él mismo había declarado en su poema *La isla en peso*, no parecía preparado para seguir al pie de la letra los rigores vitales y conceptuales que suponía un régimen totalmente "comunizado".

Sin embargo, a la hora de entregarse en cuerpo y alma a la Revolución triunfante, la hoja de servicios de Piñera como artista contestatario contra el antiguo régimen tenía una mancha. Esta era precisamente *Los siervos*. Una mancha tanto más incómoda a medida que los comunistas adquirían mayor peso en el gobierno revolucionario y se hacía más patente el acercamiento de este al soviético, sobre todo a partir de la visita a Cuba del viceprimer ministro de la URSS, Anastás Mikoyán, en febrero de 1960. De ahí que, en una entrevista ficticia con Jean Paul Sartre al mes siguiente de la visita de Mikoyán, a la pregunta de "¿Cómo justificaría a su pieza *Los siervos*?", Piñera responda:

Comenzaré por desacreditarla, y con ello no haré sino seguir a aquellos, que con harta razón, la desacreditaron. A pesar de ser un hijo de la miseria, me daba el vano lujo de vivir en una nube... Por otra parte, el ejemplo de la Revolución rusa seguía siendo para mí un ejemplo teórico. Fue preciso que la Revolución se diera en Cuba para que yo la comprendiese ("Diálogo" 39).

Si todos debían sacrificar algo en la obra magnífica de la Revolución —si algunos habían perdido la vida, un amigo o un brazo— a Piñera no debió haberle temblado el pulso al desembarazarse de *Los siervos*. Era, entre las suyas, una obra menor, sin demasiadas pretensiones, un juego, en definitiva, diría para justificar la automutilación. Quien había hecho de la burla y la erosión del sentido común del régimen burgués uno de los motivos centrales de su carrera literaria debía sentirse casi como coautor intelectual de aquella Revolución que iba echando por tierra todo tipo de convenciones. Piñera debió creer estar a la altura de las nuevas convenciones, del nuevo sentido que imponía la Revolución. Lo suficiente como para advertirle a su Sartre imaginario sobre el destino del descreído protagonista de *La náusea*: "Frente a un tribunal revolucionario Roquentin sería fusilado en el acto" (40).

Sin embargo, un año después, tras la censura al documental *PM*, el entusiasmo de Piñera parece enfriarse. En la famosa reunión de Fidel Castro con los intelectuales en la Biblioteca Nacional, el dramaturgo manifiesta su preocupación por la posibilidad de que el Gobierno vaya "a dirigir la cultura". Pero al expresar sus preocupaciones, Piñera no invoca la libertad de expresión o los derechos individuales, conceptos que pertenecían al vocabulario del antiguo régimen. El escritor parece asumir sin dificultades las convenciones del nuevo régimen, como la de que solo tienen derecho a opinar aquellos que se sientan identificados con la Revolución. Por eso, tras comentar el "miedo", la "impresión" que "flota en el ambiente" le dice al primer ministro: "Así, como dijo el compañero Retamar, aquí no hay ningún compañero contrarrevolucionario. Todos estamos de acuerdo con el Gobierno y todos estamos dispuestos a defender y a morir por la Revolución, etc., etc. Pero esa es una cosa que está en el aire y yo la digo. Si me equivoco, bueno, afrontaré las consecuencias" ("Encuentro" 164). No obstante, en la asunción de esos nuevos modales, pueden notarse ciertas fallas como esa simpática paradoja de "compañero contrarrevolucionario" o en ese "etc., etc." que denotan menos la disposición real a morir por la Revolución que la aceptación de una nueva convención retórica, un nuevo lenguaje común.

Aquella reunión concluyó con un discurso del primer ministro que resumía "los derechos de los escritores y de los artistas, revolucionarios o no revolucionarios" a la fórmula "Dentro de la Revolución todo, contra la Revolución nada". La fórmula no se refería solo a la creación intelectual. El propio Primer Ministro se encargó de aclarar que "esto no sería ninguna ley de excepción para los artistas y para los escritores. Esto es un principio general para todos los ciudadanos, es un principio fundamental de la Revolución" (Castro 172).

Para Piñera no habrá sido difícil entender que dicha fórmula cifraba el código genético del totalitarismo cubano. La Revolución, ese ente indefinible y cambiante, era la medida de todas las cosas, el espacio en el que podría transcurrir todo lo permisible y pensable. Los optimistas hacían énfasis en el "dentro" y en el "contra" pero Piñera no era un optimista. Alguien como Piñera, que siempre se había definido desde el "contra" y el "afuera", sabría que en aquella frase no había conceptos más importantes que los de "revolución", el "todo" y la "nada".

Reinventarse a los 50

Una vez que el sistema totalitario echó raíces en el trópico, debió parecerle a Piñera cuando menos irre-presentable. A pesar de las predicciones de Orwell, dos más dos seguían siendo cuatro (siempre que no se tratara de una estadística oficial) y el sexo, los deportes, las obras de teatro, las bodas y los divorcios, los pro-gramas de cocina por televisión y las palabras podían seguir existiendo a condición de cambiar de sentido, un sentido dirigido hacia un mismo punto móvil y vacío llamado Revolución. "[E]s una cosa muy seria/ que el mundo tanto se mueva" escribió Piñera en su poema "En el duro" de 1962. El sentido común contra el que tanto había peleado daba paso al sentido único de la Revolución, que se redefinía con cada nuevo discurso de su máximo líder. Y, frente a este, los partidos de canasta a los que era aficionado Piñera pasaban a ser un entretenimiento burgués y, por tanto, contrarrevo-lucionario. Todo, desde el lenguaje a la comunicación no verbal se iba haciendo amenazador: "ya las palabras son balas/ y las miradas hogueras" (*La isla* 100) diría en el mismo poema.

Así, el más revolucionario de los escritores cubanos pasó a la peligrosa categoría de "los escritores y artistas que sin ser contrarrevolucionarios no se sienten tampoco revolucionarios" (Castro 169). Piñera empezó a ser visto como un escritor desfasado, anacrónico, portador del pecado original de que hablaba el Che Guevara (no ser "auténticamente revolucionario" (Guevara 43)). Y portar ese pecado original suponía estar contagiado con el sentido común del antiguo régimen, por mucho que antes atacara ese sentido común a golpe de absurdo. Piñera, de acuerdo con la metáfora botánica que había empleado Guevara en su famoso texto *El socialismo y el hombre en Cuba*, era un olmo en el que habría que injertar perales. O peor. Llegaría el momento en que Piñera sería considerado por el propio Guevara simplemente como un maricón que no merecía ser leído (Goytisolo 175).

Piñera se vio enfrentado no solo al anacronismo que representaba su obra con respecto al nuevo ideal de arte revolucionario sino a una realidad que había abolido ciertos problemas y presentaba otros totalmente distintos. Un anacronismo no muy distinto del que Czesław Miłosz le achacara a su compatriota Gombrowicz en una carta de 1953: el de actuar a veces

> as if Poland had been swept away by a lunar catastrophe and you come along with your revulsion to an immature, provincial Poland from before 1939. Perhaps this settling of accounts is needed and even necessary, but in my view, this has already been done quite categorically. Many issues have already been settled this way. This is a difficult problem, which is based on the fact that Marxism eliminates certain problems (by the same principle that the blowing up of a city eliminates marital quarrels, concerns about furniture, etc.) (*Diary* 15).

Todo indica que Piñera estaba poco interesado en el proyecto de horticultura del Che Guevara. En vez de dedicarse a producir peras para la nueva sociedad, regresó a los temas que lo habían obsedido durante su carrera: representar "la rebeldía contra las fuerzas oscuras que cada hombre lleva en su ser" (*Teatro del absurdo* xvii), dar cuenta de la fricción entre individuos y sociedad, entre espacio público y privado, y exponer las equívocas relaciones que existen entre la lógica y el absurdo.

La representación de demonios personales en un régimen totalitario no es cuestión apolítica. En un mundo en el que se suponía que individuo y sociedad debían marchar en perfecta sincronía, cualquier inmersión en los conflictos individuales era mirada casi con la misma prevención que al espionaje enemigo. Todavía una década después de la muerte de Piñera un crítico oficial reclamaba a raíz de una de sus primeras publicaciones póstumas: "¿En nombre de qué supuesta libertad de expresión o de creación puede un intelectual aislarse de un mundo en ebullición que diariamente golpea a su punta [sic; debe ser puerta] clamando también por su aporte en su eterna lucha por la perfección?" (Acosta 8).

Si se acusaba con tal saña al Piñera "aislacionista", atreverse a representar las fricciones entre individuos y Estado era abiertamente contrarrevolucionario. En la obra de Piñera posterior a 1961 pueden reconocerse múltiples ejemplos de dichas tendencias. La "rebeldía contra las fuerzas oscuras que cada hombre lleva en su ser" pudo tratarla en piezas como *Dos viejos pánicos*, la cual recibiría el Premio Casa de las Américas de 1968. Allí se atrevió a hablar de esas fuerzas oscuras, como el miedo, sin necesidad de aludir directamente a la existencia de un régimen totalitario. Pero tales cautelas no le bastarían para librarse de la suspicacia del más temible de los censores de aquellos días, Leopoldo Ávila, quien dice:

> Si uno se pregunta de dónde sale tanto miedo y trata de explicarse esta obra, teniendo en cuenta el medio social revolucionario en que se produce, no va a encontrar respuesta posible. Nada más lejos de la Revolución que esa atmósfera, sin salida posible, en que Virgilio Piñera ha volcado sus pánicos. La nueva sociedad no ha influido en la obra, no ha sido por lo menos, entendida, por un autor que se aferra a viejas frustraciones que carecen de razón (Ávila 18).

Piñera debió reinventarse. No se trataba, como comentaba Gombrowicz en su diario a propósito del libro de Miłosz, de condenar al Este (el comunismo) en el nombre de la cultura occidental (las sociedades liberales burguesas) desde un sentido común totalmente ajeno a este (tal y como Piñera había hecho en *Los siervos*) sino de imponer a la cultura liberal la propia experiencia y el nuevo conocimiento propio del universo totalitario y su "cultura brutalizada" (*Diary* 13). Hay que recordar que Gombrowicz comenta en su diario que Miłosz alguna vez había dicho que la diferencia entre un intelectual occidental y uno del Este es que el primero no había recibido una buena patada en el culo: uno se pregunta si alguna vez Gombrowicz no le repitió ese comentario a Piñera. Si no fue justo esa imagen la que inspiró la escritura de *Los siervos*.

Siempre nos quedará Polonia

Europa Occidental, Estados Unidos o América Latina le ofrecían a Piñera pocas herramientas para representar las manifestaciones particulares del totalitarismo caribeño que estaba experimentando en carne propia. Por otra parte, y por razones que no creo necesario mencionar, el bloque soviético era poco fecundo en tales representaciones. Fue en Polonia —uno de los "hermanos países socialistas" en el que el totalitarismo se manifestaba con menos rigor o al menos encontraba más resistencia— donde Piñera volvió a encontrar referencias afines y descubrió espacios en los que el orden totalitario no había desplazado del todo al sentido común del antiguo régimen. La más clara evidencia de este hallazgo es la antología de *Teatro del absurdo* de 1967 editada por el propio Piñera. En esta selección, junto a figuras consagradas a nivel mundial como Samuel Beckett, Eugène Ionesco y Harold Pinter, el cubano incluye dos piezas en un acto del entonces poco conocido dramaturgo polaco Sławomir Mrożek.

Debe notarse que en varios de los estudios más paradigmáticos de la época como *The Theater of the Absurd* (1961) de Martin Esslin ni siquiera mencionaban la obra de Mrożek. Que el polaco no fuera considerado como un autor "inevitable" del teatro del absurdo hace más evidente las intenciones de Piñera al incluir las piezas *Karol* y *En alta mar* de Mrożek, ambas de 1961. Piñera pudo haberse escudado en la necesidad de incluir un representante del campo socialista. Pero no se trataba de un representante cualquiera sino —como Piñera se encarga de aclarar en la nota biográfica del autor— de un autor que había arremetido "con toda su fuerza contra las bases de la convención, en el fondo burguesa, del drama de los años 1949-1956". Nótese que esa alusión al "drama de los años 1949-1956" es un circunloquio para referirse al imperio del estalinismo y el realismo socialista. Pero, más importante aún que la inclusión del polaco es el hecho de que las obras elegidas funcionan, de manera discreta, como parábolas de la instauración de un régimen totalitario. Si en Occidente el teatro del absurdo se veía como una ruptura con las convenciones teatrales y sociales y con el sentido común liberal burgués, en los países del socialismo real se percibían como cuidadosas analogías del funcionamiento habitual del sistema.

La pieza *Karol* es especialmente reveladora en cuanto tiene no pocos puntos en común con *La niñita querida*, obra escrita por Piñera en 1966, apenas un año antes de la aparición de *Teatro del absurdo. Karol* comienza con la visita de un padre y su hijo a un oftalmólogo. El hijo le informa al médico que su ancianísimo padre quiere hacerse unas gafas para poder dispararle a Karol con la escopeta que lleva al hombro. Confiesa que su padre no sabe quién es Karol porque nunca lo ha visto pero está seguro de que en cuanto lo vea lo reconocerá y lo matará en el acto. Es entonces que el anciano cree reconocer en el oftalmólogo a Karol. El médico, aterrado, trata de convencerlos de que no es Karol y que ni siquiera sabía de su existencia. Como ni el padre ni el hijo le creen, para salvar su vida, el oftalmólogo termina diciéndoles que Karol es paciente suyo y está a punto de llegar. Así que, al llegar el primer paciente a la consulta, el padre lo mata. A continuación, el oftalmólogo y el hijo llegan a un acuerdo: cada vez que aparezca en la consulta un nuevo Karol, el médico le avisará al padre y al hijo para que vengan a eliminarlo.

Lo que una obra así vendría a confirmarle a Piñera era algo que él mismo había entrevisto de manera abstracta y oscura en *Los siervos*. Que contra toda apariencia, el totalitarismo es en el fondo lógico y racional. Que su absurdo en realidad se deriva de pretender llevar la racionalidad de sus principios hasta sus últimas consecuencias lógicas, llámense el Holocausto, el GULAG o el Gran Salto hacia Adelante. Tal absurdo emana no tanto de su falta de racionalidad sino de su absoluto apego a ella, excluyendo, eso sí, al resto de las racionalidades. O dicho con más precisión: el absurdo totalitario resulta del intento de responder simultáneamente a dos racionalidades incompatibles entre sí. La de la emancipación total de la sociedad y la del poder absoluto que se ejerce sobre la sociedad que se pretende emancipar. Aunque existe otra manera más cínica y brutal de decirlo: se finge obedecer al proyecto emancipatorio cuando este no es más que un pretexto para alcanzar el control más completo posible sobre la sociedad. Como quiera que sea, el resultado es bastante obvio: la lógica del teatro del absurdo, si bien parodia los automatismos de la sociedad burguesa, en relación al estado totalitario no pasa de puro costumbrismo.

Así podrían verse las obras de Piñera *El no* (1965) o *La niñita querida* (1966): como reajustes de las antiguas concepciones del autor sobre el absurdo a las nuevas condiciones del totalitarismo cubano. Si, partiendo del sentido común, Piñera había conseguido representar con *Los siervos* las contradicciones básicas del comunismo, la experiencia totalitaria le permitía explicar de primera mano cómo se alcanzaba ese punto. *La niñita querida*, al igual que *Karol*, está dominada por la presencia de un arma y la intimidación que produce. El arma es empuñada en este caso por una niña a la que su familia ha educado con esmero y adulación excesivos (es hija única luego de que sus hermanas gemelas murieran al nacer). Sin embargo, la niña Flor de Té (un nombre que aborrece ya que prefiere el de Berta), en lugar de convertirse en "una gran pianista" como es el deseo de los suyos, prefiere disparar con su ametralladora "hasta que se le caiga el brazo". De nada valen las advertencias de que "cuando la gente empieza a tirar al blanco termina tirándoles a sus semejantes" (*Teatro completo* 2002 446). En la fiesta de su quince cumpleaños, Flor de Té, molesta por su nombre y renuente a que le quiten el arma, ametralla a toda su familia. La última escena representa a Flor de Té ya adulta, con su hija, a la que le da un ataque porque no le gusta su nombre (Berta), sugiriéndose con ello el reinicio de un macabro círculo vicioso.

El parentesco entre la obra del cubano y la del polaco es obvio. Ambos utilizan contextos típicamente burgueses (una consulta de oftalmología o una fiesta por el cumpleaños quince) donde la violencia estalla con la amedrentada cooperación de las víctimas. La esperanza y el miedo como cómplices del desastre: "Todo eso del tiro al blanco y de esa maldita metralleta es solo un sarampión. En el fondo eres romántica y soñadora como yo" (458) le dice la madre a Flor de Té. Las convenciones del teatro del absurdo sirven aquí para representar el tenso encuentro entre el sentido común liberal y la lógica totalitaria. De esos encuentros y desencuentros surgen reveladores equívocos como el que muestra *La niñita querida*:

BERTA: […] ¿En qué mundo tú vives, Pancha? ¿No sabes que la metralleta es el arma de los gángsteres?

PANCHA: Será el arma de los gángsteres pero cuando hay desfile militar yo veo que los soldados las llevan.

BERTA: Son otras metralletas y las usan para la defensa del territorio nacional. Pero los gángsteres las usan para matar gente.

FLOR DE TÉ: Mami, Paquito no es un gángster. (…)

BERTA: Entonces será un defensor del territorio nacional.

FLOR DE TÉ: No, mami. Tiene mi misma edad y va al tiro al blanco.

BERTA: Pues es un pichón de gángster. (456)

Tanto en *Karol* como en *La niñita querida* el sentido común del orden liberal burgués se muestra impotente frente a la violenta lógica del totalitarismo. La confianza en la solidez del primero se diluye bajo el doble ataque del cuestionamiento racional y de la lógica del terror. Ya fuera por coincidencia o influencia, entre las piezas de Mrożek y las de Piñera hay un fondo común de complicidad. Esta última conexión polaca debió confirmarle al escritor cubano que el totalitarismo no era inexplicable del todo y que no estaba solo en su empresa de decodificarlo. Esta última complicidad polaca le sirvió a Piñera para traducir un mundo que se le había hecho súbitamente extraño a su viejo sistema de absurdos, rebeldías y círculos viciosos.

Coda

No intento añadirle una influencia más a las lecturas de Piñera. Ni convencer a nadie de las ventajas de leer literatura extranjera. Me interesa mucho más recordar lo intraducible que resulta la experiencia política, económica, social y cultural cubana del último medio siglo al resto de la región. No se trata de abogar por el mito de la "excepcionalidad cubana" sino justo lo contrario: recordar que el destino cubano en la segunda mitad del siglo XX no tuvo nada de excepcional. Al contrario, fue un destino compartido durante varias décadas por un tercio de la humanidad. Recordar que el régimen implantado por la revolución de 1959 consiguió apartar a Cuba de su destino caribeño y latinoamericano para acercarlo al de Europa del Este o Corea del Norte. De ahí que, por ejemplo, sea más rentable buscar ciertas claves del presente y el futuro cubano en Rusia o Vietnam antes que en Puerto Rico o Jamaica. Trato de refrescar la vieja certidumbre de que la vecindad no garantiza el parecido, y que las dificultades con que tropiezan los académicos de medio mundo para entender la Cuba actual responden en buena medida a lo opaco de una realidad que se vuelve transparente una vez que se observa desde el ángulo apropiado.

(2008)

Bibliografía

Acosta, Eliades. "Un fogonazo contra *Un fogonazo*". *Perfil de Santiago*, año 2, n. 31, 16 de abril de 1988, pp. 7-8.

Aguilera, Carlos Alberto. "Para una filosofía del servilismo". *Crítica. Revista cultural de la Universidad Autónoma de Puebla*. No. 124. Noviembre-diciembre, 2007, pp. 27-36.

Anderson, Thomas F. *Everything in Its Place*. Lewisburg: Bucknell University Press, 2006.

Artaud, Antonin. *El teatro y su doble*. Traducción de Virgilio Piñera, Enrique Alonso, Francisco Abelenda et. al. Selección, prólogo y cronología de Virgilio Piñera. La Habana, Instituto del Libro, 1969, pp. VII-XVIII.

Ávila, Leopoldo. "Dos viejos pánicos". *Verde Olivo*, Año IX, No. 43, 27 de octubre, 1968, p. 18.

Castro, Fidel. "Palabras a los intelectuales". *Documentos de la Revolución Cubana 1961*. José Bell, Delia Luis López y Tania Caram [editores]. La Habana: Editorial de Ciencias Sociales, 2008, pp. 164-192.

"Encuentro de los intelectuales cubanos con Fidel Castro". *Encuentro de la Cultura Cubana*. No. 43 Invierno 2006/2007, pp. 157-175.

Espinosa Mendoza, Norge. "Por el retorno de Los siervos". *La Habana Elegante*. Segunda Época. Primavera, 2007. http://www.habanaelegante.com/Spring2007/VerbosaDos.html

Espinosa Domínguez, Carlos. *Virgilio Piñera en persona*. La Habana: Ediciones Unión, 2003.

Gombrowicz, Witold. *A Kind of Testament*. Champaign: Dalkey Archive Press, 2007.

_____. *Diario argentino*. Buenos Aires: Editorial Sudamericana, 1968.

_____. *Diary. Volume One*. Evanston: North Western University Press, 1988.

_____. *Ferdydurke*. Barcelona: Editorial Seix Barral, 2006.

_____. *Polish Memories*. New Haven: Yale University Press, 2004.

_____. *Trans-Atlántico*. Barcelona: Editorial Seix Barral, 2003.

Goytisolo, Juan. *En los reinos de taifa*. Barcelona: Seix Barral, 1986.

Guevara, Ernesto. *El socialismo y el hombre en Cuba*. Caracas: Ediciones de la Presidencia de la República, Palacio de Miraflores, 2008.

Halberstam, Michael. *Totalitarianism and the Modern Conception of Politics*. New Haven: Yale University Press, 1999.

Leyva González, David. *Virgilio Piñera o la libertad de lo grotesco*. La Habana: Editorial Letras Cubanas, 2010.

Piñera, Virgilio. "Cada cosa en su lugar". *Lunes de Revolución*, 14 de diciembre de 1959, pp. 11-12.

_____. *La carne de René*. La Habana: Ediciones Unión, 1995.

_____. *Cuentos completos*. Madrid: Alfaguara S.A., 1999.

_____. "Diálogo imaginario". *Lunes de Revolución*, 21 de marzo, 1960, pp. 38-40.

_____. *La isla en peso*. La Habana: Ediciones Unión, 1998.

_____. *Poesía y crítica*. México, D.F.: Consejo Nacional para la Cultura y las Artes, 1994.

_____. "Los siervos". *Crítica. Revista cultural de la Universidad Autónoma de Puebla*. No. 124. Noviembre-diciembre, 2007 pp. 37-70.

_____. *Teatro completo*. La Habana: Ediciones R, 1960.

_____. *Teatro completo*. La Habana: Editorial Letras Cubanas, 2002.

_____. *Teatro del absurdo. Antología*. Selección y notas de Virgilio Piñera. Prólogo de José Triana. La Habana: Instituto del Libro, 1967.

_____. *Virgilio Piñera de vuelta y vuelta: correspondencia 1932-1978*. La Habana: Ediciones Unión, 2011.

Ponte, Antonio José. *El libro perdido de los origenistas*. México, D.F.: Editorial Aldus, 2002.

Un breve rapto de fe

a Armando Valdés-Zamora, por el estímulo,
y a Abel Sierra Madero, por la ayuda

En ese ajedrez retrospectivo que jugamos al analizar vidas ajenas nos permitimos operaciones que raramente emplearemos con la propia. Decisiones que en nuestro caso consideramos fatales, atribuidas al peso de las circunstancias o el destino, en otros nos permitimos verlas como la elección de una posibilidad entre tantas. Como si el cúmulo de detalles que desconocemos en el otro nos permitiese ver la vida con la simplicidad de un tablero y unas cuantas fichas.

Es lo que ocurre con una de las jugadas en la biografía de Virgilio Piñera que se nos antoja más extravagante con respecto a su trayectoria anterior: su tórrida adhesión a la Revolución Cubana demostrada en prácticamente todo lo que escribió entre los años 1959 y 1961. Extravagante no porque lo fuera en una época en que buena parte de la intelectualidad cubana cayera rendida ante los nuevos vencedores. Ya Czesław Miłosz advirtió en *La mente cautiva* sobre los atractivos del totalitarismo en todo tipo de intelectuales.

Lo extravagante en Piñera no es solo que fuera el único de los intelectuales cubanos que —hasta donde sé— ya había leído y reseñado el libro de Miłosz. Más incoherencia le añade el detalle de que, para entonces, la obra de Piñera abundaba en advertencias sobre la naturaleza absurda de las revoluciones. (Coherencia: he aquí otro de los lujos que nos permitimos en el análisis de vidas ajenas, sobre todo cuando pretendemos que —aun de manera discreta— sean ejemplares). Ya fuera en cuentos como "El muñeco" o en la novela *La carne de René* o en las obras de teatro *Jesús* y *Los siervos*, su autor nos advertía sobre el peligro que entraña pretender sacudirnos nuestras limitaciones humanas por medio de revoluciones políticas. Tanta advertencia no aplicada por el propio autor no debería sorprendernos: no es tan extraño que un oráculo sea ciego a sus propias profecías. Intentemos —más que explicar aquellas jugadas— describirlas en detalle. Estudiar ese momento en que uno de los ironistas más consistentes echa a un lado su habitual suspicacia y abraza una causa hacia la que, hasta entonces, no parecía albergar sino sospechas.

Cierto que podríamos ahorrarnos cualquier esfuerzo analítico y abonarnos a la usualmente eficaz hipótesis del oportunismo. Pero sucede que, al contrastar las declaraciones públicas y privadas del escritor, encontramos que su entusiasmo por la revolución triunfante era tan sincero como sus deseos de "coronar". Sus cartas de enero de 1959 a su amigo radicado en Buenos Aires, Humberto Rodríguez Tomeu, parecen un borrador del artículo que en esos días publicará en el último número de la revista *Ciclón*. En la del 6 de enero le comenta: "No puedes imaginarte la alegría de este pueblo. La noche del 31 la pasé en casa de Pepe escuchando la transmisión de la Sierra Maestra. [...] Por supuesto, comenzaron los saqueos, cosa inevitable y además que [sic] estos saqueos son una de las reparaciones que el pueblo se da con justicia" (Anderson 79). Y añade: "Vi en Miramar una negra que se había echado encima una estola de visón y encima del visón unas bombachas de nylon rosado. ¿Qué te parece?" (79). O afirma, con el candor del explorador en tierra ignota, que los miembros del ejército rebelde "son seres totalmente distintos a los de La Habana. Tipos fabulosos" (79). En "La inundación", el artículo que escribe para *Ciclón*, Piñera repite los mismos motivos con curiosas variaciones. De su despedida del año anterior afirma "Grité fuerte al hacer mi brindis '¡Viva la Revolución!'". Los saqueos de aquellos primeros días los explica diciendo que "cada treinta, cuarenta o cien años, el pueblo es, por unas horas, el dueño absoluto de la ciudad [...] Es un espectáculo grandioso por cuanto se ve plasmarse inopinadamente ese sueño de Poder que él, también quiere detentar". En lugar de la anécdota de la piel de visón y las bombachas de nylon incluye un ejemplo más procaz: el de una mujer que "gritaba como poseída: '—Yo hago lo que me sale del...'", y comenta, "lucía tan majestuosa e imponente como Isabel I mandando a decapitar al conde de Essex" (*Al borde* 229).

Esta "impropiedad" en los ejemplos históricos va a ser una constante incluso en los artículos más entusiastas de aquellos años, detalle que nos avisa sobre la incapacidad de Piñera de asimilar el vocabulario y las formas de la propaganda "responsable" que se impondrá en el país en aquellos años. Por mucho que se esforzara, Piñera no cejaba en su mala costumbre de buscar referencias ajenas al estricto guion del materialismo histórico. En

"La inundación" el dramaturgo anota: "'¿Qué es un barbudo?', se preguntaban los habaneros con la misma curiosidad con que un romano de la decadencia se preguntaba '¿Qué es un bárbaro?'". A seguidas responde: "Un barbudo —Fidel Castro— no es ni más ni menos que Napoleón durante la campaña de Italia" (*Al borde* 231). Piñera no parece sentirse responsable por las consecuencias de sus analogías: los bárbaros asolando Roma, Napoleón años después de la campaña de Italia, proclamándose emperador. Le basta con la imagen triunfante y poderosa. Luego se verá. Actúa apenas como un escritor. Alguien con alguna visión de su futuro político habría tenido más cuidado al elegir sus símiles.

Pero no es que a Piñera le resulten ajenos los rejuegos del poder. Paralela a su descripción de los nuevos vencedores, Piñera nos habla de una "inundación patética": "Patetismo en los que tratan de retener su cargo; patetismo en los que luchan por encajarse". Como si él no estuviera entre los que esperaban "todo del presupuesto nacional" con las "mismas sonrisas serviles, a las mismas puertas" con "la misma desesperación" (*Al borde* 232). Como si esas precisas impresiones de primera mano no las hubiese obtenido peleándose por aquellos mismos puestos. Como si no le hubiera escrito a su amigo Rodríguez Tomeu sobre sus desperados esfuerzos por obtener en el ministerio de relaciones exteriores "un cargo de agregado cultural o lo que puedan darme" (Anderson 81-82).

La utilidad del escritor

"Créanos amigo Fidel: podemos ser muy útiles". Así concluye Virgilio Piñera una carta abierta "Al Sr. Fidel

Castro" publicada el 14 de marzo del propio 1959 (*Al borde* 524). Pocas ofertas de servicios al líder revolucionario fueron tan públicas y transparentes, incluso en aquellos días tan impúdicos de inicios de 1959. Los revolucionarios apenas llevaban dos meses y medio en el poder y el propio Fidel Castro acababa de asignarse el cargo de Primer Ministro, pero ya Piñera desesperaba en sus esfuerzos por conseguir el puesto de agregado cultural en París que le habían prometido. En una carta, tres semanas antes de publicar su oferta de servicios al Primer Ministro, le escribía a su amigo Humberto: "no sé cómo escribirte. Todo paró en el tacho. El cargo de agregado cultural se lo dieron a Natacha Mella. A pesar de las promesas de [Manuel] Gran y de [Raimundo] Lazo" (Anderson 89). Al mismo tiempo, le informaba a su amigo sobre una carta de protesta que le había escrito al canciller de entonces, Roberto Agramonte, por haber sido ignorado. También anuncia un cambio de planes. "[V]oy a pedir un cargo aquí en La Habana pues realmente vivir en París con 150 pesos es imposible" (90).

La carta abierta a Fidel Castro tres semanas después señala un cambio de estrategia en los esfuerzos de Piñera por "enganchar". Ahora no buscará vivir como empleado del servicio diplomático en el exterior sino como escritor en la isla. Pero para ello debe reconocer una culpa y presentar una disculpa. La culpa de los escritores (tal y como repetirá el Che Guevara en "El socialismo y el hombre en Cuba") fue que se quedaron cruzados "de brazos en el momento de la lucha". La disculpa (que a Guevara no le interesó encontrarla en su famoso ensayo, entusiasmado como estaba con su experimento de producir "hombres y mujeres nuevos") consistía en que durante la lucha por derrocar la dictadura de Batista los escritores no constituían "como los periodistas y los profesores, una clase" (*Al borde* 523). Arrogándose la representación de un gremio no constituido como tal, Piñera no solo ofrecía los servicios, sino proponía un precio por estos: "Queremos cooperar hombro con hombro con la Revolución más para ello es preciso que se nos saque del estado miserable en que nos debatimos" (523).

Aquella carta abierta consiguió su objetivo. La respuesta, si no del Primer Ministro, la recibiría del órgano de prensa del movimiento que encabezaba. A inicios de junio de ese mismo año, Piñera le anuncia a su amigo Rodríguez Tomeu de su comienzo como corrector del magazín *Lunes de Revolución*. "Creo que son cien pesos, lo que unido a las traducciones y colaboraciones originales me daría unos 150 pesos. Pero ya sabes lo que me cuesta a mí obtener un buen empleo" (Anderson 93). De esos días datan sus primeras colaboraciones estables con el periódico *Revolución* (luego del artículo del 15 de enero). Ya en junio de 1959, Piñera insiste en crear un paralelo entre Revolución y Literatura. Si Fidel Castro había firmado el 17 de mayo la Ley de Reforma Agraria, Piñera clama un mes después por la "Reforma Literaria". La "oscura cabeza negadora" no se corta en adoptar un lenguaje estentóreo y bélico, como cuadra a los tiempos: "la literatura no es un juego de niños; pues que sea, de una vez y por todas, un juego de hombres, como lo ha sido la Revolución. Y por juego de hombres entendemos gravedad, seriedad, pecho descubierto a las balas" (*Las palabras* 37).

¿Es literal tal ofrecimiento de presentar el pecho a las balas? No necesariamente. Piñera lo traduce en términos literarios como "rechazo a la gastada formulita, acometimiento de los grandes trabajos literarios" (37). Con la Revolución deberá cambiar incluso la manera de entender lo literario y así "a medida que nos vamos alejando de la vieja concepción burguesa del mundo […] no ya Casal sino hasta el mismo Baudelaire nos resultan inoperantes. En cambio Martí, poeta de ocasión, en un sentido menos poeta que Casal, nos resulta cercano, a tono con nuestra circunstancia" (*Las palabras* 40).

No es necesario creer en una súbita y milagrosa conversión al marxismo del mismo señor que meses antes acechaba en los pasillos del ministerio de relaciones de exteriores. Basta notar el esfuerzo que pone —al tiempo que adopta el lenguaje de la Revolución— en convencerse a sí mismo de que la Revolución respetará su libertad como escritor si llegara a tomar un rumbo marxista. Ya el 18 de junio de 1959 Piñera afirma en un artículo titulado "Literatura y Revolución": "Es de sobra conocido que el clásico postulado marxista: "La literatura al servicio de la Revolución" ha ido perdiendo, con el decursar del tiempo, su severo dogmatismo" para a continuación anunciar que "actualmente en la Rusia soviética los escritores pueden tratar el tema del Amor". Ante esta risible muestra de libertad creativa Piñera va a exponer con toda seriedad sus propias concepciones sobre el compromiso político del escritor.

Renovando la literatura nacional

De acuerdo a los argumentos que desplegará Piñera en aquellos artículos de 1959, el compromiso político del escritor no equivale a escribir libros "según consignas" ya que ni siquiera la propia Revolución "ha pensado por un momento, en consignarlo a escribir lo que ella quiera" (*Las palabras* 41). El pacto literario del escritor con la política consistirá en no ignorar el hecho consumado que representa la Revolución, lo que implica que "su habitual enfoque de las cosas tendrá que ser revisado" (42). En ese artículo Piñera propone pautas más estrictas a los escritores que las que luego definirá Fidel Castro en sus "Palabras a los intelectuales". Por una parte, Piñera aclara que "la obra podrá ser todo lo exquisita y rara que se quiera con tal que no esté marcada con el sello de la gratuidad". Por otra, espera que "la comunicación con el pueblo (y por pueblo también entendemos al lector de Mallarmé) sea tan demostrable como la existencia del primer ministro o la aplastante realidad de mil tractores" (*Las palabras* 42).

No era la primera vez que Piñera se planteaba la cuestión de la regeneración de la literatura cubana como cuestión colectiva. Ni que arremetiera contra la literatura que consideraba complaciente, puramente ornamental o gratuita. En una conferencia titulada "Cuba y la literatura", leída cuatro años antes del triunfo de la Revolución, Piñera proclama con su teatralidad habitual la inexistencia de una literatura nacional. "Los hombres que pueden darse automáticamente un himno, una Constitución y hasta una patria, no pueden, en cambio, darse una literatura" (*Al borde* 196). En aquella conferencia acusa a los literatos locales de formulaicos, repetitivos, de amiguismo, de falta de profesionalidad y rigor crítico y lamenta la decadencia de una literatura que nunca conoció un esplendor. Apela a la fórmula, luego repetida, de oponerle a la "Nada por exceso" de las grandes literaturas europeas la canija "Nada por defecto" cubana.

Se declara convencido de que "la pluma se negaba a entregar algo genial porque, o no nos sucedía nada, o no sabemos que nada nos sucedía" (194).

Cuando, tras el triunfo de la revolución de 1959, Cuba se convierte en el centro de las peregrinaciones reverentes de intelectuales de Occidente, parecía —en términos piñerianos— que al fin estaba sucediendo algo. Piñera pudo haberse retraído, como discretamente lo hicieron en su momento varios miembros de Orígenes, pero, ¿cómo perder la oportunidad que se le ofrecía de darle forma a la literatura nacional presente y futura, al país todo? A Piñera, aparentemente, no le molestaban ni las ejecuciones tras juicios sin garantías, ni la ausencia de elecciones —que ignora— ni la persecución de publicaciones o escritores críticos de la Revolución —que apoya. Llegado el momento, Piñera no duda en igualar palabra y acto, crítica con terrorismo: "Lo que hay en el fondo de todo esto es ese sabotaje permanente de los contrarrevolucionarios de la cultura. Y así como se ponen bombas a un barco o se incendian los cañaverales, así también se ametrallan y se incendian ciertos libros y ciertas publicaciones" (*Las palabras* 132-133). Así, una vez que Piñera iguala a la Revolución con la idea que tiene de la excelencia literaria, un mal escritor termina siendo una suerte de saboteador, de contrarrevolucionario al que le están reservados castigos paralelos: "¿Y sabe lo que le espera por palabra incumplida, por acto no realizado, por impostura manifiesta y por engaño en descampado? Pues nada menos que el paredón. Es decir, el paredón del desprecio". (176)

Beneficios y sacrificios

En su momento de mayor gloria "revolucionaria", Piñera le declara a Rodríguez Tomeu: "tengo dinero que no sé en qué gastar" (Anderson 116). Pero no se trata solo de eso: entre mediados de 1959 y mediados de 1961 por primera (y única vez) en su vida Piñera siente que su voz tiene un impacto perceptible e inmediato en la vida cubana. Si antes debían pasar años para que le montaran una obra, ahora no solo sus viejas obras se imprimen y representan de inmediato con la asistencia de un público masivo y de importantes personalidades, sino que de los teatros le piden obras nuevas. Ya fuera a través de sus columnas en *Revolución* o en *Lunes* —con sus monstruosas tiradas—, de su trabajo como traductor en la Imprenta Nacional, de director de las Ediciones R, el mismo Piñera que en la conferencia de 1955 se quejaba de sufrir "la peor de todas las muertes, la muerte civil" se siente en el centro mismo de la cultura nacional. Y allí lleva el mismo espíritu iconoclasta y pendenciero que había caracterizado su trayectoria anterior. Así llegará a afirmar públicamente: "Ahora estoy en terreno favorable. La Revolución me ha dado carta de naturaleza. Los años que me queden con vida no volverán a confrontarme con tales humillaciones" (157). No fue esa la más acertada de sus profecías.

Aunque no exenta de cierto oportunismo, la adopción del compromiso revolucionario no carecía de lógica interna dentro del ejercicio literario y crítico de Piñera. Sin poderse atribuir una clara y efectiva acción política previa al triunfo revolucionario, Piñera podía considerarse a sí mismo un revolucionario de la literatura. Para ello le bastaba con evocar la cantidad de veces que emplazó al estamento literario de la República por su conservadurismo o su complacencia crítica. Como revolucionario de las letras llamaba a transformar la literatura nacional a la altura de los nuevos tiempos. El Piñera pre-1959 —a diferencia de lo que afirmaba el Che Guevara sobre el pecado original de una intelectualidad que desconocía casi a la perfección— sí se consideraba "auténticamente revolucionario", solo que no en un sentido político. Tanto como —y a diferencia de otros intelectuales más cautos y, por lo mismo, mejor preparados para las complejas maniobras de supervivencia que les esperaban en el futuro— para no esperar por instrucciones ni consignas sino para lanzarlas él mismo incluso antes de que los jefes de la Revolución empezaran a prestarles atención a los intelectuales. "[E]l intelectual cubano —exhorta en su "aviso a los intelectuales"— no debe demorar un minuto más su compromiso con la Revolución. Compromiso ciento por ciento. Nada de paños tibios". Para a seguidas declarar que la falta de compromiso o el distanciamiento crítico "[a] la larga hacen más daño que las tácticas no encubiertas de los contrarrevolucionarios" (114).

No le faltó habilidad a Piñera para convertir la precariedad de su vida anterior en credenciales revolucionarias. El autor de *Aire frío* fatigó las páginas de *Lunes de Revolución* con la anécdota de los trajes que tuvo que empeñar para sacar adelante un par de números de la revista *Poeta* a inicios de la década del cuarenta. Desde siempre, Piñera había carecido del prurito señorial que les impedía a los miembros de Orígenes exhibir sus propias miserias. Pero para que la comunión entre Piñera y la Revolución fuera completa no bastaba con airear sus rebeldías o miserias sino también había que hacer algunos sacrificios. Uno de ellos fue renunciar a su obra *Los siervos*, la cual no solo excluyó de su *Teatro completo*, sino denunció públicamente en su diálogo imaginario con Jean Paul Sartre.

Un sacrificio no menor debió de ser escribir una obra tan pobre y maniquea como *La sorpresa*. Era esta, según sus propias palabras, una pieza "a tono con la obra del Gobierno Revolucionario" que "se mueve entre el pasado reaccionario y el presente revolucionario, es decir, los campesinos oprimidos y los campesinos redimidos" (*Las palabras* 306). Tampoco pareció molestarle demasiado cumplir encargos que en otro tiempo hubiera considerado indignos de su condición de escritor tales como "hacer reportaje en la Sierra de Cubitas sobre el guano de murciélago". Lo más cerca que estuvo Piñera de exponer sus remilgos ante tareas así es un "¡Qué me contás!" (Anderson 125) que le suelta a su amigo Rodríguez Tomeu en una carta personal.

Un jesuita de la literatura

La de 1959 no era la primera revuelta en la que participaba Piñera. Un par de décadas antes, en los años cuarenta, ya se había rebelado contra lo que en ese momento le pareció el yugo metafísico del grupo que terminaría fundando *Orígenes*. No necesitó mucho para que se le hiciera insoportable el catolicismo de los agrupados en torno a Lezama. Bastó la adición del sacerdote Ángel Gaztelu al consejo de redacción de la revista *Espuela de Plata* para que Piñera denunciara a sus integrantes como "católicos, no ya solo en el sentido universal del término sino como cuestión dogmática" (*De vuelta y vuelta* 33). Pero su rebeldía no se detuvo allí y en los años siguientes vemos a Piñera convertido en cruzado dispuesto a emplazar a cualquiera que, en su opinión, traicionara la pureza del oficio literario.

En aquellos años Piñera presumía de su jacobinismo literario. Podía decretar la "franca capitulación" de la generación de la *Revista de Avance* ("me pregunto melancólicamente, si el destino del *homme de lettres* en Cuba sea el de sucesivas metamorfosis hacia un espécimen de simetría cada vez más opuesta a la de este puro hombre de letras" le escribió a Jorge Mañach); o extender el acta de defunción como escritor a Gastón Baquero por aceptar ser redactor de un periódico: "Si todo el mundo te ha felicitado yo te doy el pésame [...] cada día que transcurra irás enterrando fragmentos del Gastón Baquero no solicitado por el artículo de actualidad" (51). O rechazar invitaciones de una institución como el Lyceum y Lawn Tennis Club porque "[q]uien trabaja a conciencia en su arte, quien estima la cultura, no como entretenimiento elegante sino como destino dignamente recibido no puede aceptar tales comedias" (60-61).

Fueron tiempos en los que Piñera pudo desertar hacia las filas de la intelectualidad marxista. No parecía un mal cálculo político en una época en que el Partido Comunista era aliado firme de Fulgencio Batista, entonces en el poder. Después de todo, *La isla en peso*, poema vapuleado con saña por el origenismo, fue recibido con entusiasmo por la crítica marxista Mirta Aguirre, quien vio en el poema un "cambio de rumbo" en lo literario y "el inicio de un camino" para el poeta. Pero teniendo en cuenta la naturaleza rebelde de Piñera y que compartía bastantes más puntos de vista con los origenistas que con el marxismo es dudoso que se planteara seriamente la posibilidad de escapar del dogma origenista para entregarse al marxista.

Natural debió parecerle al Piñera republicano el destino de lobo solitario de la literatura cubana, peleándose por todo y contra todos, convencido de que "lo único que cuenta [...] es trabajar en la obra" (*De vuelta y vuelta* 40). O aferrarse al juramento literario de "ordenar el desorden; no pactar, no capitular; meterse de lleno en la obra" (46). Así hasta emprender en 1955 la aventura de *Ciclón*, revista que se anunciaba ya en su primer número, como una guerra que "hemos ganado" (185) a la revista *Orígenes* y que proponía a la nueva generación de escritores no conformarse "a nuestra imagen y semejanza, sino provocarlos, espolearlos, hacerlos distintos a nosotros" (188).

El ironista esperanzado

En *La mente cautiva*, Miłosz difiere de la idea —usualmente aceptada— de que los regímenes totalitarios se explican principalmente a través de la violencia: "En Occidente se tiende a analizar el destino de los países conversos en categorías de coacción y de violencia. Esto es un error. Aparte de un temor habitual, aparte de las ganas de protegerse de la pobreza y de la destrucción física, funciona el deseo interior de armonía y de felicidad" (Miłosz). La violencia no es el fin de un régimen totalitario, ni siquiera el medio principal: es uno de los tantos instrumentos empleados para conseguir la total domesticación de la sociedad. Este y otros detalles parecieron escapársele a Piñera a juzgar por la reseña que escribió para *Ciclón* en julio de 1956. Piñera cree detectar la esencia del totalitarismo en su "voluntad de matar" que no es "necesariamente una exclusividad rusa" (*Al borde* 223) puesto que el Este y el Oeste están de acuerdo en un punto esencial: "la concepción de la muerte" (224).

Primero en la reseña, luego en el entusiasmo con que progresivamente acoge la revolución de 1959, Piñera parece no entender que lo que distingue al totalitarismo comunista de otros sistemas de dominación modernos no es la voluntad de matar sino su inmensa capacidad de seducción a partir de la inmediata sensación de comunidad universal que crea. Una sensación de comunidad especialmente atractiva para los intelectuales que, como Piñera, se sentían enajenados de la vida nacional. "El intelectual —comenta Miłosz sobre el acto de conversión totalitaria— vuelve a ser útil. Él, que hasta ahora se había dedicado a pensar y a escribir durante los momentos libres que tenía de su trabajo retribuido en el banco o en correos, ha obtenido un lugar en la tierra, ha sido devuelto a la comunidad" (Miłosz).

Fuera por cálculo, por una repentina suspensión de la incredulidad, o por un súbito rapto de esperanza, Piñera no pareció cuestionar los síntomas de seducción totalitaria que mencionaba Miłosz en su libro. En varias ocasiones describe entusiasmado su propio proceso de integración a la comunidad de fe. Si antes los escritores "vivíamos sumergidos, inmersos en el Arte, con total indiferencia a esos problemas nacionales aludidos" (*Las palabras* 117), ahora "el escritor cubano ha entrado a formar parte, como engranaje necesario, de la comunidad" (126). Tanto en sus artículos como en su correspondencia privada, Piñera da cuenta de las "inmensas posibilidades de llevar una vida activa y animada" (Miłosz) que ofrecía la nueva fe y no parecía dispuesto a renunciar a ellas. No menos embriagadora debió resultarle la influencia que ejercía sobre las nuevas generaciones de escritores y que las compañías teatrales le suplicaran nuevas obras. O que todos los visitantes ilustres que acudían a la isla a comprobar *in situ* los avances de la Revolución se interesaran en su obra y prometieran difundirla en sus respectivos países a través de publicaciones o puestas en escena.

El estudioso Rafael Rojas ha llamado la atención sobre el proceso que convirtió el nihilismo de los intelectuales de la República en militancia en las filas de una "Revolución secretamente inspirada en la Nada". Piñera podría parecer el caso más paradigmático de esta conversión del nihilismo en compromiso revolucionario. De pasar de negar todo lo que fundamente "el ser y el valor, la verdad y el bien, el mundo y el hombre" (Comte-Sponville 371) a asumir a la Revolución triunfante como fundamento de Todo. Y sin embargo, "la oscura cabeza negadora" parece volver a escurrírsenos como paradigma del nihilista converso. Es cierto que toda su obra revolucionaria está impregnada por el rechazo instintivo y la desesperanza. En medio del catolicismo imperante en el círculo de Lezama Lima, Piñera fue capaz de soltarle: "no olvide que el mismo Dios para existir debe estar continuamente en entredicho" (*De vuelta y vuelta* 48). Pero, por negar, Piñera parecía negar incluso el nihilismo. Para ello apelaba al arte, como antes lo había hecho Nietzsche: "El arte y nada más que el arte. ¡Es el que hace posible la vida, gran seductor de la vida, el gran estimulante de la vida! El arte es la única fuerza superior opuesta a toda voluntad de negar la vida, es la fuerza anticristiana, la antibudística, la antinihilista por excelencia" (Nietzsche

566). El arte, en el caso de Piñera, no parece —pese a sus insistentes afirmaciones— ser el fin, sino un medio ciertamente oscuro y retorcido de acceder al amor. Incluso en *La isla en peso* —poema que los críticos de *Orígenes* concordaban en ver como un punto máximo del nihilismo piñeriano— luego de referirse a las diversas limitaciones del pueblo cubano concluye reconociendo el amor instintivo y visceral de este por su isla: "un pueblo permanece junto a su bestia en la hora de partir,/ aullando en el mar, devorando frutas, sacrificando animales,/ siempre más abajo, hasta saber el peso de su isla,/ el peso de una isla en el amor de un pueblo" (*La isla* 49). El debatible nihilismo de Piñera era, en cualquier caso, esa forma de moralismo que, según Miłosz "surge de una pasión ética, es un amor frustrado hacia el mundo y la gente" (Miłosz).

Ciertamente, en sus escritos entre 1959 y 1961, Virgilio Piñera ejerce cierto nihilismo retrospectivo sobre su obra. O más bien le da un sentido histórico a lo que en su momento parecía pura desconfianza existencial. Una y otra vez, en esos escritos posteriores a 1959, insiste en conectar su desesperanza anterior —y su consecuente falta de activismo cívico— con las sucesivas frustraciones históricas de la República: "salíamos de una Revolución traicionada para caer en otra igualmente traicionada" (189); "sabíamos que al dictador de hoy sucedería el dictador de mañana" (136). Así hasta que su discreta esperanza acaba siendo redimida por la revolución de 1959, una revolución "verdadera" que se proponía triunfar allí donde las otras se habían quedado cortas. Una revolución que se proponía fomentar en lo social el estado de rebelión permanente en que había transcurrido la existencia literaria de Piñera.

O al menos eso era de lo que Piñera trataba de convencerse y convencer a sus lectores. "Yo a mi modo hacía Revolución en las letras" (158) dice al intentar resumir sus "25 años de vida literaria". Tiempos en los que Piñera insistía en establecer paralelos entre la experiencia del escritor y sus riesgos y las de aquellos barbudos que tan remotos le habían parecido meses atrás:

> ser escritor en Cuba era un destino y un oficio tan peligroso como lo fue en su hora el del soldado rebelde y el miembro de la clandestinidad, con la marcada diferencia de que estos sabían el terreno que pisaban, no estaban en modo alguno a la defensiva y sabían que más tarde o más temprano llegaría el día de la victoria, en tanto los así llamados escritores, no teniendo otra meta que las letras por las letras (meta muy respetable, pero invalidada de antemano por faltarle el respaldo de una realidad nacional) se hundían en su propia inseguridad. (*Las palabras* 145)

La Revolución, según la concebía Piñera en esos días, era la nueva sustancia de la literatura, relevando a esta de la responsabilidad de ser el fundamento y destino de los escritores. El escritor cubano era desde entonces "un producto de la Revolución" y estaba "en el deber de reflejarla" (146). Parecía Piñera coincidir con la afirmación de Camus de que la "acción política y la creación son las dos caras de una misma rebelión contra los desórdenes del mundo" (Camus 181).

Una revolución muy suya

Y, sin embargo, bajo esa apariencia de incondicionalidad, Piñera siempre dejó clara su distinción entre lo que consideraba el compromiso literario con la Revolución y lo que llamaba "literatura dirigida". Al mismo tiempo que predica el apoyo político al hecho revolucionario rechaza toda subordinación ideológica. Así "el poeta, como ser humano que es, también está comprometido, pero de ahí a estarlo con un programa, con una consigna *a priori*, media una distancia verdaderamente astronómica" (*Las palabras* 195).

En sus artículos de *Revolución* y de *Lunes* son constantes los intentos de Piñera de congeniar el compromiso político y la autonomía del escritor. De preservar —al menos en teoría— la dignidad literaria, al entender la literatura como valor intrínseco que no es medio sino fin en sí mismo. Si por una parte llamaba a los escritores cubanos a "comprometerse mañana, tarde y noche" y a "expresar en su obra la hermosura viril de la Revolución" Piñera insistía, no sin cautela, en que "la Belleza sigue siendo, a lo que parece, el motor del Arte" (*Las palabras* 107). Piñera, al imaginar los términos del compromiso entre los escritores y la Revolución, proclama que "el nuevo poeta tendrá toda libertad para relatar o cantar, pero al mismo tiempo no perderá de vista la realidad" (248) e intenta al mismo tiempo comprometer a la Revolución con el Arte y así conseguir que coincidan en un punto intermedio: "la fórmula sería esta: El Arte hecho Revolución; la Revolución hecha Arte" (107).

De un lado, Piñera propone cierta subordinación de lo literario a los temas que se consideraban políticamente esenciales en ese momento y que de alguna manera lo acercarían a la textura del realismo socialista o el futurismo ("una oda al tractor, o si prefieren algo más insólito, por ejemplo, una elegía a una tuerca puede ser una explosión poética tan efectiva como una explosión nuclear") (*Las palabras* 110). No obstante, al mismo tiempo aspira a que los nuevos temas no comprometan la autonomía literaria del escritor: "asumo una vez más mis deberes de poeta de utilidad pública, es decir de puro poeta" (154). Piñera insiste, por demás, en marcar distancias con aquellos que fundamentan el compromiso literario a partir de la subordinación a lo político, al decir "yo no postulo el hecho poético desde lo social y político [...] sino desde la poesía en sí misma, por sí misma y para sí misma" (194). Pero, para que el margen de libertad literaria sea mayor, Piñera amplía la definición de lo social más allá de la oda al tractor o la elegía a la tuerca. Por eso, cuando el novelista guatemalteco Miguel Ángel Asturias niega "todo contenido social a la obra borgiana", Piñera sale en defensa de Borges preguntándose: "¿Quién sino Borges para reflejar esa constante problematización que es un argentino?". Y termina afirmando que la obra de Borges es de contenido social "a menos que se convenga en que Borges se ocupa de los marcianos o de los venusinos" (120).

Pero Piñera va más allá al defender la que entonces se consideraba kriptonita del compromiso político de los escritores: la llamada "literatura de evasión", un cargo bajo el que se podía incriminar a toda la obra de Piñera. El autor de *Aire frío* defiende la evasión con un truco retórico que resulta, sin embargo, consistente con toda su obra: "la evasión se justifica en tanto conduzca a la libertad" (190). Pero Piñera no demuestra más maña sofística en defender la autonomía literaria que cuando, en vez de a su condición trascendente de artista, apela a la de proletario de las letras: "si el obrero tiene autonomía en su trabajo, no veo por qué no habría de tenerla el escritor en el suyo" (125). En nombre de esta equiparación entre escritor y obrero Piñera intenta adelantarse a la inminente dictadura del proletariado: si ha de ejercerse "la vigilancia sobre el escritor", esta debería ser estética y ocuparse de "aquellos que se limitan a denunciar, sin arte alguno, la explotación del hombre por el hombre" (125). Si hay subordinación de la literatura, no será a la estrategia política de la Revolución sino a su propia aspiración a la pureza. "Si a la Revolución se la desvirtuase, moriría; si a la Literatura se la pusiese a producir slogans pretendidamente literarios, moriría igualmente". Y más adelante concluye el artículo —titulado engañosamente "Miscelánea"—: "Si el Arte por el Arte es cosa de matarse de risa [...] el Arte sin el Arte puede llevar al embrutecimiento, por aplastamiento de la imaginación" (125).

El miedo de Piñera

"Yo quiero decir que tengo mucho miedo. No sé por qué tengo ese miedo pero es eso todo lo que tengo que decir" (Cabrera Infante 331-332). Según Cabrera Infante eso fue lo que dijo Piñera durante uno de los famosos encuentros de la dirigencia de la Revolución con intelectuales cubanos en la Biblioteca Nacional durante el verano de 1961. Ese relato de alguien que no estuvo presente en la reunión ha prevalecido incluso luego de que fuera publicada la transcripción taquigráfica del intercambio entre Fidel Castro y Virgilio Piñera. La lectura de la transcripción da una imagen menos teatral, pero al mismo tiempo más insidiosa. Piñera no se refiere a un miedo personal y difuso, como en la versión de Cabrera Infante, sino a uno general y muy concreto:

"hay un miedo [...] sobre que el Gobierno va a dirigir la cultura" (*Al borde* 784). A continuación, Piñera dice no saber "qué cosa es cultura dirigida" algo que no parece ignorar en un artículo de 1959 al referirse a ciertos poemas "fabricados, con todos los elementos comunes a la poesía dirigida o de consigna" (*Las palabras* 85). Tampoco Piñera parece ignorar del todo el control estatal soviético sobre la literatura cuando en diciembre de 1960 le pregunta a Pablo Neruda: "¿Es cierto que existe, para los escritores, un comité de control para la aceptación de sus obras?" (774).

Apenas cinco días antes del intercambio entre Piñera y Fidel Castro, *Lunes* había publicado el resultado de un encuentro entre el poeta turco Nazim Hikmet y los redactores del magazín. Allí Piñera también habló de miedo. Sin embargo, todavía se mostraba confiado en dominarlo: "el problema fundamental del miedo del escritor ante la Revolución —le explicaba Piñera al poeta comunista—, es que le es necesario domar la Revolución como se doma un caballo" (778). En cambio, luego del encuentro en la Biblioteca Nacional, quedó bastante claro que la Revolución no estaba dispuesta a dejarse domar. Al contrario: era ella la que se disponía a domesticar a los escritores locales por los medios que encontrara pertinentes.

Luego de aquella reunión, no menos claro debió quedarle al poder revolucionario que la entrega absoluta del escritor había llegado a su fin. Un desenlace lógico, tal y como apuntaba Albert Camus en 1948: lo que busca el revolucionario devenido en totalitario "no es la unidad, que es la armonía entre contrarios" sino "la totalidad, que consiste en aplastar las diferencias" (Camus 181). En cambio, insiste el francés, el creador debe luchar por "afirmar contra las abstracciones de la historia lo que rebasa a toda historia: la carne" (184) esa instancia tan prominente en la obra piñeriana. Cuando el revolucionario (aunque Camus prefiere llamarlo "conquistador") "se hace verdugo y policía, el artista está obligado a ser refractario" (181-182).

En el caso de Piñera bastó su preocupación sobre los límites que impondrían a su libertad creativa para sellar su suerte en lo que le quedaba de vida. Porque a partir de entonces la desaparición de Piñera de la zona visible de la cultura cubana fue lenta pero inexorable. A los pocos meses del encuentro en la Biblioteca Nacional, *Lunes de Revolución*, la tribuna desde la que Piñera aireaba su particular revuelta literaria, fue clausurada. En lo que quedaba de década Piñera publicaría dos novelas en Cuba y hasta ganaría el premio Casa de las Américas de teatro con *Dos viejos pánicos*, pero ni esa ni ninguna de las obras que escribiera desde 1962 llegó a ser estrenada mientras vivió. En 1970 Piñera publicó su último libro en vida —la colección de cuentos *El que vino a salvarme*— en Argentina. En su última década de existencia —esa en la que a los escritores de la talla de Piñera les suelen llegar las alabanzas y honores que les fueron negados antes— no solo fue silenciado públicamente, sino que hasta la discreta tertulia literaria a la que asistía en casa de unos amigos fue disuelta ante las presiones y amenazas de la Seguridad del Estado.

Piñera, quien tantas veces en los años de la República se refirió a su "muerte civil" como escritor, pudo experimentar en carne propia su versión más definitiva, la totalitaria. Ya no solo se trataba del desprecio de instituciones oficiales de la cultura en un mundo en el que se podían usar espacios no estatales para publicar libros, estrenar obras, fundar revistas. En el caso totalitario, donde el Estado controlaba todo, la muerte civil se parecía bastante más a la muerte real.

Debe aclararse, no obstante, que las muertes civiles en el totalitarismo suelen ser discretas. No hay velorios ni entierros oficiales. Ni condenas públicas ni prohibiciones declaradas. El condenado se limita a observar cómo el silencio y el ostracismo se cierran sobre él de manera cada vez más compacta. Meses antes de la muerte física de Piñera, un importante funcionario, Alfredo Guevara, fundador y presidente del ICAIC, llegó a franquearse con un grupo de jóvenes cubanoamericanos sobre el "caso" del viejo escritor. Entonces dijo que el silenciamiento del escritor se justificaba porque este mantenía una actitud contrarrevolucionaria activa: "cuando digo activa no digo pertenecer a una organización contrarrevolucionaria pero sí digo tener una actividad de lucha política por sus medios, con sus instrumentos intelectuales contra el proceso revolucionario" (Guevara 358). Guevara incluso se permite un ejercicio de "ciencia-ficción" y se aventura a imaginar que si

nos surgiera ahora un Virgilio Piñera que no tuviera esa historia, que no hubiera participado en *Lunes* […] si no existiera ese pasado y fuera un nuevo Virgilio Piñera el que naciera ahora, diría que ya eso sería harina de otro costal. Tendríamos que luchar en otra dimensión, tendríamos que luchar por influirlo, por ganarlo para nosotros, por conquistar ese talento para el proceso de la Revolución, pero publicarlo o no publicarlo sería otra cosa (359).

Esta lectura tan definitiva que se hizo entonces de la obra de Piñera desde el poder ha contagiado el resto de las lecturas que hacemos desde entonces, sobre todo, de lo que escribió luego de su caída en desgracia. Leemos al autor de los *Cuentos fríos* como un contrarrevolucionario o disidente activo transmitiendo desde su clandestinidad de ultratumba mensajes cifrados en contra del poder que lo ha sobrevivido durante décadas. Y, en efecto, mucha de su obra posterior puede leerse en clave contrarrevolucionaria, o como diría el propio Piñera, "gusana".

Todos los textos escritos tras su caída en desgracia y buena parte de los anteriores admiten leerse como un acto de resistencia contra el sistema que lo aniquiló en vida y lo persiguió unos años más después de muerto. Muchos señalan el detalle de que en su novela *Presiones y diamantes* —comenzada a escribir antes de 1959— el brillante en torno al cual se organiza la trama y que terminara lanzado a un inodoro, llevaba el nombre de Delphi, que al revés puede entenderse como Fi-del. O es posible entender cuentos como "Otra vez Luis Catorce" o "La rebelión de los enfermos" o la pieza teatral "La niñita querida" como alegorías del poder totalitario.

La obra de Virgilio Piñera después de su caída en desgracia me hace pensar en un cuento de Slawomir Mrożek, un autor a quien —por cierto— Piñera leyó con bastante atención. Trata de unos niños que construyen un muñeco de nieve para a continuación ver cómo los personajes del pueblo, desde el borracho hasta sus principales dirigentes, se quejan a su padre por lo que asumen como una burla hacia ellos. Tras cada acusación los niños declaran su inocencia pero, "por si acaso", el padre les va añadiendo castigos. Cuando los niños al fin cumplen su castigo, lo primero que deciden hacer es un muñeco de nieve. Solo que esta vez el muñeco sí va a representar todo aquello de lo que antes los acusaron falsamente.

Si el cuento de Mrożek es una fábula sobre el totalitarismo, la vida y la obra de Virgilio Piñera a partir de 1961 puede leerse como otra: la fábula del irónico profesional que ante la irrupción de una nueva fe descubre la vacuidad de su cinismo y se entrega en cuerpo y alma a ella. "Estoy dispuesto a entregarte todo —le dirá al sumo sacerdote de la nueva religión— pero permíteme quedarme con algo de mi ironía. Me ha acompañado por tanto tiempo que no creo que pueda prescindir completamente de ella". A lo que el sumo sacerdote le responderá: "No has entendido nada. Si te permito conservar aunque sea una pizca de ironía, de reticencia ante mi fe, esta nunca podrá persistir sobre la tierra". Y de inmediato manda a que le corten la cabeza. En la fábula que me acabo de inventar, claro. Ya se sabe que el destino real de Piñera fue algo menos sangriento.

Para explicar la relación entre la obra de Piñera anterior y posterior a su rapto de fe basta el cuento de Mrożek. En la obra de Piñera posterior a 1961 no se aprecian cambios evidentes de estilo, de temas o de situaciones y, sin embargo, todo parece distinto al quedar marcado —ya sea en el autor o en sus lectores— por la conciencia de una culpa esencial. La culpa de no dejarse arrastrar completamente por la fe, de ofrecer resistencia casi sin quererlo a través de su literatura. "La naturaleza estática del arte hace que este se sitúe como una reserva irónica y a veces incluso cínica frente a las imágenes del mundo y a las seguridades con las que los hombres se instauran en el mundo" (Safranski 208).

La seguridad en que se instalaron los hombres a los que Piñera hizo frente casi sin querer mientras intentaba seguirlos era la más absoluta de todas las seguridades que se hayan inventado los humanos sin tener que apelar a Dios: la seguridad totalitaria. Porque ya no se trata de lidiar con dioses esquivos, inalcanzables. Se brega con la Historia, que es Dios disfrazado de tiempo y acciones humanas, pero esta es a su vez controlada por leyes que los jefes de Partido dicen conocer a la perfección. Y si Piñera solo aceptaba la existencia del Dios católico a condición de ponerlo en entredicho, ¿cuántas recaídas no sufriría su fe ante un Dios de tan reciente factura como el que le ofrecía el materialismo histórico?

Todo parece indicar que Piñera, al volver a la creación literaria luego de su caída en desgracia, lo hizo con la misma malicia aprendida de los niños de Mrożek. Pero incluso si lograba el milagro de conservar la inocencia era inevitable que chocara con las nuevas reglas del totalitarismo en cualquier dirección que se moviera. Tanto quejarse Piñera de la "Nada por defecto" y el destino le tenía reservado la "Nada por exceso" en mucha más cantidad de la que podría tolerar. Solo que en este caso no se trataba de la Nada a la que se llega "a través de la cultura, la tradición, la abundancia" (*Al borde* 194) sino la Nada totalitaria: un vacío, una parálisis, creados precisamente por el exceso de sentido que le confiere a la realidad la paranoica suspicacia del totalitarismo.

Ese es el resultado de la pretensión del totalitarismo de politizarlo todo. Una concepción omnicomprensiva del mundo que le exige significado a todo lo existente: desde el origen del universo hasta el último de los átomos, desde las relaciones de producción a las sexuales. En su obsesión por ejercer su poder sobre cada aspecto de la realidad, de controlarla, el totalitarismo marxista-leninista le asigna a cada acto vital un significado político. Esto es: a favor o en contra de la Historia que es lo mismo que decir El Partido. Cada partícula de la realidad es aliada o enemiga. Así ocurre de manera bastante explícita en el relato "Un jesuita de la literatura" de 1964. Basta con que una italiana se presente como "signora" para que el narrador pregunte si es "gusana". Y la respuesta que recibe es: "No creo, solo que no está familiarizada". O poco después, cuando la italiana se dirige a la presidenta del Comité de Defensa de la Revolución del barrio esta responde indignada "Siñora no. Compañera. Soy marxista leninista". Solo que ahora el absurdo de la situación no obedecerá a las obsesiones literarias de Piñera sino al costumbrismo totalitario. Norma que, una vez instaurada, convierte cualquier desliz en acto enemigo.

En el cuento "El caramelo" de 1962, el absurdo cotidiano adquiere consistencia de fábula. Una fábula sobre la experiencia "revolucionaria" de Piñera. El narrador viaja en un autobús cuando cree presenciar un asesinato: un niño y su abuela convencen a una joven de que se coma un caramelo y esta cae muerta al instante. El narrador, solícito, los denuncia a la policía. Les cuenta que vio cómo el niño, asistido por la abuela, insistió en que la joven comiera un caramelo. Cuando la policía interroga a los acusados descubre que en realidad el niño no existe y lo que la anciana acuna en sus brazos es un cerdito. En consecuencia, a quien llevan detenido es al narrador, mientras el capitán resume la situación diciendo: "¡Te pusiste fatal! […] Fatal, fatal… Ya ves, al mejor escribiente se le va un borrón…" (*Cuentos* 260). Es difícil no ver reflejado allí el viacrucis de Piñera: el escritor prerrevolucionario que con más entusiasmo se había prestado a apoyar al nuevo Poder se veía tratado como un criminal mientras muchos a los que había acusado terminaron adaptándose bastante mejor a las circunstancias. Aquel que en 1959 intimidaba a sus enemigos literarios haciéndose preguntas tales como "¿Tiene el doctor Vitier autoridad moral para enjuiciar la Revolución?" (*Las palabras* 68), dos años después vería cómo la Revolución se sentía perfectamente autorizada para condenarlo al ostracismo.

Leer aquellos textos de Piñera en clave paranoica puede parecer excesivo pero, con frecuencia, resulta revelador. Como ocurre con el cuento "Frío en caliente". (Su fechado en 1959 parece una falsificación: alude a las nacionalizaciones masivas —que tuvieron lugar en 1960— y al programa de visas "waiver" —que comenzó oficialmente en 1961) (Torres 61-62). La biografía del protagonista y narrador no puede ser más distinta a la de Piñera: un negociante avispado y corrupto que hizo fortuna con sus rejuegos políticos durante la República. En el presente del cuento, despojado de todas sus propiedades e influencia, consume sus días en una cafetería, empeñado en adivinar qué sabor de helado pedirán los comensales. Tal entretenimiento puede carecer de sentido para alguien como Piñera, pero no las razones que lo justifican: "debo ser cauteloso. En materia de soberanía la única que me es dable poseer es la de la imaginación. Imaginar qué helado elegirá el cliente, o no elegirá, me coloca en esa linde de la existencia en donde sin estar muerto tampoco se está vivo" (*Cuentos* 235). Dependiendo de si se acepta o no la fecha oficial de su escritura, el final del cuento puede verse como profecía o como autorretrato de Piñera tras su caída en desgracia.

Sea la fecha de la escritura del cuento 1959 o 1962, todavía faltaría tiempo para que la gastronomía local redujera el número de sabores a uno solo y volviera ridículo cualquier intento adivinatorio. Entre tanto, tras su breve lapso de ilusiones revolucionarias, Piñera se refugiaría en el arte como el único ámbito que le ofrecía alguna seguridad, para desde allí retomar su vieja desconfianza hacia los hombres y sus planes, con amarga y ahora mejor informada lucidez.

(2020)

Bibliografía

Anderson, Thomas F. *Piñera corresponsal. Una vida en cartas*. Pittsburgh. Instituto Internacional de Literatura Latinoamericana, Universidad de Pittsburgh, 2016.

Cabrera Infante, Guillermo. *Mea Cuba*. Barcelona: Plaza & Janés Editores/ Cambio 16, 1993.

Camus, Albert. *Moral y política*. Buenos Aires: Editorial Losada S.A., 1978.

Comte-Sponville, André. *Diccionario filosófico*. Barcelona: Ediciones Paidós Ibérica, 2005.

Espinosa, Carlos. *Piñera en persona*. La Habana: Ediciones Unión, 2011.

Guevara, Alfredo. *Tiempo de fundación*. Madrid: Iberautor Promociones Culturales, 2003.

Miłosz, Czeslaw. *La mente cautiva*. Barcelona: Galaxia Gutenberg, 2016. Kindle Edition.

Mrożek, Slawomir. *El elefante*. Barcelona: Seix Barral, 1969.

Nietzsche, Friedrich. *La voluntad de poder*. Madrid: Editorial EDAF, S.A., 2000.

Piñera, Virgilio. *Cuentos completos*. Madrid: Grupo Santillana Ediciones S.A., 1999.

_____. *La isla en peso*. Obra poética. [Compilación y prólogo de Antón Arrufat]. Barcelona: Tusquets Editores, 2000.

_____.*Virgilio Piñera, de vuelta y vuelta. Correspondencia 1932-1978*. [Carlos Espinosa, compilador]. La Habana: Ediciones Unión, 2011.

_____. *Las palabras de El Escriba. Artículos publicados en* Revolución *y* Lunes de Revolución *(1959-1961)*. [Compiladores: Ernesto Fundora y Daenerys Machado]. La Habana: Ediciones Unión, 2014.

_____. *Virgilio Piñera al borde la ficción. Compilación de textos*. [Carlos Aníbal Alonso, Pablo Argüelles Acosta, compiladores]. La Habana: Editorial UH, 2015.

Rojas, Rafael. "El intelectual y la revolución. Contrapunteo cubano del nihilismo y el civismo". *Encuentro de la cultura cubana*. 16/17 (Primavera–Verano 2000), pp. 80-88.

Safranski, Rüdiger. *El mal o El drama de la libertad*. Ciudad de México: Tusquets Editores, 2013.

Torres, María de los Ángeles. *In the Land of Mirrors: Cuban Exile Politics in the United States*. University of Michigan Press, 1999.

PIÑERA Y PROFECÍA

Primera proposición dramática: Con el grupo que fundara la revista Orígenes la poesía cubana se convirtió en una rama de la geografía que a su vez tenía mucho de astronomía.

"La ínsula distinta en el Cosmos, la ínsula indistinta en el Cosmos", predicaba una de las antecesoras de Orígenes, *Espuela de Plata*, consignando que la isla de Cuba era o debía ser a un tiempo excepcional y universal. Que Virgilio Piñera proclamara en su famoso poema "La isla en peso" la obviedad de que Cuba estaba justo donde estaba y no en otro sitio, no podía ser recibida desde el seno de los futuros origenistas más que como herejía y traición a su credo poético. De ahí las continuas pedradas lanzadas por Cintio Vitier contra el poema, escudado en las anchas espaldas de Lezama. En la más famosa de aquellas pedradas acusaba a Piñera de "convertir a Cuba, tan intensa y profundamente individualizada en sus misterios esenciales por generaciones de poetas, en una caótica, telúrica y atroz Antilla cualquiera" (Vitier 480). En una carta personal al propio Piñera, Vitier sería más específico y enjundioso en su acusación.

Lo único que sí no puedo compartir de tu poesía es la descripción general de una isla —¿en qué siempre lejanísimo trópico?— donde yo nunca he vivido ni quiero vivir. Porque mi patria, que está formándose y yo estoy formando en mi medida, nada tiene que ver con esa pestilente roca de la que hablas. Y no es que no haya pestilencias y mediodías como un ojo imbécil aquí, ni que yo deje de comprender que lo que nos falta para parecernos a la Guayana o a la Martinica (si es que son tan infernales, o, pero [sic], como sugieres, solo fango) lo añade tu innecesaria fantasía, tu desenfrenada vocación de cáncer —ya que en última instancia no hay lección que no sea vocativo—, tu pasta, en fin, de persona infausta (*Virgilio* 55)

Téngase en cuenta que la "desenfrenada vocación de cáncer" que diagnostica Vitier no aludía al horóscopo —Piñera era Leo— sino a la enfermedad. Piñera era el tumor que amenazaba la salud de la isla origenista. Vitier resiente que a Cuba, comparándosela con "una Antilla cualquiera", se le disminuya el peso cultural acumulado por generaciones de poetas. Esa concepción ya prefigura su clásico *Lo cubano en la poesía*, publicado casi dos décadas más tarde, y que desde el título anuncia su intención de ubicar lo particular en el universo (de la poesía). Para Vitier —es obvio— el resto de las Antillas constituye un páramo con el que cualquier comparación representaría una ofensa. Faltaba tiempo para que el campeonato del Nobel de literatura arrojara el siguiente marcador: Antillas Cualquiera 3 - Cuba 0. (Los goles antillanos habían sido marcados por sus delanteros Saint-John Perse, V.S. Naipaul, Derek Walcott).

Habían pasado dos años desde la publicación de *Retorno al país natal* de Aimé Césaire, poema con el que

"La isla en peso" guarda un parecido que para Vitier resulta imperdonable. Llama la atención, eso sí, que el fino ojo crítico de Vitier vea pura imitación en el diálogo que Virgilio establece con Césaire y, como veremos más tarde, con Lezama. Un diálogo incluso algo paternalista por parte de Piñera (¿de qué otro modo habría de ser, siendo Piñera cubano?) en el que al amanecer esperanzado que aguarda al final del poema de Césaire opone el ciclo de un día completo: amanecer, mediodía, tarde y noche. Frente a la promisoria línea del horizonte, Piñera se refugia en la sabiduría simple del círculo.

En ese sentido, la esperanza lineal inspirada en el anticolonialismo marxista de Césaire está más cercana del ideal de redención cristiana de Vitier de lo que este último estaría dispuesto a admitir en los próximos treinta años. Sin embargo, allí donde el martiniqueño pugna por reconocer sus circunstancias, Vitier, junto al resto de los origenistas, opta por escaparse de ellas o, usando un verbo que frecuentaba con más gusto, salvarlas. Las circunstancias postcoloniales y mestizas de Cuba son para Vitier "elementos sociales y sociológicos, constitutivamente intrascendibles" (*Virgilio* 56) confundiendo realidades sociales con folklor. Tal pareciera que para Vitier "La isla en peso" fuera una nueva versión del "Sóngoro cosongo" de Guillén.

La incomodidad de Vitier ante el atrevimiento de Piñera es, insisto, menos racial que geográfica y temporal. Se resiste —como antes lo hiciera Cristóbal Colón cuando por motivos parecidos ubicó a Cuba en medio del archipiélago japonés— a situar la isla entre paralelos y meridianos que a él se le antojaban como barrotes de la cárcel de lo real. Vitier, como Colón, parece asumir que ubicar a Cuba en sus correctas coordenadas desvaloriza a su isla. Unas coordenadas que Vitier asocia a la falta de Espíritu, de orden, de civilización. De ahí que Vitier se resista incluso a ubicar tal geografía en su Historia. Lo imperdonable del poema de Piñera es, en opinión de Vitier, su sometimiento de lo universal a lo particular, de la poesía a las circunstancias, del Espíritu al deseo.

Vitier sueña con una isla alada, desprendida de sus circunstancias, con un racimo de esencias que van al encuentro del "ámbito más profundo de la fe". "El amor a lo perecedero —le explica Vitier a Piñera— constituye para mí la sustancia de la aptitud artística, pero ese amor puede tener un sentido, el de la resurrección" (*Virgilio* 54). Ante la desaforada isla de Piñera, Vitier contrapone su muy particular lectura de la poesía de Lezama. Según Vitier, el acierto de Lezama era que "su espacio y sus fuentes no estaban en relación esencial ninguna con la circundante atmósfera poética. Su tiempo no parecía ser histórico ni ahistórico, sino, literalmente fabuloso" y así, gracias a Lezama, "nuestra poesía, como si nada hubiera ocurrido, tomaba contacto, soñadoramente, con el anhelo mítico inmemorial que estaba en la imagen renacentista de la isla" (Vitier 438). Pero, advierte Vitier, la poesía no es para Lezama "una lejanía que se posa nostálgica en la línea del horizonte" sino un "absoluto medio cognoscitivo" y la entiende (sigo citando al traductor, no al Maestro) no "solo como un a posteriori para la síntesis de la memoria, sino que está en el origen de todo lo que es o ha sido" (464). "No se trata ya para él de escribir poemas más o menos afortunados —dirá Vitier de Lezama— sino de convertir la actividad creadora en una interpretación de la cultura y el destino. La poesía tiene, sí, una finalidad en sí misma, pero esa finalidad lo abarca todo. La sustancia devoradora [la poesía] es, necesariamente, teleológica" (Vitier 467).

Vitier nos conmina a hacer de la obra del autor de *Paradiso* una lectura profética, y propone sus islas preciosas pobladas de antílopes y nieve, no solo como origen sino como destino. Un destino universal que trascienda los particularismos geográficos, culturales e históricos porque, según Vitier, "quien dice cultura dice historia". (Aunque si de practicar la lectura profética se trata, la también origenista Fina García Marruz superará ampliamente a su esposo Cintio cuando, en el poema "Marcha triunfal" de Rubén Darío, detecta "una profecía de nuestra revolución caribeña y la sandinista de su patria" (García Marruz 29)).

Segunda proposición dramática: No importa con cuánta cautela actúe un escritor, siempre corre el riesgo de caer en la profecía.

La Historia es, pese a toda su vulgar temporalidad, el sitio en que las profecías se corroboran o desmienten y Vitier se esforzó en que ella le diera la razón a su versión tardía del origenismo. Luego de años de resistencia a un régimen ateo, quiso hacer confluir su sed de trascendencia con la desmaterialización literal del país emprendida por el castrismo. Primero consiguió ver en la Revolución Cubana una encarnación de la poesía en la Historia. Luego, en pleno Período Especial —término que abusó de la parálisis de un país, del sentido de las palabras y del uso de las mayúsculas— se sirvió de la noción de "pobreza irradiante" que Lezama le había proporcionado treinta años antes para demostrar la ecuación —respaldada a plenitud por el cada vez más espiritual marxismo isleño— de que allí donde falta materia se multiplica el espíritu.

Ajenos a los esfuerzos de Vitier, los lectores cubanos han preferido durante décadas darle la razón a la "oscura cabeza negadora": cuando las circunstancias se hicieron más malditas y el agua más opresiva, volvió a leerse a Piñera con el fervor ciego con que se escuchan las profecías. Un profeta involuntario, porque Piñera no se propuso anticipar el advenimiento de un horror mayor, sino de describir el horror cotidiano de una existencia que, sin imaginar males más vastos, ya se le hacía insoportable. No pudo decirlo más claro en una carta al propio Vitier al proclamar "¡Odio enérgicamente toda profecía!" (*Virgilio* 58). Piñera sabía que las profecías —además de ejercicio fácil— terminan muriendo con su cumplimiento. Y lo que Piñera pretendía —como cualquier creador verdadero— era insuflarle vida eterna a su escritura (una eternidad inteligente si era posible) más allá del espléndido horizonte lezamiano.

Ya con la entrega de su primer poemario —*Las furias*— Piñera le había advertido a Lezama: "Se alude a las islas… pero no para desacreditar tus hermosas y majestuosas islas, sino como manera de no quedar anclado en ellas" (35). "La isla en peso" ya no podía sustentar esta disculpa. Las manadas de gamos, ciervos y antílopes de Lezama son extinguidas por la afirmación piñeriana de que "en este país […] no hay animales salvajes" y de que por allí "no pasa un tigre, solo su descripción". A los intemporales caballos de Lezama se les recuerda que fueron traídos por los conquistadores; el "mar envolvente, violeta, luz apresada, delicadeza suma, aire gracioso y ligero" ("Noche" 745) es enfrentado a los "Los manglares y la fétida arena" que "aprietan los riñones de los moradores de la isla" (*La isla* 33). Mientras Lezama pide que "Dance la luz reconciliando/ al hombre con los dioses desdeñosos" ("Noche" 747) Piñera advierte que "Todo un pueblo puede morir de luz como morir de peste" (*La isla* 44).

Piñera buscaba con su isla contrapesar cierto espiritualismo de *Orígenes*. Ese que buscaba alcanzar el Cosmos poético desechando el lastre de las malditas circunstancias. Por ello le advierte al consejo de redacción de *Orígenes* al recibir el primer número de la revista: "Yo quiero decir concretamente que *Orígenes* tiene que llenarse de realidad, y lo que es aún más importante y dramático: hacer real nuestra realidad" (*Virgilio* 61). De esa afirmación se desprende que el Virgilio cubano proponía a *Orígenes* liberarse de su angelismo, definido por el filósofo francés André Comte-Sponville como "el abuso de los buenos sentimientos en detrimento de la lucidez". Y también como la subordinación de todos los órdenes a un orden superior "con la pretensión de anular así la pesantez o las exigencias de uno o varios órdenes inferiores" (Comte-Sponville 49).

Veinte años después de aquel debate, la poesía yacía sepultada por aluviones de realidad. Pero poco se necesitaba de su concurso cuando la realidad era más real que nunca. "La ínsula indistinta en el Cosmos" había recibido su dosis de universalismo, plegándose al muy europeo marxismo-leninismo (algo que indirecta e involuntariamente Piñera también había previsto: véase su pieza teatral *Los siervos*) aunque de esa cercanía podría decirse lo mismo que escribiera el polaco Gombrowicz al Virgilio cubano: "lo que nos une es probablemente más superficial de lo que nos separa" (*Virgilio* 176). De la "vertiginosa esperanza de lo desconocido" (Vitier 442) de Vitier, y del "icárico intento de lo imposible" ("A partir" 842) de Lezama no quedaban ni esperanzas, ni Ícaro, solo el laberinto y la consigna tantas veces repetida en "La isla en peso" que ya era la de todos sus moradores: "Nadie puede salir, nadie puede salir".

Tercera proposición dramática: Hay que salvar a Virgilio Piñera de la maldición de ser profeta.

Hace apenas unos meses, en una ciudad de esa misma isla, ocurrió una catástrofe que parecería diseñada por la "innecesaria fantasía" de Piñera: un camión choca contra una bomba de gasolina y de esta comienza a manar un líquido —que sin ser el agua angustiosa de Piñera —se debe considerar preciado. E inflamable. Desafiando las leyes del sentido común (pero no las que rigen la sobrevivencia), vecinos y transeúntes, en lugar de huir del peligroso derrame, acuden al manantial de gasolina con los recipientes que hallan a mano. Incluso algunos llegan a lomo de pequeñas y estruendosas motocicletas. Mientras andan a la caza del accidental botín, alguien avisa de la llegada de la policía. Raudos los motoristas se disponen a escapar, pero al tratar de echar a andar sus cabalgaduras, sus chispas incendian el deseado líquido y el fuego se propaga como por ensalmo. Estos versos de "La isla en peso" (que en realidad representan el calor al mediodía de una playa cubana) podrían tomarse como anticipo de esa escena:

> los cuerpos abriendo sus millones de ojos,
>
> los cuerpos dominados por la luz se repliegan
>
> ante el asesinato de la piel,

los cuerpos, devorando oleadas de luz,

revientan como girasoles de fuego

encima de las aguas estáticas,

los cueros en las aguas,

como carbones apagados derivan hacia el mar

(*La isla* 36).

El final de la tragedia real resulta menos poético que el de los pobladores de "La isla en peso". Entre los que acudieron a saquear la gasolinera, treinta sufren quemaduras y media docena muere días después. Tengo la impresión de que este incidente marca un nuevo hito en lo que algunos han dado en llamar "daño antropológico" o "catástrofe civilizatoria" que ha sufrido la isla. No se trata de la reducción de una sociedad a sus instintos básicos, sino de la pérdida de esos mismos instintos, empezando por el más esencial que es el de conservación. Cierto que un presagio de esta tragedia particular se puede atisbar en "La carne", el famoso cuento de Piñera en el que los habitantes de un pueblo deciden resolver su carencia de carne comiéndose trozos de su propio cuerpo hasta terminar desapareciendo. Solo que el parecido es más superficial que sus diferencias: en "La carne" lo que mueve a sus personajes a la autofagia no es la falta absoluta de alimentos —pues al comienzo de la historia Piñera nos presenta a "aquel afligido pueblo engullendo los más variados vegetales" (*Cuentos* 38)— sino el deseo de guardar las formas, de seguir siendo como antes, como otros. Más cercanos en el espíritu de "La carne" están aquellos platos del Período Especial como el bistec de toronja y el picadillo de cáscara de plátano que aspiraban —al menos en el nombre y la forma— a mantener la ilusión de que lo que se comía era carne. En el accidente de la gasolinera todo cuidado por las formas fue abandonado. Se trataba de arriesgar la existencia en nombre de la existencia misma. En el tránsito del trueque de materia por espíritu al de materia por materia se pasa de una dimensión de lo absurdo a otra más profunda aún, algo no previsto ni siquiera por la insondable malicia de Piñera. Cuando la isla en peso se ha situado más allá de sus palabras, cuando la realidad se ha vuelto pospiñeriana, llega el momento de exculparlo de la condición de profeta.

Pero quizás no haga falta hacerlo. Quizás hayamos confundido la profecía con el mito. Mientras la profecía anticipa un futuro, el mito anula la sucesión cronológica que hace posible la profecía. El relato mítico del pasado prefigura el futuro sin predecirlo: le basta con rechazar la idea de un tiempo sucesivo. Es por eso que, a diferencia de la profecía, el mito no le rinde cuentas a la Historia. Al mito le basta con la persistencia de su relato. Piñera, desmitificador por naturaleza, comprendió muy temprano que a un mito solo se le puede oponer otro. Somos contradictorios por nuestra condición de esclavos de los mitos, dirá en una carta. Nuestra liberación de ellos, parece decirnos toda su obra, no depende de la destrucción de los relatos míticos sino de su multiplicación.

De Lezama Lima, quien prefirió no intervenir por escrito en la polémica entre Vitier y Piñera, encontramos, en unas páginas dedicadas al novelista cubano del siglo XIX, Ramón Meza, la definición de tersitismo. "Su penetración, típicamente cubana —dice Lezama de Meza—, se revela en el hecho, prodigio para su época, de que le saliese al paso al Platón, armado con *La Scienza Nuova*, de Vico, que deseaba un Homero

sabio consejero, civilizado, sin residuos de barbarie"
(*Ramón* 1110). No es difícil identificar la poética de
Vitier con la aspiración platónica a depurar el mito
de barbarie. El relato de Piñera es en cambio el de la
barbarie misma oculta en los buenos modales de la
civilización occidental e insular, o en la más apacible
de nuestras ficciones. Ese es el relato con el que cuentan los cubanos —escritores o no— para insertarse
en el universo sin abjurar de sus circunstancias como
de un abuelo asesino. Sobre todo, en tiempos en los
que —como demuestra la tragedia de la gasolinera—
se pierden instintos tan básicos como el de huir de la
muerte y el fuego.

Lo que propone Piñera no es ni el angelismo del
espíritu ni la barbarie de la realidad sino la resistencia
a ambos desde la letra con todo su poder, con toda su
debilidad. Cuando el aluvión de realidad no parece dejar
espacio para la poesía, cuando la realidad, por excesiva,
parece menos real, es bueno tener a Piñera a nuestro
alcance. El Piñera que describe hecatombes como las
del cuento "Hosanna! Hosanna…?" de 1975. Si bien
puede leerse en los relatos que componen su libro póstumo *Muecas para escribientes* una puntual descripción
de la Cuba actual son estos, en última instancia, una
defensa de los poderes de la ficción. El mismo Piñera,
que en esos años había bautizado su marginación oficial
como "muerte civil", describe en el relato "Hecatom-
be y alborada" un mundo "hecatombizado" en el que
muertos y muertovivos esperan por "el milagro de la
resurrección de la carne". Allí hace decir a uno de los
personajes: "A la verdad que es de lo más molesto esto
de estar muerta; […] No se puede hablar, ni caminar,
ni ver, ni oír, ni tampoco pensar. En cambio, se pueden

hacer otras cosas que uno ignoraba hasta el momento de morir, pero que de nada sirven en vida. Por ejemplo: se puede no dormir ni soñar, y, cuando no hacemos ni lo uno ni lo otro, entonces muerteamos. Otra cosa que puede hacer un muerto es esperar" (*Cuentos* 507- 508). Pero aquello por lo que debemos esperar no serán los "dioses desdeñosos" ni el tirano de turno. Debemos esperar por ese que en "Hosanna! Hosanna...?" "[h]abla por nosotros" y "nos lleva, como bueyes, por el narigón, de acá para allá" (531) y que Piñera bautiza como el Autor.

Los relatos de *Muecas para escribientes* son una de las tantas maneras que encontró Piñera para decirnos que una literatura "necesariamente teológica" —como la que prefería Vitier— niega su propio sentido como literatura, da igual si marcha al encuentro del Espíritu Santo o de la realidad. Pero, al mismo tiempo, toda la obra de Piñera es una manera de reconocer que su mundo no tiene más realidad que la que le puede ofrecer un material tan frágil como las palabras. La literatura no busca su sentido en confirmaciones externas sino en las propias palabras que la componen. Incluso antes de componer "La isla en peso" un joven Piñera ya había escrito: "¿No he dicho yo mismo que la geografía del poeta es ser isla rodeada de palabras por todas partes?" (*Virgilio* 35).

(2012)

Bibliografía

"Santiago, video aficionado muestra el incendio de la gasolinera paso a paso". *Diario de Cuba*: http://www. diariodecuba.com/multimedia/video/santiago-video-aficionado-muestra-el-incendio-de-la-gasolinera-paso-paso

Comte-Sponville, André. *Diccionario filosófico*. Barcelona: Ediciones Paidós, 2001.

García Marruz, Fina. *Darío, Martí y lo germinal americano*. La Habana: Ediciones Unión, 2001.

Lezama Lima, José. "Noche insular: jardines invisibles". *Obras Completas. Tomo I*. México DF: Editorial Aguilar, 1975, pp. 742- 747.

_____. "A partir de la poesía" *Obras Completas. Tomo II*. México DF: Editorial Aguilar, 1977, pp. 821 – 842.

_____. "Ramón Meza: tersitismo y claro enigma" *Obras Completas. Tomo II*. México DF: Editorial Aguilar, 1977, pp. 1109 – 1117.

Piñera, Virgilio. *La isla en peso*. La Habana: Ediciones Unión, 1998.

_____. *Cuentos completos*. Madrid: Editorial Alfaguara, 1999.

_____. *Virgilio Piñera de vuelta y vuelta. Correspondencia 1932-1978*. La Habana: Ediciones Unión, 2011.

Vitier, Cintio. *Lo cubano en la poesía*. La Habana: Editorial Letras Cubanas, 1970.

MARIEL

MARIELITOS, MALDITOS

La impresión predominante que existe sobre la generación del Mariel es esencialmente falsa: un conjunto de tópicos erróneos que ni siquiera se toman el trabajo de ser consistentes entre sí.

He aquí un resumen:

–La generación del Mariel es Reinaldo Arenas. El resto es puro relleno.

–La generación del Mariel es (solo) una revista.

–La generación del Mariel surgió enteramente en el exilio.

–La generación del Mariel es una alternativa a la literatura "revolucionaria".

–La generación del Mariel está compuesta en exclusiva por escritores que escaparon de Cuba a través del éxodo de Mariel.

–La generación del Mariel estaba desfasada estética y creativamente con respecto a sus contrapartes latinoamericanas.

–La generación del Mariel solo puede ofrecer interés histórico, arqueológico, nunca literario.

–La generación del Mariel es panfletaria.

–La generación del Mariel está muerta.

A continuación trataré de rebatir tales falacias.

Empezaría por desmontar la que identifica a Mariel con Reinaldo Arenas, pero de eso se encargó el propio Arenas. Lo desmintió no con palabras sino con hechos. El principal de ellos fue el de incluir en la revista *Mariel* a escritores que consideraba como a pares literarios. Aun sus amigos más cercanos habrán de reconocer que Arenas no era una hermanita de la Caridad. Si dedicó una cuota importante de tiempo y esfuerzos a crear la revista o a prologar los libros de sus compañeros de generación era porque veía en ellos voces que merecían ser escuchadas tanto como la suya.

Sin embargo, no es cierto que la generación del Mariel sea (solo) una revista. Lo desmienten los ensayos y libros producidos antes y después del surgimiento de la publicación. Quien siga con algún cuidado la producción de los miembros de este grupo concluirá que los ocho números de la revista *Mariel* son apenas la punta del iceberg de un fenómeno literario mucho más denso y complejo.

Lo anterior nos obliga a enfrentar la asunción de que Mariel es un producto íntegro del exilio y se forjó a partir del éxodo que le dio nombre. Pero en realidad, *Mariel* empezó a tomar forma mucho antes, con el surgimiento de grupos de jóvenes escritores, casi todos inéditos, marginados y excluidos de la cultura oficial, cuyo denominador común eran un ansia creativa a prueba de bombas y la presencia, como ángel tutelar, del propio Reinaldo Arenas. *Mariel* no se puede entender sin las tertulias del Parque Lenin donde se reunían Arenas, los hermanos Abreu y Luis de la Paz, o las que se celebraban en casa de la artista Clara Morera u otros sitios menos conocidos. *Mariel* no se entiende sin la rabia por largo tiempo contenida que estallaría a raíz del éxodo de 1980.

También creo, y ya esto es más debatible, que se equivoca quien vea a la literatura de Mariel como alternativa a la de la Revolución Cubana. A los críticos siempre les pareció un contrasentido que la Revolución Cubana, musa inspiradora del Boom literario latinoamericano, no engendrara una literatura equivalente. Y no se les ocurrió solución mejor que convertir a escritores mediocres o envilecidos por el compromiso político en creadores de la llamada Novela de la Revolución. La realidad es que la Novela de la Revolución existe y fue la que produjo Reinaldo Arenas con su pentagonía o José Abreu con su pentalogía, *El olvido y la calma*, o Carlos Victoria con *La travesía secreta*, o Roberto Valero con *Este viento de Cuaresma* o Miguel Correa con *Al norte del infierno*. Pocas cosas ha producido Cuba más revolucionarias que la literatura de los marielitos en el sentido más esencial del término, más radical, más rebelde. Porque *Mariel*, más que un grupo de escritores con una historia común, es una actitud. Un desafío a las convenciones literarias y de cualquier otro tipo por parte de escritores que nunca se detuvieron a considerar qué era lo que estaba de moda en el gusto del público o en las editoriales o en las cátedras universitarias. Les bastó con decir lo que se sentían obligados a decir, del modo que querían decirlo. Aunque por ello sufrieran persecución en Cuba o indiferencia en el exilio. En ese sentido, los escritores de *Mariel* son los últimos románticos y quizás, aparte de un par de excepciones a lo largo de la Historia, los únicos que hemos tenido los cubanos. Son parte de una generación maldita tanto por las circunstancias que les tocó vivir como por el desafío permanente con que las enfrentaron.

Pedirles a los escritores marielitos que escribieran como sus contrapartes latinoamericanas del Boom y el post Boom, que vieran la realidad como si creyeran que la vida estaba en otra parte, allí donde las fábricas pertenecen a los obreros y el gobierno y el pueblo son uno y lo mismo, sería pedirles que cometieran la peor de las villanías: una traición contra su propia experiencia, contra su propia vida. El panfleto, ese discurso prestado y domesticado, fue algo que los de Mariel nunca estuvieron dispuestos a practicar. La misma condición indómita y febril de estos escritores hace imposible que después de tantos años los podamos leer con condescendencia. Y explica que su rabia no se apagara con su salida al exilio, y que se negaran a aceptar este, a falta de algo mejor, como el paraíso en la tierra.

De todas estas preconcepciones, la única que acierta a medias es la que cree que es una generación muerta. Acierta al menos en cinco de los once autores incluidos en la Colección Mariel de la editorial Hypermedia, muertos a edad temprana, tres de ellos por mano propia. Pero el resto sigue vivísimo, escribiendo y publicando una obra que se extiende hasta el presente y, en el caso de las distopías de Juan Abreu, hasta el futuro.

Los libros que incluye la Colección Mariel si bien ocupan un pequeño porcentaje de la obra narrativa de *Mariel* (recordemos que también dio magníficos poetas) pueden darnos una idea de lo profunda y numerosa que es esta generación literaria. De su variedad y de la definida personalidad de cada uno de sus autores. También nos da una idea de sus intereses. Ahí está el caso de *La loma del Ángel* de Arenas, una reescritura libérrima de los temas principales de la gran novela cubana del siglo XIX, *Cecilia Valdés*, un libro que es, junto a *El color del verano*, el más divertido del autor. Para hablar del período revolucionario está *La travesía secreta*, espléndida novela de Carlos Victoria, que concluye en los catárticos carnavales que se celebraron tras el fracaso de la zafra de 1970. A los años setenta, coronados sorpresivamente con el éxodo del Mariel, le corresponde la trama tanto de la novela *Este viento de Cuaresma* de Roberto Valero como los relatos que componen ese libro inclasificable y divertidísimo que es *Al norte del infierno* de Miguel Correa. Una coda al éxodo del Mariel desde la isla es descrita por José Abreu en *Dile adiós a la Virgen*, novela con la que concluye su saga de *El olvido y la calma*. Allí cuenta cómo, al impedírsele que acompañe a su familia en el éxodo, el protagonista pasa tres años más de vigilancia y acoso en la isla. Un libro que es al mismo tiempo novela picaresca y la mayor épica bisexual de que tenga noticia. Las magníficas colecciones de relatos *Del lado de la memoria* de Luis de la Paz e *Impresiones en el viento* de Rolando Morelli, que ahora ven la luz por primera vez, se ocupan de ambas orillas de lo cubano en tonos muy distintos pero igual de fascinantes. A la experiencia del exilio miamés se dedican la ya clásica *Boarding Home* de Guillermo Rosales, la novela *Miami en brumas* de Nicolás Abreu Felippe y la gran exclusiva de esta colección: *Curso para estafar y otras historias* de Eddy Campa, libro póstumo que se había mantenido inédito a lo largo de casi tres décadas y que está a la altura, en sensibilidad y capacidad de observación del alma humana, del *Boarding Home* de Rosales. En un futuro, más familiar ahora que cuando fue escrita hace veinte años, se encuentra la trilogía *El gen de Dios*, de Juan Abreu, que ve por primera vez la luz como proyecto completo y en un solo tomo. Es esta una saga distópica que nos presenta a la humanidad entregada a los narcóticos más efectivos y populares de estos tiempos: el consumo, el ansia por ser entretenidos y la tenaz resistencia de los rebeldes de siempre.

Ahí queda esta generación, la más compacta y entregada, la más atrevida y desafiante. Una generación que desarrolló su obra sólida y magnífica en las peores condiciones que lo haya hecho nunca cualquier grupo de escritores cubanos. Una formidable obra que parece advertir a los escritores y lectores que los sucedamos que nunca tendremos disculpas suficientes para darnos por vencidos.

Malditos marielitos.

(Leído en la presentación de la Colección Mariel de la Editorial Hypermedia, en la Feria del Libro de Miami, 18 de noviembre de 2018)

REINALDO ARENAS:
VÍCTIMA IMPOSIBLE, LITERATURA POSIBLE

Después que anocheció

La fama literaria es un animal que rara vez se alimenta de literatura. Pongamos por caso Reinaldo Arenas: autor de las novelas más desconcertantes, divertidas y vitales de la literatura cubana, alcanzó la celebridad con sus páginas más sombrías, las de su autobiografía *Antes que anochezca*. Durante una larga década de marginación editorial, la de su exilio, Arenas publicó algunas de sus obras más brillantes en editoriales pequeñas y de distribución reducida. La autobiografía, precedida por el suicidio de Arenas, ya consumido por el SIDA, alcanzó una difusión amplia e inmediata. Con el tiempo, su autor obtuvo dos de las consagraciones más rotundas que se puedan esperar: la académica y la cinematográfica.

Antes que anochezca se ha convertido en lectura obligatoria de diversos cursos de literatura en las universidades norteamericanas y, en 2001, la película *Before Night Falls*, dirigida por el artista plástico Julian Schnabel, fue nominada a los premios de la academia por la actuación de su protagonista, Javier Bardem. Propongo utilizar precisamente la versión cinematográfica para reconstruir la lectura del libro desde la cultura norteamericana, lectura que la película resume y potencia.

En la película, el mundo literario de Arenas apenas se alude en algunos pasajes, y su obstinado ejercicio de la escritura es casi ignorado. Por otro lado, se insiste en el tema que previsiblemente ofrecía más atractivo para el público norteamericano: el de la homosexualidad como martirologio. En esa lectura, que es la misma que viene haciéndose en muchas universidades, Arenas importa menos por su condición de creador de mundos imaginarios que por la de víctima.

La notoriedad actual de Reinaldo Arenas es, como ocurre con frecuencia, un malentendido. Según esta lectura, el principal valor del libro es que está firmado (permítaseme la pobre metáfora) con su propia sangre. Todas las ediciones del libro van acompañadas por la carta de despedida del autor en la que culpa de su muerte a Fidel Castro. La enfermedad que destruyó a Arenas, las estremecedoras fotografías finales que acompañan al libro, dramatizan su texto hasta el patetismo. La compasión morbosa hacia el autor muerto haría el resto. La fama es un animal carroñero. El autor muerto, ya fijado para siempre en la imagen final, será incapaz de resistirse a la imagen con la que va a ser canonizado: la de escritor-mártir-gay.

Si la coyuntura fúnebre explica el éxito popular, ¿cómo explicar el entusiasmo de la academia norteamericana? El propio Arenas no se hacía demasiadas ilusiones respecto a la *intelligentsia* norteamericana. En una de sus habituales diatribas contra los intelectuales norteamericanos simpatizantes del castrismo dice que "no se puede decir que sean progresistas o reaccionarios, son sencillamente idiotas y, por lo mismo, instrumento de las fuerzas más siniestras" (*El color* 260). Intentemos imaginar la academia norteamericana menos sensible a la puesta en escena arreglada por un autor moribundo que un ama de casa ante la telenovela de turno. Supongámosla más analítica y menos sugestionable. Si no es la sangre, ¿qué distingue la autobiografía de Arenas de sus textos anteriores? La respuesta más evidente sería: género y tono. La combinación de un tono sombrío y a ratos patético, y la adopción de la autobiografía como género puede ser la clave. Aventuremos que esa es la clave del acceso de Arenas al altar académico con una provechosa aureola de mártir.

Elogio de la víctima

Hace algunos años, la aparición de un libro en el que se cuestionaban muchas de las afirmaciones que había hecho Rigoberta Menchú en su autobiografía dictada *Me llamo Rigoberta Menchú*, causó un revuelo mayúsculo. La biografía se leía como artículo de fe en las universidades de medio mundo y le había valido a la biografiada el Premio Nobel de la Paz. Presionada para que desmintiera o confirmara las acusaciones del libro, Menchú pronunció ante las cámaras una frase de deslumbrante franqueza: "¡Nadie me va a quitar mi condición de víctima!".

Para entender plenamente esta frase es necesario comprender el valor político de esa condición, su capacidad reinvindicativa y el especial espacio que ocupa dentro del discurso académico norteamericano. Si debo elegir un modo, breve y sin dudas torpe, de decirlo, afirmaría que, en el esquema predominante en la academia, las minorías acceden principalmente como víctimas o, si acaso, como equivalentes del buen salvaje de Rousseau: un ejemplo de la armonía social previa a la aparición de la propiedad privada. Esa ecuación que iguala minoría con víctima y le reserva un espacio para hacer oír su voz, no consigue ocultar el carácter de subordinación que se le confiere a las minorías desde lo que llamaremos, para abreviar, la "buena conciencia de Occidente". La dinámica de la víctima es, como diría Nietzsche sobre lo que él llama la "moral de los esclavos", una dinámica condenada a la acción como reacción, sin capacidad de generar una iniciativa propia. Puede que representantes de estas minorías, como la propia Menchú, no ignoren esta condición, pero preferirán asegurar su victimización a perder el espacio ganado.

Desde la condición de víctima accedió póstumamente Reinaldo Arenas a un espacio que le fue vedado tras su salida de Cuba en 1980. La exclusión de Reinaldo Arenas del mundo editorial y académico occidental se habría producido, de acuerdo con su propia versión, por causas políticas e ideológicas.

> Cuando yo salí de Cuba —nos dice— mis novelas eran textos de estudio en la Universidad de Nueva York y a medida que yo tomé una posición radical contra la dictadura castrista, la profesora de literatura Haydée Vitale Rivera fue suprimiendo mis libros de su curso hasta el punto de no dejar ninguno. Y así lo hizo también con todos los demás cubanos que se habían asilado. (...) Eso me ha pasado en muchas universidades del mundo entero; irónicamente, yo estando preso y confinado en Cuba, tenía más oportunidades editoriales porque, por lo menos, allí no me dejaban

hablar y las editoriales extranjeras podían poner que yo residía en La Habana. (*Antes* 322).

Arenas, que empezó siendo usado como representante de la novela de la Revolución Cubana, fue marginado por exiliado anticastrista, para terminar siendo digerido por la academia como autor gay, como víctima. Aún así, no se puede decir que Arenas desprecie de modo absoluto las posibilidades de ser víctima. La compasión que no pide para él, la solicita para muchos de los personajes trágicos que aparecen en las páginas que dedica, por ejemplo, a su prisión en el Morro. Pero para Arenas el valor de la condición de víctima no consistirá únicamente en estimular la compasión del lector. Según Arenas, el sufrimiento producido por la experiencia totalitaria puede convertirse en vía de acceso a una sabiduría superior: "La esperanza de la humanidad está en aquellos que más han sufrido. De ahí que la esperanza del próximo siglo obviamente descansa en todas las víctimas del comunismo; estas víctimas serán (o deberían ser) las encargadas de construir, gracias al aprendizaje del dolor, un mundo habitable" (*El color* 260).

La más conocida lectura "victimizada" de Arenas es la versión cinematográfica de *Antes que anochezca*. *Before Night Falls* realza el tono patético de la autobiografía y, en ciertos momentos, adultera la trama original. El cambio más notorio es el pasaje en que se presenta la primera detención de Arenas. Mientras en *Antes que anochezca* Arenas reconoce explícitamente que había tenido relaciones sexuales con unos adolescentes, en la película ese detalle es pasado por alto. Así se protege la imagen del Arenas-mártir, inocente de cometer un acto tipificado en la legislación norteamericana como "corrupción de menores". No menos infiel a la obra de Arenas fue excluir de la película la risa agresiva y desgarrada que recorre casi todos sus textos, incluida su autobiografía. Al negarle esa risa a Arenas se comete el doble pecado de renunciar a ofrecer la compleja y rica naturaleza del biografiado y su contexto, y desaprovechar su potente mundo creativo.

Curiosamente, el exilio cubano quedó bastante complacido con la película. Tan consciente como Rigoberta Menchú de la rentabilidad simbólica de la victimización, el exilio, incluso el sector más conservador, que no veía con buenos ojos al homosexual escandaloso e indócil que era Reinaldo Arenas, agradecía que le devolviesen un candoroso mártir. Arenas y su fama póstuma habían sensibilizado a la opinión pública norteamericana más que décadas de denuncias recurrentes.

Se cerraba pues un pacto entre la conveniencia política del exilio y la corrección política norteamericana. El director de *Before Night Falls* logró este extraño equilibrio siendo bastante fiel a la autobiografía de Arenas y a la vez infiel a la obra y la vida de su biografiado. Decidido a presentar a Arenas en la más creíble versión de mártir que permitía su biografía, el director lo atavió con todos los atributos de la víctima, cuando en realidad la gran víctima de la versión en celuloide fue el humor del novelista.

La vida en risa

Cuando la muerte era para Reinaldo Arenas asunto remoto, confesó en una entrevista: "Quisiera que me recordasen no como un escritor en el sentido convencional del término, sino más bien como una especie de duende —como una especie de espíritu burlón" (Valero 337). En la carta de despedida que acompaña el texto de *Antes que anochezca* Arenas decía "Les dejo pues el legado de todos mis terrores, pero también la esperanza de que pronto Cuba será libre. Me siento satisfecho con haber podido contribuir, aunque modestamente, al triunfo de esa libertad" (*Antes* 343). Quien hacía diez años deseaba que se le recordara como un duende, ahora, a las puertas de la muerte, se despedía como un luchador por la libertad de su país. Quiso además darle utilidad política a su muerte culpando de ella a Fidel Castro. La apoteosis editorial y cinematográfica de Reinaldo Arenas ha sido por su parte un hecho básicamente político. Arenas se exhibe como un cadáver útil a una doble agenda que, de no mediar Reinaldo Arenas, difícilmente hubiese coincidido.

Se trata menos de respetar la voluntad de su autor que la de su literatura, una voluntad, por otra parte, bastante escurridiza. Tiene cierta lógica que se excluya todo lo posible la risa en la lectura académica, gay o exiliada de Arenas, porque su risa debilita peligrosamente su condición de víctima. Una víctima que se burle incansable de todo y de todos es, por ello mismo, menos conmovedora. Toda víctima que ríe es sospechosa de no serlo. La risa hace sospechar de la veracidad del dolor, aunque se trate de una cruel y amarga como la de Arenas. Y hay razón para la sospecha. Más allá de las intenciones del propio autor, la risa que recorre sus textos, incluyendo su autobiografía, nos priva de regodearnos demasiado tiempo en lo terrible, sobre todo cuando el afectado es el propio autor. Esa risa desenfoca la tensión sobre un relato que, por su contenido, gravitaría fatalmente hacia lo trágico.

Arenas era consciente del poder literario y político de la risa. De *El color del verano*, nos dice que es un "retrato grotesco y satírico (y por lo mismo real) de una tiranía envejecida y del tirano" (*El color* 262). Hay en Arenas la convicción, compartida por muchos, de que en la deformación que suponen lo grotesco y lo satírico reside una profunda verdad literaria. Al comentar el éxito clandestino de sus trabalenguas satíricos en La Habana de los 70 nos dice:

> Una de las cosas más lamentables de las tiranías es que todo lo toman en serio y hacen desaparecer el sentido del humor. Históricamente, Cuba había escapado siempre de la realidad gracias a la sátira y la burla. Sin embargo, con Fidel Castro, el sentido del humor fue desapareciendo hasta quedar prohibido; con eso el pueblo cubano perdió una de sus pocas posibilidades de supervivencia; al quitarle la risa le quitaron al pueblo el más profundo sentido de las cosas. Sí, las dictaduras son púdicas, engoladas y absolutamente aburridas. (*Antes* 262)

La persecución de la risa por el poder político es para Arenas indicador infalible del poder de ésta. Según el razonamiento de Arenas, la risa ayuda a sobrevivir. Pero ¿de qué sobrevivencia se trata? Al parecer, se trata de un vivir más allá de la vida impuesta por las exigencias políticas y económicas, una alternativa al juego cerrado del discurso del poder. En la risa reside la capacidad simbólica de autonomizarse del poder político. Llama la atención, por otra parte, que los momentos más hilarantes de una novela como *El color del verano* sean justamente aquellos en los que el poder se manifiesta con mayor crudeza. Pienso, por ejemplo, en los capítulos titulados "Una inspección" y "Muerte de Virgilio Piñera". En el primero, Fifo, el tirano que gobierna la isla, la recorre en helicóptero, mientras a la más mínima señal de contradicción va matando a casi todos sus acompañantes. En el capítulo de la muerte de Piñera, un grupo de agentes intenta matar al escritor por todos los medios posibles hasta conseguirlo mostrándole un cuadro de una vagina gigantesca. Pese a la hipérbole, hay algo terriblemente real en aquellos caprichos sangrientos que, sin embargo, consigue hacernos reír: un intento de superar por la risa aquello que nos desborda, que rebasa nuestra capacidad de enfrentamiento y de indignación, nuestra racionalidad.

Esas dictaduras "púdicas, engoladas y absolutamente aburridas" de las que habla Arenas necesitan de la gravedad y el ascetismo para de un mejor modo inculcar el grupo de ideas fijas en las que basa su poder, para conservar la imagen que tienen de sí mismas y fijarse algún sentido. "Los procedimientos ascéticos y las formas de vida ascéticas son medios para impedir que aquellas ideas entren en concurrencia con todas las demás, para volverlas inolvidables" dice Nietzsche (Nietzsche 80). En su obra, Arenas hace abundante uso de dos elementos que históricamente han mostrado magnífica capacidad disolvente frente a las ideas fijas: la risa y el sexo.

"Al quitarle la risa le quitaron al pueblo el más profundo sentido de las cosas" dice Arenas. ¿Cuál es ese sentido profundo que desaparece junto con la risa? ¿Qué conocimiento más profundo, según Arenas, nos ofrece la risa? Si se atiende a la angustia que subyace o sobrenada en toda la obra de Arenas, su nihilismo profundo y su infantil confianza en que solo la literatura le dará sentido a su vida, podremos ver en la risa de Arenas la certeza de que la vida no tiene otro sentido que el que le queramos atribuir. El propio Arenas decía que con el humor uno evoca la realidad de la manera más irrespetuosa y, por tanto, puede acercarse a esta sin el efecto de distanciamiento típico en toda seriedad. "Toda retórica implica ciertas formalidades inútiles que el humor interrumpe y cuestiona, como si éste nos diera una realidad más humana" (Soto 152) [la traducción es mía]. Nótese que, contra la tradicional concepción del humor como distanciamiento, Arenas lo asume como cercanía, una cercanía que al tiempo que nos ofrece el objeto en detalle, estorba la visión equilibrada y distante que pasa necesariamente por el olvido del detalle. "La objetividad se paga con la pérdida de la proximidad" (Sloterdijk 226) nos recuerda Sloterdijk desde el otro extremo del problema.

Uno de los pasajes más tétricos, tanto de la autobiografía como de su versión para el cine, la prisión de Arenas en el Morro, ya había sido resumido por éste en una cronología vital redactada años antes:

> Vuelve, pues, para el "ventilado" Morro y en una de aquellas cuevas pasa un año encerrado. Allí llega a la conclusión de que está condenado a escribir todo lo que ha vivido (*Cantando en el pozo* y *Otra vez* [*el mar*]), o a vivir lo que ha escrito: *El mundo* [*alucinante*]. Por truculencias del azar, Arenas [en buena parte de esta cronología Arenas se refiere a sí mismo en tercera persona] había escrito en 1966 la biografía imaginaria y real de un fraile mexicano que, perseguido por la inquisición española, es conducido a la prisión del Morro de la Habana. Luego de haber sido prófugo de la justicia por mucho tiempo Arenas, exprófugo, está ahora en el Morro en las celdas donde

150 años atrás estuvo Fray Servando Teresa de Mier y Guerra. (Valero 16)

Al describir la persecución que además de él sufren sus manuscritos (recordar que en dos ocasiones sufrió la pérdida de manuscritos sucesivos de la novela *Otra vez el mar*) habla del afán de los aparatos policiales por leer sus obras, "obras que al parecer les eran de sumo agrado pues jamás se las devolvían" (15). En estos fragmentos, reciclados tanto en *El color del verano* como en *Antes que anochezca*, el empleo de la ironía trastoca lo que haría de él una víctima. Transforma a sus perseguidores en admiradores de su literatura, y su encarcelamiento, en obra de esta y no del poder político. Así se labra en el relato una libertad que no había podido disfrutar en la vida. Desinfla el sufrimiento que le pudieron infligir sus perseguidores, traspasándole el poder a su literatura.

Con esto no agota Arenas sus estrategias de "des-victimización", sus intentos de recuperar su iniciativa frente a la realidad. (En Arenas, autonomía no solo significa construir una realidad diferente, un escape, también significa conquistar la iniciativa frente al mundo que le impone el discurso del poder, trans-figurándolo, sustrayéndole su supuesta coherencia y peso). Nada escapa a su burla salvaje y malévola: los representantes del poder político cubano o sus propios amigos, confundidos a veces en la escritura y las paranoias de Arenas bajo la figura del delator. En el obsesivo mundo de Arenas nadie está exento de ser un delator real o potencial. En una colección de frases que ofrece en su novela nos dice que "los amigos son más peligrosos que los enemigos pues los tenemos más cerca" (*El color* 195), idea que repite en un poema aún con mayor contundencia: "el mejor delator es allí siempre tu mejor amigo" (*Necesidad* 205). En el capítulo "El jardín de las computadoras" Arenas nos cuenta:

> Allí estaba Clara Mortera, lanzando un informe contra Teodoro; allí estaba Teodoro Tapón, entregando un informe contra Clara. Unos marineros elevaron un informe contra unos bugarrones y un cura presentó un libro redactado en una semana contra un limosnero. Se presentó una delación contra un puente y contra una mata de almendras. Cientos de poetas aportaron informes contra ellos mismos. Amas de casa se autoacusaban de haber malgastado la manteca forastera. Los adolescentes, mientras ocultaban sus melenas bajo enormes gorros, delataban a los melenudos. Las putas oficiales delataban a las que trabajaban por la libre. (*El color* 414-415)

En el mundo de *El color del verano* la presunción de inocencia ha desaparecido. Siendo el infierno, parece ser la conclusión, es natural que todos sean de antemano culpables. Disuelta la separación convencional entre víctima y verdugo se disuelve al mismo tiempo la distinción entre el bien y el mal. En pocas obras literarias cubanas esa distinción moral básica está tan difuminada como en la de Arenas. Esto responde a la certeza de Arenas sobre la ubicuidad del mal. Para él no hay ningún orden absolutamente confiable que distribuya y separe el bien del mal. Ser víctima no garantiza la bondad sino al contrario. "El sufrimiento envilece a los hombres, el placer los corrompe" (194) dice una de sus máximas de *El color del verano* y parecen confirmarlo las traiciones de algunos de sus amigos más cercanos. No obstante, la distinción final entre víctima y verdugo sirve para

ejercer su mandamiento esencial: no denunciarás. Interrogado sobre sus cómplices, Arenas da nombres de
los agentes de la Seguridad del Estado, pero calla los
de gente cercana que lo han traicionado. "Desde luego,
en la lista pude haber agregado los nombres de Coco
Salá, Hiram Pratt, mi tía, pero no lo hice; en el fondo
ellos también habían sido víctimas del régimen" (*Antes* 237). Esa disolución de las fronteras éticas libera
tanto a víctimas como a verdugos. Cada cual es solo
responsable ante sí y no tiene otros límites que los que
él mismo se imponga.

¿Arenas escritor gay?

Pese al protagonismo de la homosexualidad, sobre todo
en sus últimos textos, Arenas nunca intentó idealizar sus
preferencias sexuales. No hay rastros de conciencia gay,
solidaridad gay u orgullo gay sino más bien lo contrario. La homosexualidad aparece en su obra como una
especie de caída, de maldición redimida por la belleza y
el goce que convierte a los homosexuales en una suerte
de mártires del placer. Su visión de la homosexualidad,
surgida en un medio machista como el cubano, es incómoda para la actual teoría *queer*, tal y como se practica
en la academia norteamericana. Francisco Soto, acucioso
conocedor de la obra del escritor advierte: "Arenas's
representation of homosexuality cannot be considered
'positive' in the way that much of contemporary Anglo-
American gay literature strives to celebrate homosexual
identity and represent ideal gay relationships based on
mutual respect and equality". (Soto 35)

De hecho, Arenas no solo no comparte ese ideal de relaciones gay basadas en el respeto y la igualdad, sino que abiertamente critica un medio que lo hace sentir como el (mal) salvaje.

> La militancia homosexual ha dado otros derechos que son formidables para los homosexuales del mundo libre, pero también ha atrofiado el encanto maravilloso de encontrarse con una persona heterosexual o bisexual, es decir, con un hombre que sienta el deseo de poseer a otro hombre y que no tenga que ser poseído a la vez (*Antes* 133).

Quien, como Arenas, ha sido toda su vida despreciado por su propia familia, la sociedad o el estado, no puede evitar el autodesprecio. Sin embargo, intenta esquivar la posición de inferioridad que le quieren imponer, con su teoría de que todos los hombres son, efectiva o potencialmente, homosexuales. La tradicional división popular cubana entre homosexuales activos (maricones) y pasivos (bugarrones) es desactivada por Arenas en el capítulo de *El color del verano* titulado justamente "Del bugarrón":

> En sus largas peregrinaciones eróticas por todo el globo siempre había creído templarse a otro bugarrón; él, el superbugarrón. Pero cuál no sería su sorpresa al descubrir que todos aquellos bugarrones eran maricones, pues se dejaban encular por otros bugarrones, bugarrones que no eran tales, pues a la vez se dejaban encular por otros bugarrones y así ad infinitum. De manera que el viejo bugarrón descubrió, con pavor, que en el mundo había solamente maricones. (*El color* 78-79)

El sexo de cualquier signo cumple en la obra de Arenas, al igual que la risa, una función liberadora, función a la que Arenas le impone un carácter político:

> La juventud de los años sesenta se las arregló no para conspirar contra el régimen, pero sí para hacerlo a favor de la vida. Clandestinamente, seguíamos reuniéndonos en las playas o en las casas o, sencillamente, disfrutábamos de una noche de amor con algún recluta pasajero, con una becada o con algún adolescente desesperado que buscaba la forma de escapar a la represión (*Antes* 116-117).

Reinaldo Arenas entiende que reducir a los homosexuales a la condición de víctimas, por brutal que fuera la represión contra ellos, sería eso mismo, una reducción. El sexo actúa como liberador en múltiples sentidos. Incluso al poner en contacto íntimo a represores y reprimidos. El homoerotismo en los textos de Arenas descoloca y reblandece los límites ideológicos, sociales, políticos o culturales. Los represores son en realidad (homosexuales) reprimidos. Abundan las escenas en que los más feroces agentes de la autoridad aparecen como seres sexualmente atractivos y ante quienes los personajes homosexuales apenas se pueden contener. La culminación de estas escenas en las que homosexuales seducen a policías y soldados se produce cuando queda suspendida la noción misma de autoridad o, como en algunos casos, se invierten los papeles (como cuando Arenas descubre con sorpresa que su varonil amante prefiere desempeñar la función "pasiva" en el acto sexual). Pero tal suspensión de la autoridad tiene carácter efímero, circunstancial: en el capítulo "Las tortiguaguas", al terminar el encuentro sexual entre la

Tétrica Mofeta y un policía, este, tras eyacular doce veces, logra "recuperar la moral revolucionaria y su pistola" e intenta llevarse preso a la Tétrica.

Más que exaltar la condición homosexual, Arenas enaltece su función liberadora. Su homosexualidad le es valiosa en la medida en que se ha atrevido a seguir sus instintos pese a la hostilidad social. En una delirante conferencia que le hace pronunciar a uno de sus personajes de *El color...*, dice que en algún momento de la existencia

> Se había perdido el sentido de la vida porque se había perdido el paraíso y se había perdido el paraíso porque se había condenado el placer. Pero el placer, perseguido, execrado, condenado, esquilmado y casi borrado del mundo, aún tenía sus ejércitos [...] que no estaban dispuestos [...] a renunciar a la vida, esto es, a hacer gozar a los demás. Ese ejército [...] está formado por maricones. Ellos son los héroes de todos los tiempos, los verdaderos sostenedores de la idea del paraíso y los que a toda costa pretenden recuperarlo (*El color* 401).

En *Antes que anochezca*, al narrar sus experiencias en la cárcel, cuenta la historia de Cara de Buey, a quien "otro preso lo sorprendió masturbándose a su costa y lo mató". Esto le hace decir que

> el placer sexual casi siempre se paga muy caro; tarde o temprano, por cada minuto de placer que vivimos, sufrimos después años de pena; no es la venganza de Dios, es la del Diablo, enemigo de todo lo bello. Pero lo bello siempre ha sido peligroso. Martí decía que todo el que lleva luz se queda solo; yo diría que

todo el que practica cierta belleza es, tarde o temprano destruido (*Antes* 218).

Al identificarse él, escritor perseguido en su país, moribundo de SIDA en el exilio, con el masturbador que ha pagado su placer con la vida, Arenas está tocando uno de los núcleos de su impulso literario y vital. Proponiéndoselo o no, Arenas ha devenido en un escritor maldito en toda regla y no solo para los estrechísimos cánones cubanos. No se trata del homosexual "correcto" que pide la normalización de su condición sexual en la sociedad, sino de alguien que nos muestra la estrechez de nuestras convenciones morales como impedimento en la búsqueda del placer y lo bello. Sloterdijk ha dicho en su libro *Crítica de la razón cínica* que "el amoralismo estético es solo un preludio que anticipa la exigencia práctica de la vida a sus derechos sensibles" (Sloterdijk 185). Podemos entender entonces el sentido de su risa corrosiva y de la sexualidad voraz tal como aparecen en su literatura: una batalla para forzar los límites en la búsqueda de lo bello y lo placentero.

Necesidad de libertad

El uso intensivo de la risa y el sexo servirían a Arenas como medio de liberación. Vale preguntarse: ¿liberación de qué y para qué? ¿Cuál es el sentido más profundo que trata de revelar Arenas con su literatura? ¿Cuál es su secreta utopía personal? Entre las razones que se da Arenas para escribir están algunas tan convencionales como describir un mundo que, en caso contrario, se perderá "fragmentado en la memoria de los que lo conocieron"

(*El color* 262) o como "un modo de quedarme entre mis amigos cuando ya no estuviera entre ellos" (*Antes* 98). Sin embargo, al describir el ruido de la cárcel nos dice en *Antes que anochezca*: "El ruido siempre se ha impuesto en mi vida desde la infancia; todo lo que he escrito en mi vida lo he hecho contra el ruido de los demás" (203). Podemos traducir ese "ruido" como el lugar común de la vulgaridad, el insulto, la violencia, la represión, la estupidez o la simple falta de imaginación, frente a los que Arenas trataba de imponer su propia voz, una voz que lo condujera desde esos lugares comunes hasta el más íntimo de sus paraísos.

Quizás la mejor descripción que da Reinaldo Arenas a esa fuga y a esa libertad que era para él escribir sea cuando habla de otro escritor exiliado, José Martí:

> Por eso, estando aquí fuera del sitio amado y odiado, fuera de la prisión, de donde tuvimos que salir huyendo para poder seguir siendo seres humanos, seres libres, no somos completamente libres, porque estando aquí, en el destierro, estamos aún allá en alma e imagen. Pero estando allá, solo se podría ser libre como un prófugo, esto es, como habitante fugitivo y rebelde —siempre a punto de ser capturado— del paisaje de nuestra infancia, de ese bosque encantado que por ser mágico y único (nuestro) nos llama, y también (por mágico) nos traiciona. (*Necesidad* 63)

La traición de ese bosque encantado, del paisaje de la infancia en cuanto lugar paradisiaco, estriba justamente en no permitir ser habitado de nuevo. Frente al escurridizo paisaje de su infancia Arenas ha erigido una literatura que incluye ese paisaje y lo magnifica. En *Antes que anochezca* resume ese paraíso perdido en el que era libre incluso de empezar a buscarle un sentido a su vida:

> Creo que el esplendor de mi infancia fue único, porque se desarrolló en la absoluta miseria, pero también en la absoluta libertad; en el monte, rodeado de árboles, de animales, de apariciones y de personas a las cuales yo les era indiferente. Mi existencia ni siquiera estaba justificada y a nadie le interesaba (*Antes* 22).

Llama la atención el contraste radical entre el paraíso infantil descrito por Arenas y su simulación literaria: mientras en el primero se satisfacía con su invisibilidad social, en la literatura, una vez perdida la inocencia, busca hacerse visible a toda costa. El paraíso personal de Arenas se describe de modo muy similar a su modelo bíblico: allí el sexo no lo hacía sentir culpable.

> Es falsa esa teoría sostenida por algunos acerca de la inocencia sexual de los campesinos; en los medios campesinos hay una fuerza erótica que, generalmente supera todos los prejuicios, represiones y castigos (...). Creo que en el campo son pocos los hombres que no han tenido relaciones sexuales con otros hombres; en ellos los deseos del cuerpo están por encima de todos los sentimientos machistas que nuestros padres se encargaron de inculcarnos (40).

Cuando Arenas decía que para que su vida cobrase sentido tenía que escribir *El color del verano* había algo más que el patetismo de quien se sabe moribundo. Esa novela era la pieza que le faltaba a una pentagonía que había proyectado desde hacía dos décadas. Con ella daba fin al plan literario más ambicioso concebido por un novelista cubano. El plan consistía en la redescripción de diferentes momentos de su vida en Cuba incluyendo un futuro imaginario (*El asalto*). Sus paraísos, sus utopías personales, son esencialmente efímeras: sus salvajes correrías sexuales en los 60, el Parque Lenin, el hueco de Clara, etc. Ya que no le era posible recuperar el paisaje de su infancia, convertiría su experiencia vital en una suerte de épica invertida, burlona y desgarrada al mismo tiempo. Desgarrada por lo angustioso de la tarea y lo incierto del resultado. Burlona por la certeza profunda de la inutilidad del esfuerzo por hallarle sentido a la existencia. O no lo encuentra o es insoportablemente terrible. Por lo demás, el bosque encantado solo puede existir como recuerdo, como conciencia de su pérdida. El trueque en risa se produce al advertir el ridículo de toda búsqueda de sentido, similar a la frustración del superbugarrón que "siempre había creído templarse a otro bugarrón" para al final descubrir que en el mundo hay "solamente maricones".

Al final de su prólogo a *Antes que anochezca* Arenas cuenta cómo, temiendo que no le alcanzara la vida para concluir su plan, le hizo esta súplica a una foto de Virgilio Piñera que tenía en casa: "Óyeme lo que te voy a decir, necesito tres años más para terminar mi obra, que es mi venganza contra casi todo el género humano" (16). Y supo cumplir con su amenazadora súplica. Excepto un par de amigos, su amante y sus mentores literarios Lezama y Virgilio Piñera, casi nadie escapa a la más demoledora máquina de injuriar que ha conocido la literatura nacional. Entonces podemos entender mejor la risa salvaje y amarga de Arenas. La risa de quien se sabe al fin dueño de un destino que se acaba. La risa de quien, atacando a toda la humanidad, cree haberse librado de la triste y pasiva condición de víctima: una risa que muestra más soberanía que odio.

El que vino a gritar

Richard Rorty ha afirmado que "to fail as a poet —and thus, for Nietzsche, to fail as a human being— is to accept somebody else's description of oneself" (Rorty 28). Arenas no solo no aceptó las descripciones que le endosarían los agentes de la Seguridad del Estado y los funcionarios culturales: un pobre maricón escritor y contrarrevolucionario. Un funcionario-crítico lo llama "campesinito abandonado" para luego asegurar que "La tragicidad de la vida de Arenas reside en el hecho de que él, ciertamente, no elige su camino y que ese camino es trazado a contrapelo de la historia" (Ubieta 5). Arenas también se anticipó a las descripciones que de él haría la academia o el cine norteamericanos como "víctima martirizada por la revolución de Fidel Castro" (Hillson 1).

El rechazo a estas descripciones parecería desmentirlo el tono sombrío y ciertos pasajes de *Antes que anochezca* (y sobre todo la carta de despedida) que claman por la compasión del lector. Quien trate de ver en ese tono una visión vital de Arenas o un estado de ánimo cercano a su muerte debe tener en cuenta este detalle: según el propio Arenas declara en el prólogo: "Cuando salí del hospital terminé mi autobiografía (...) y continué trabajando en *El color del verano*" (*Antes* 12). O sea, que la novela rabiosamente juguetona se escribió paralelamente a la autobiografía e incluso se terminó después. La decisión de trabajar con tonos tan

diferentes en textos escritos casi al unísono no obedece al parecer a un especial estado de ánimo sino a una
decisión consciente y premeditada.

En vísperas de su muerte, a Reinaldo Arenas se le
ofrecía un panorama desolador. Aún haciendo abstrac-
ción de la cercanía de su muerte (que ya es bastante
abstraerse) debe de haber visto cómo el mundo literario
que había creado contra todo tipo de obstáculos perma-
necía al margen de la atención pública. La maldición
lanzada por Ángel Rama parecía cumplirse. ("Reinaldo
Arenas al ostracismo" fue el título de un artículo con
que el crítico Ángel Rama lo recibió a su llegada al
exilio). Al llegar a Estados Unidos, Arenas declaró que
había venido a gritar. A la posibilidad de poder gritar le
faltaba la de conseguir que lo escucharan. Debió haberse dicho entonces que si no había llamado la atención
con su literatura entonces lo haría con su muerte y con
su vida. La autobiografía y la carta serían parte de ese
plan, y la persecución política y el sexo los motivos
centrales de sus memorias. Arenas insiste en injertarle
un sentido político a toda su vida, sentido del que su
propio texto se escapa con frecuencia. Arenas intenta
demostrar retrospectivamente su desacuerdo político
con el régimen revolucionario desde sus inicios. Todo
parece indicar que fue más bien al contrario: que antes
de que Arenas se diera cuenta de la brecha insalvable
que se abría entre él y el régimen cubano, este ya había
detectado su disonancia estética y sexual y la había
traducido como amenaza. Un procedimiento similar
al descrito por Milan Kundera en *La broma*: marginar
y neutralizar a sus futuros críticos cuando estos aún
no han pasado de la fase del distanciamiento burlón.
Los sistemas totalitarios, con su aspiración al control

ideológico absoluto de la sociedad, saben de la subversión que entraña no ser tomados en serio. Allí estriba la sabiduría del poder totalitario: en poder distinguir lo que amenaza su poder antes de que los portadores de la amenaza se den cuenta. Y su vulgaridad, al ser incapaz de distinguir entre un poeta díscolo y un terrorista profesional: ambos caen dentro de la categoría de amenaza.

Arenas quiere asegurarse de que sus textos le vuelvan a pertenecer en toda regla después de tener una relación fantasmagórica con ellos. De ahí que insista tanto en que los manuscritos de toda su obra pueden ser consultados en la biblioteca Firestone de Princeton ("junto con *Le roman de la rose,* los escritos de Blanco White y (...) las liquidaciones de cuentas laborales de Bette Davis") (Valero 21). El archivo que conserva los manuscritos de Arenas en Princeton vendría a ser el reverso triunfal de otro archivo también evocado en sus textos: el de sus manuscritos confiscados por la Seguridad del Estado cubana, archivos donde el escritor confiaba en que aún se conservarían sus textos.

La elección del tono de la autobiografía buscaba a un tiempo dramatizar su despedida literaria y hacerse creíble como autor de su obra y protagonista de su biografía. El recorrido por los mismos pasajes ya abordados en las novelas que componen su pentagonía intentan delimitar los orígenes biográficos de su obra de su resultado ficcional. Lo cierto es que consigue lo contrario: al descubrir la carga biográfica de la pentagonía sin renunciar a la desmesura imaginativa, *Antes que anochezca* consigue confundir aún más los límites entre la vida y la obra de Reinaldo Arenas. Pero el tono, insisto, es lo decisivo, pues busca (y consigue) trasmitirle una gravedad a toda su obra sin la cual, sospecha, nunca será tomada en serio. De esta forma, Arenas convierte *Antes que anochezca* en el prólogo de toda su obra, al tiempo que en su más eficaz campaña publicitaria. Por si fuera poco, para acrecentar el misterio, a petición del autor, el manuscrito de la autobiografía no podrá consultarse hasta el 2010.

La condición de Arenas como víctima del castrismo o de la homofobia y del conservadurismo moral, estético y político tanto en Cuba como en el exilio no alcanza para explicar su literatura. En todo caso, su literatura se explicaría, y solo en parte, como rebeldía contra los valores que intentan despreciarlo como persona y como escritor. Eso explica que Arenas resalte aquellos motivos y temas por los que ha sido disminuido. La más rotunda definición de su obra aparece en un pasaje de *El color...*: "mis libros conforman una sola y vasta unidad, donde los personajes mueren, resucitan, aparecen, desaparecen, viajan en el tiempo, burlándose de todo y padeciéndolo todo, como hemos hecho nosotros mismos. Todos ellos podrían integrar mi espíritu burlón y desesperado, el espíritu de mi obra que tal vez sea el de nuestro país". Y para que no queden dudas de la naturaleza burlona de su espíritu remata así el párrafo: "En cuanto a mi pieza de teatro *Abdala* [en realidad un texto de Martí], no la publiquen, no me gusta para nada, es un pecado de adolescencia" (*El color* 358).

Hace unos años, Carlos Victoria, uno de los más importantes escritores cubanos en activo (y de los menos reconocidos) publicó una ponencia sobre la desalentadora condición de los escritores cubanos en el exilio norteamericano (iba a escribir "situación" pero me contuve: la temporalidad que sugiere esta palabra podría ser engañosa). Victoria, compañero de exilio y de generación de Arenas y junto con él fundador de la revista *Mariel*, historiaba la repetición en las sucesivas oleadas de escritores exiliados del mismo desamparo editorial, como si de una maldición insuperable se tratara. Con el tiempo, incluso las pocas señales que podrían sugerir un cambio (editoriales, revistas y concursos), volvían a desaparecer como si no hubiesen existido nunca. Victoria confiesa con amargura:

> Algo más que ocurre con nosotros (...) es que el afán de ser parte de algo nunca ha llegado a materializarse. En el exilio en Estados Unidos hemos sido, para usar el término en inglés, unos *outsiders*. Nuestra insatisfacción no nos ha permitido sumarnos a ningún movimiento político, a pesar de que casi todos odiamos el régimen de Cuba. Y esa misma insatisfacción, que entre otras cosas se filtra en nuestros textos al poner en evidencia las fallas, no solo de allá, sino también de aquí, nos ha vuelto sospechosos a los ojos de la gente que más debía tomarnos en cuenta: nuestros propios compatriotas en un país que nunca será el nuestro, a pesar de que muchos llevamos en los pasaportes el engañoso sello de ciudadanos norteamericanos. (Victoria 72)

Arenas, como hemos visto, se las ingenió para sacarle el mayor partido posible a esta "maldición política y geográfica", al menos póstumamente. Se ha integrado en la cultura liberal norteamericana y en el panteón político del exilio cubano al precio de ser leído muy parcialmente y de no poder disfrutar o refutar esa fama por la circunstancia de estar muerto. Su ejemplo, el más exitoso hasta ahora, es lo más parecido a un callejón sin salida. Algo le ha impedido a la literatura cubana del exilio integrarse a la *latino culture* que se potencia dentro de Estados Unidos. La singularidad política y cultural del "caso cubano" ha dificultado en extremo la entrada de la mayoría de los escritores cubanos exiliados a los nichos que ofrece el discurso multicultural.

Richard Rorty en su libro *Contingency, Irony and Solidarity* nos dice que "only the poets can truly appreciate contingency" (Rorty 28) entendiendo como poetas a los verdaderos creadores, más allá de la disciplina creativa que cultiven. La contingencia de Arenas incluyó su experiencia norteamericana y tanto *El color del verano* como *Antes que anochezca* deben entenderse también como reacción y resistencia al discurso en el que sería asimilada y encasillada su obra. Arenas sabía que el futuro de su obra pasaba por la academia norteamericana, la misma encargada de conservar sus manuscritos. La autobiografía representa la asunción de esa última contingencia, portadora de un sistema que, aunque acepta y exalta la condición homosexual de Arenas, no parece entender la necesidad de libertad (para usar una expresión grata al escritor) que alentó su vida y su obra. El discurso multicultural, impuesto con la intención de contrarrestar la visión "universalista" del hegemonismo cultural de Occidente, ha reproducido los vicios hegemónicos de aquel universalismo. Este ha sido suplantado por innumerables categorías y subcategorías de discursos subalternos que siguen respondiendo, aunque ahora con más discreción, a una visión hegemónica en la que a cada categoría se le han asignado de antemano un grupo de funciones con muy escasa variación. En sus más socorridas versiones, esta concepción resulta igualmente incapaz de apreciar la contingencia de una obra como la de Arenas y termina, con demasiada frecuencia, simplificándola y reduciéndola a ser una simple representación de su discurso.

No obstante, Arenas, con su autobiografía, ha conseguido romper con la indiferencia hacia un escritor tan inclasificable. Si es cierto que ha sido a riesgo de la simplificación de su obra, esta ha servido y seguirá sirviendo para poner a prueba los límites del discurso que intenta asimilarlo. Para Arenas, asumir su propia contingencia, fue más importante que enunciarse como escritor, gay, anticastrista, exiliado, latino, víctima perfecta. Como expresamente se enuncia en Antes que anochezca, Arenas tuvo en cuenta las exigencias de ese discurso que recién se consolidaba, solo para rebelarse contra él, como antes lo había hecho con el discurso oficial del castrismo y del exilio. Su reciente reconocimiento tiene tanto de galardón como de trampa. Los escritores cubanos en Estados Unidos tienen en Reinaldo Arenas nuevas tentaciones que vencer: la de aceptar el malentendido que propicia la lectura victimista de Arenas o la convertir su literatura en mera convención social.

(2003)

Bibliografía

"Arenas, Reinaldo (1943-1990)". *GLBTQ. An Encyclopedia of Gay, Lesbian, Bisexual, Trasgender and Queer Culture*. Chicago: GLBTQ, Inc., 2003. The Gay and Lesbian Literary Heritage (2002) pp 51-52.

Arenas, Reinaldo. *Antes que anochezca*. Barcelona: Tusquets Editores, S.A., 1992.

_____. *El color del verano o Nuevo jardín de las delicias*. Barcelona: Tusquets Editores, S.A., 1999.

_____. *Necesidad de libertad*. Miami: Ediciones Universal, 2001.

Hillson, Jon. "La política sexual de Reinaldo Arenas: Realidad, ficción y el archivo real de la Revolución Cubana". <http://www.blythe.org/arenas-s.html>.

Nietzsche, Friedrich. *La genealogía de la moral. Un escrito polémico*. Madrid: Alianza Editorial, S.A., 1997.

Rama, Ángel, "Reinaldo Arenas al ostracismo". *Eco: revista de la cultura de Occidente*. 231. 38-39, 1981. pp 332-336.

Rorty, Richard. *Contingency, Irony and Solidarity.* Cambridge: Cambridge University Press, 1989.

Sloterdijk, Peter. *Crítica de la razón cínica*. Madrid: Ediciones Siruela, 2003.

Soto, Francisco. *Reinaldo Arenas*. New York: Twayne Publishers; London: Prentice Hall International, 1998.

Ubieta Gómez, Enrique. "Arenas y la noche. Notas sobre un libro de memorias". *La Jiribilla. Revista Digital de Cultura Cubana.* 1ro de mayo de 2001.

Valero, Roberto. *El desamparado humor de Reinaldo Arenas*. Miami: North South Center, University of Miami, 1991.

Victoria, Carlos. "De Mariel a los balseros. Breve historia de una insatisfacción". *Encuentro de la Cultura Cubana*. No. 15. Invierno 1999/2000. pp. 70-73.

ÚLTIMAS NOTICIAS DEL FUTURO:
LA GENERACIÓN DE MARIEL Y LA
FABRICACIÓN DEL HOMBRE NUEVO

Hermana cucaracha

Una noche del verano de 1965, el dramaturgo Héctor Santiago se hallaba sentado con su amigo Reinaldo Arenas en la famosa heladería habanera Coppelia cuando se les acercó uno de los empleados de la heladería, conocido de ambos. "Una pobre loca […] remitido por el Ministerio del Trabajo, pues había sido depurado de su cargo de maestro para evitar que 'contaminara' a sus alumnos". El empleado les contó que la policía iba a hacer una de sus habituales "recogidas de elementos indeseables". Incluso el administrador había recibido la orden de que "los empleados retrasaran el trabajo para que las colas fueran más largas y hubiera más 'antisociales'" que "recoger". (Sí, al parecer hubo una época en que había que pedirles a los camareros cubanos que fueran más lentos.) Héctor Santiago y Arenas salieron corriendo, escapando por muy poco de la redada que se inició instantes después. Vagaron por la ciudad hasta que decidieron pasar el resto de la noche escondidos en el portal de una bodega, detrás de un montón de cajas. De pronto, vieron aparecer una cucaracha que se dirigió hacia ellos. "Aterrado me quité el zapato […] calculando tenerla bien cerca para darle el certero y mortal zapatazo […] Entonces Reinaldo me detuvo el brazo, lo miré; con aquellos ojos profundos y gitanos que tenía […], viendo mi natural asombro me dijo. 'Nosotros somos como las cucarachas. También estamos sobreviviendo'" (Santiago 196).

Difícil concebir el grado de humillación, marginalización y persecución que debe sufrir un ser humano para identificarse con una cucaracha. Ese parece haber sido un sentimiento compartido por muchos jóvenes que durante las dos primeras décadas de castrismo no se sentían especialmente atraídos por un proyecto que se anunciaba como la redención definitiva de la humanidad. Jóvenes que, al decir de Héctor Santiago, no se ajustaban a "la imagen revolucionaria-conservadora del Hombre Nuevo Guevarista" (196). No es que a los que se adaptaran les fuera mucho mejor. Porque todos, conformes o no, servían como combustible a la insaciable máquina de calderas del "proceso". Todos, independientemente de su nivel de entrega a la Revolución, podrían reconocer junto con Arenas que "[L]a mayor parte de nuestra juventud se perdió en cortes de caña, en guardias inútiles, en asistencia a discursos infinitos donde siempre se repetía la misma cantaleta" (*Antes* 114). Arenas resuelve esta contradicción entre el impulso transformador que debe animar a una revolución y sus prácticas represivas, apelando a su condición dictatorial. "Toda dictadura es casta y antivital; toda manifestación de vida es en sí un enemigo de cualquier régimen dogmático" (119).

Pero ¿no será esta descripción, incluida en la autobiografía del autor, resultado del despecho de alguien que en un momento muy temprano de su vida había intentado incorporarse a las guerrillas antibatistianas? ¿Acaso con su primer libro, publicado con apenas 22 años, no se había convertido en joven promesa de la literatura nacional? ¿Acaso el propio Arenas no podía tomarse como uno de los mejores ejemplos del poder transformador de dicha revolución? ¿Acaso no se suponía que la Revolución Cubana fuera un proceso liberador que se atrevía incluso a desafiar los dogmas del socialismo real que se habían impuesto en otras partes del planeta? ¿No estaba la Revolución Cubana llamada a revolucionar el ya venerable negocio de las revoluciones?

Reinventando la humanidad

Intentemos ver en la Revolución Cubana algo más que un régimen estrictamente represivo. Vayamos a sus más ambiciosas utopías. Asomémonos a uno de los textos sagrados de dicha Revolución. Un texto usado —precisamente— para subrayar el carácter heterodoxo del proceso revolucionario cubano, su aspiración a superar las anquilosadas nociones del socialismo real. Me refiero a "El socialismo y el hombre en Cuba" de Ernesto Guevara citado con frecuencia por sus críticas al realismo socialista, sus advertencias sobre la posible corrupción de los dirigentes revolucionarios o su denuncia de la condición no-revolucionaria de los intelectuales cubanos. Un texto —recordemos— aparecido en la publicación uruguaya *Marcha* que, aunque de izquierdas, su público, desde la Cuba revolucionaria podía calificarse como burgués.

Suele ignorarse que el propósito declarado de "El socialismo y el hombre en Cuba" era el de replicar la afirmación de que "el período de construcción del socialismo en el que estamos nosotros abocados, se caracteriza por la abolición del individuo en aras del estado" (Guevara 221). Sin embargo, pese a sus esfuerzos en sentido contrario, el Che Guevara termina dándoles la razón a los "voceros capitalistas". "Vistas las cosas desde un punto de vista superficial —reconoce—, pudiera parecer que tienen razón aquellos que hablan de supeditación del individuo al Estado" (223). Pero al profundizar en su concepción del socialismo, la imagen que ofrece Guevara es todavía más siniestra que la de los propagandistas del capital. En lugar de la supeditación del individuo al Estado, Guevara propone la supeditación de la masa a un único individuo, Fidel Castro, el líder máximo que a través de sus discursos consigue establecer una relación orgásmica con la masa.

> Es evidente que […] falta una conexión más estructurada con las masas. […] [U]tilizamos por ahora el método casi intuitivo de auscultar las reacciones generales frente a los problemas planteados. Maestro en ello es Fidel, cuyo particular modo de integración con el pueblo solo puede apreciarse viéndolo actuar. En las grandes concentraciones públicas se observa algo así como el diálogo de dos diapasones cuyas vibraciones provocan otras nuevas en el interlocutor. Fidel y la masa comienzan a vibrar en un diálogo de intensidad creciente hasta alcanzar el clímax en un final abrupto, coronado por nuestro grito de lucha y victoria (223).

Fuera de Fidel Castro, individuo excepcional, Guevara define al resto de los individuos como "producto no acabado" que "se somete a un proceso consciente de autoeducación" (224). Así, el individuo "bajo el influjo de la presión que supone la educación indirecta, trata de acomodarse a una situación que siente justa y cuya propia falta de desarrollo le ha impedido hacerlo hasta ahora". El objetivo por el que el individuo debe autoeducarse es la edificación de la "nueva sociedad donde los hombres tendrán características distintas: la sociedad del hombre comunista" (227). Y ese objetivo será conseguido a las buenas o a las malas. Agradezcámosle a Guevara la franqueza de reconocer que los componentes de la masa "deben ser sometidos a estímulos y presiones de cierta intensidad; es la dictadura del proletariado ejerciéndose no solo sobre la clase derrotada, sino también individualmente, sobre la clase vencedora" (227).

No obstante, Guevara insiste en que el objetivo del socialismo es "ver al hombre liberado de su enajenación". El hombre socialista "a pesar de su aparente estandarización, es más completo" porque "su posibilidad de expresarse y hacerse sentir en el aparato social es infinitamente mayor" (229). Guevara nunca deja claro en qué consistirá la libertad que predetermina con tanta precisión. El resto de su razonamiento es un inspirado galimatías leninista donde el pueblo es definido como "sólida armazón de individualidades que caminan hacia un fin común; individuos que han alcanzado la conciencia de lo que es necesario hacer" (235). Lo que intenta presentar como axiomas irrefutables no pasa de puro retruécano: "Nosotros, socialistas, somos más libres porque somos más plenos; somos más plenos por ser más libres" (235).

Pero en lo que respecta al individuo y sus posibilidades de plenitud en el socialismo cubano hay cosas que ni siquiera la sinceridad de Guevara alcanzará a confesarles a su parroquia de intelectuales sudamericanos. Habrá que acudir a los discursos que en esa época Fidel Castro destinaba al consumo nacional. "Nosotros no podemos estimular ni permitir siquiera actitudes egoístas en los hombres si no queremos que los hombres sigan el instinto del egoísmo, de la individualidad, [...] nosotros no creemos que se forma un hombre comunista incitando la ambición del hombre, el individualismo del hombre, las apetencias individuales del hombre" (*"Discurso... 1968"*).

En el discurso fidelista de la segunda mitad de los sesenta la desaparecida burguesía ha dejado de ser el enemigo de la Revolución. Ahora el objetivo a derrotar es el propio individuo. No se trata de meras palabras. Fidel Castro hablaba desde el puesto de mando del mecanismo de control estatal más abrumador que ha conocido el hemisferio occidental. No es que vaya a conseguir todo lo que se propone: a algún compromiso debe llegar su paradójica propuesta de máxima emancipación y pormenorizado ordenamiento de la sociedad. De manera que en la pugna entre libertad y control cede siempre la libertad. Y entre individuo y Estado, el individuo.

La libertad y los derechos individuales siempre se verán pospuestos a la espera de la construcción de la sociedad plenamente justa pero, como advertía Albert Camus, "acallar el derecho hasta que la justicia esté establecida, es acallarlo para siempre, puesto que [el individuo] ya no tendrá ocasión de hablar si la justicia reina para siempre" (Camus 400) porque "la revolución sin más límites que la eficacia histórica significa la servidumbre sin límites" (405).

Ese proyecto emancipatorio que era la Revolución Cubana para quienes la admiraban a distancia, constituyó para los que vivían dentro de ella el medio de sometimiento más perverso que se pudiera concebir: todo intento de resistencia los convertía automáticamente en contrarrevolucionarios y aliados de la reacción entre otros pecados mortales. Frente a esta trampa es que Albert Camus edifica su concepto de Rebeldía. Un acto de resistencia no solo contra la opresión que defiende los privilegios de una casta o clase sino también ante esas otras variantes que, en nombre de la emancipación definitiva de la humanidad, someten las pulsiones individuales a las necesidades de la Historia y del Estado.

Una naturaleza peligrosa

En ese sentido, nuestros marielitos siempre se comportaron como perfectos rebeldes camusianos. Como dice el pensador polaco Leszek Kolakowski al hablar del existencialismo como intento desesperado de reivindicar

> the idea of personal responsability in face of a world in which progress insists that human persons become, with their assent, no more than the media whereby anonymous social, bureaucratic, or technical forces express themselves and in which people are unaware that in letting themselves be reduced to irresponsible instruments of the impersonal work of the society, they rob themselves their humanity (Kolakowski 6-7).

Nada más lejos del Hombre Nuevo guevariano que la idea de hombre que propuso Giovanni Pico della

Mirandola en 1486. El italiano consideraba que para crear un ser que comprendiese el sentido del universo, "amara su belleza y admirara la vastedad inmensa" de la creación divina, Dios no pudo usar ninguno de los arquetipos previos. De manera que creó un ser "de naturaleza indefinida". Este Dios renacentista le dice a Adán:

> Te he puesto en el centro del mundo para que más cómodamente observes cuanto en él existe. No te he hecho ni celeste ni terreno, ni mortal ni inmortal, con el fin de que tú, como árbitro y soberano artífice de ti mismo, te informases y plasmases en la obra que prefirieses. Podrás degenerar en los seres inferiores que son las bestias, podrás regenerarte, según tu ánimo, en las realidades superiores que son divinas (Mirandola).

Frente a la libertad propuesta por el renacentista italiano, el Hombre Nuevo cubano luce tan miserable como los edificios de vivienda construidos por el régimen comparados con el palacio Pitti. El Che Guevara —en el texto que según Renzo Llorente es "un hito en el pensamiento social emancipatorio del siglo XX"— propone un Hombre Nuevo que sea carne de sacrificio. Muerto Guevara, Fidel Castro reclama que el Hombre Nuevo sea un clon del Che. Por si quedaran dudas, en un discurso de 1965, Castro aclara su concepto de "revolucionario": "[N]o se trata de que sean buenos, un hombre decente, no; hace falta algo más que ser bueno y ser decente, hace falta [...] tener [...] una actitud revolucionaria ante los problemas, [...] espíritu de colaboración con los demás organismos y, sobre todo, de colaboración con el Partido, dejarse ayudar por el Partido" ("Discurso... 1965").

Las generaciones que crecieron bajo estos presupuestos fueron objeto del más completo y uniforme experimento político, social, legal, económico, educativo y cultural al que haya sido sometida una sociedad de ese lado del Atlántico. Un experimento con la intención declarada de producir una sociedad nueva, un hombre nuevo. Ese ser, aunque se proclamara libre —a diferencia del de Pico della Mirandola—, estaba predeterminado en sus más ínfimos detalles: un ser dispuesto a sacrificios constantes, resignadamente conformista, ostentosamente viril y agresivo y, a la vez, obediente y sumiso. Un ser que se calificaba a sí mismo de revolucionario y materialista pero, al mismo tiempo, era ajeno a las frivolidades de la materia o a las veleidades del espíritu. Para producir seres tan difíciles de encontrar en estado natural la masa debió ser sometida a un proceso continuo de purificaciones, reeducaciones y "parametraciones" que, en primer lugar, debía separar a los candidatos a Hombres Nuevos de aquellos que estaban más allá de toda redención y así evitar que contaminaran a los primeros. "Impedir —en palabras del Che— que la generación actual, dislocada por sus conflictos, se pervierta y pervierta a las nuevas" (Guevara 233).

El argumento de Guevara recuerda el utilizado para expulsar a los judíos de España en 1492: evitar que la presencia y el mal ejemplo de estos desviara del recto camino a los nuevos conversos. Pero no bastaba con ser un buen candidato a Hombre Nuevo porque aun así debía soportar un constante proceso de pruebas y demostraciones de inocencia. Toda la sociedad había sido sometida al unísono al mismo protocolo al que sometieron a Joseph K. en *El proceso* de Kafka.

Era casi imposible sentirse totalmente ajeno al pecado original de "no ser auténticamente revolucionario". Uno de los principales instrumentos legales con los que contó el Estado para esta criba fue la llamada Ley de Peligrosidad. De acuerdo con dicha ley "Se considera estado peligroso la especial proclividad en que se halla una persona para cometer delitos, demostrada por la conducta que observa en contradicción manifiesta con las normas de la moral socialista" (Aguirre). Y la moral socialista de acuerdo con la *Plataforma Programática de Partido Comunista de Cuba* "implica un alto espíritu colectivista y una elevada actitud ante el trabajo, basados en relaciones de ayuda mutua y fraternal; el cumplimiento de los demás deberes sociales, del internacionalismo proletario y del patriotismo revolucionario; el logro de la victoria de la cultura y la ideología socialistas en la conciencia social" ("I Congreso" 40) Era, en fin, demasiado fácil no estar a la altura de la moral socialista, caer bajo la suspicaz Ley de Peligrosidad. El marielito Miguel Correa en su libro *Al norte del infierno* describe así los efectos concretos de la ley:

> Te ha cogido la Ley de la Peligrosidad. Aunque no hayas hecho nada, te ha cogido. [...] Porque para que a uno lo coja la ley de la peligrosidad es eso precisamente lo que hay que hacer: nada. Porque de hacer algo, ya no te coge esa ley aunque sea la más mínima cosa la cosa que hayas hecho. Te coge el paredón o el presidio por treinta años. Pero no lo cojas tan a pecho; a todo el mundo lo viene cogiendo la ley de la peligrosidad hace muchos años. (Correa 31)

Literatura y ley

Una sociedad sometida a inquisición tan detallada debía producir una literatura igualmente singular... en caso de que se atreviera a hacerlo. Si asumimos la definición de narrativa que da Roberto González Echevarría en su ya clásico *Mito y archivo* de que esta, al carecer de forma propia, "asume la de un documento dado, al que se le ha otorgado la capacidad de vehicular la verdad —es decir, el poder— en momentos determinados de la historia" e "imita tales documentos para así poner de manifiesto el convencionalismo de estos" (González 32) podremos reconocer la radical singularidad y fuerza de la literatura producida por los autores de esta generación.

Al conjunto de discursos, libros, artículos, periódicos, propaganda gráfica y audiovisual, y a las leyes draconianas destinadas a domesticar a toda una sociedad, debía corresponderle una respuesta literaria radicalmente distinta a la que producían sus contemporáneos latinoamericanos. Esa fue la que ofreció la generación de *Mariel*. Sin embargo, el consenso entre la crítica sobre esta generación parece apuntar a la existencia de un "desfase literario de los narradores de *Mariel* respecto a su contexto cultural" latinoamericano (Matute 149). Como si pretender que estos autores escribieran como sus colegas del boom y el post-boom latinoamericano no fuera invitar a falsear su literatura. Tal parece que la crítica no tuviera en cuenta que estos narradores cubanos escribían desde el futuro al que aspiraba buena parte de sus colegas del continente y a partir del cual modelaban la crítica a sus realidades respectivas. Los marielitos escribían desde ese futuro y contra él. Una revuelta literaria tan distinta a la del resto de los escritores latinoamericanos también requería modos distintos. "[E]l genio es una rebeldía que ha creado su propia medida" [Camus 375] dice Camus. Tanto es así que los momentos más débiles e inauténticos de los marielitos son justo sus aproximaciones a aquel realismo mágico que parecía ser el único modo de expresarse para los escritores latinoamericanos medio siglo atrás.

Lo predecible era que ante la descomunal presión social, política y policial todos los autores cubanos se hubiesen plegado a las directivas oficiales o, al menos, dejaran de escribir en un país en que un poema inédito le costó cinco años de prisión al poeta Néstor Díaz de Villegas. Milagroso es que un puñado de estos escritores persistiera en producir literatura, en ocupar su lugar en el campo opuesto al durísimo núcleo de poder de la época que les tocó vivir y que le replicaran con una fuerza comparable a la de esas leyes que intentaban silenciarlos. Asombra más que para escribir no esperaran a escapar de Cuba sino que lo hicieran todavía en la isla, bajo las peores condiciones de vigilancia y persecución.

Una excepción llamada Mariel

A ese grupo, el éxodo del Mariel los encontró ya maduros como escritores, pero al mismo tiempo les ofreció una oportunidad única en la historia de los regímenes totalitarios: la de escapar masivamente como generación y poder nuclearse en proyectos colectivos como el de la revista *Mariel* antes de que la demoledora realidad cubana los obligara a aceptar las reglas del sistema o perecer. En lugar de someterse al dictamen de la moral socialista, como hace penosamente ese clásico de la literatura de la Revolución Cubana que es *Las iniciales de la tierra*, de Jesús Díaz (con su protagonista escribiendo su biografía para ser aceptado como miembro del Partido Comunista), la literatura de los marielitos desborda sus estrechos márgenes por todos lados. Aquel experimento totalitario que se ofició bajo la pauta de "dentro de la Revolución todo, contra la Revolución nada" fue desafiado por una escritura guiada por una ambición equivalente.

> Éramos jóvenes [nos cuenta Juan Abreu] y creíamos que el arte era una fuerza sagrada por la que valía la pena arriesgarlo todo. Teníamos miedo y nunca creímos en la cultura oficial de nuestro país. "Fuera de la Revolución todo, dentro de la Revolución, nada" podía haber sido nuestro lema. [...] Organizábamos maratones de lecturas y tertulias, escribíamos incansablemente y estábamos convencidos de que en esas actividades radicaba el único sentido que podían tener nuestras existencias. En esos libros, que todavía me acompañan, que siguen siendo parte fundamental de mi vida, aprendí todo lo que sé. (Abreu 18)

Ante un proyecto guevaro-fidelista que concebía una forma única de humanidad, estos escritores ofrecieron la más amplia gama de posibilidades humanas, empezando por las más rebeldes, en el sentido que le daba Camus. Desde el realismo atormentado de Carlos Victoria al surrealismo ingenuo y aterrado de Roberto Valero y a las desorbitadas parodias de Miguel Correa; desde la locura lúcida de Guillermo Rosales (o la astuta de Eddy Campa) a la memoria implacable y la imaginación distópica de Juan Abreu y Reinaldo Arenas o a la picaresca rabiosa y sensual de José Abreu. O esa estremecedora versión local del *Infierno* de Dante que es el recuento de Nicolás Abreu sobre su encierro con más de diez mil personas en los predios de la embajada de Perú en La Habana titulado *Al borde de la cerca: los 10 días que estremecieron a Cuba.*

En todos estos textos el discurso del poder es omnipresente: en pancartas, titulares de periódico, alocuciones radiales, grandes concentraciones públicas y discursos del gran líder. Frente a este relato, buena parte de las obras de los autores de *Mariel* puede leerse como una continua resistencia a ser "Hombre Nuevo". Una rebelión "contra la posibilidad de que te nombren obrero de/ avanzada, trabajador emérito, héroe, candidato del partido,/ joven ejemplar selecto para visitar las tumbas amigas de/ ultramar" (*Otra vez* 186). Téngase en cuenta que un orden totalitario como el cubano no dejaba espacio posible para desentenderse de él. Coexistir con él implicaba ser, de una manera o de otra, absorbido por este. El propio Arenas se pregunta en otro momento de su novela *Otra vez el mar*: "¿Cómo, pues, soportar [...] la inminente desoladora certeza de estar preso, la impotencia ante esta certeza, los programas de televisión, cine y radio, la misa retórica paladeada, repetida, reproducida en murales, consignas, vallas, titulares, altoparlantes, grabadoras? (342).

Resistirse a ser hombre nuevo, rechazar la Revolución que le daba sentido a esta entelequia, era un riesgo que iba más allá de las represalias físicas: negaba la condición humana de los rebeldes por parte de un régimen que se oponía a aceptar su mera existencia. Confesaba el escritor Carlos Victoria mucho después de llegar al exilio: "Yo vivía, y lo recuerdo ahora, como si la vida no valiera nada. Me había dicho durante tanto tiempo que yo no valía nada, que al negar aquello que llamaban patria o el socialismo o la revolución (o cualquiera de esos tantos nombres) yo negaba mi propia condición humana, mi dignidad, mi talento creador" (Simal 39). Esa resistencia a ser convertidos en "Hombres Nuevos" se volvía, por tanto, un asunto de vida o muerte, existencialmente hablando. La resistencia sobrepasa la cuestión ética o estética para ser —por melodramático que suene— una cuestión ontológica.

No bastaba con negarse a ser hombre nuevo. Era necesario, a su vez, afirmarse, redefinirse más allá de la mera negación. Es por eso que ante la pacata hechura del Hombre Nuevo, la generación de *Mariel* ofrece un multiforme hombre mirandoliano, capaz de lo mejor y lo peor. En vez de la rígida plenitud del hombre guevariano, los marielitos proponen en la práctica el acecho incesante del elusivo ser de que habla Heidegger. Al hombre pleno de Guevara —que derivará, como hemos visto, en un esclavo pleno— Juan Abreu le enfrenta una aspiración mínima de lo humano que encierra su idea de dignidad: "Lo que sí es cierto es que mi madre me enseñó (nos enseñó) que hay cosas que no se pueden hacer en la vida porque nos convertimos (la cito) en mierda. A veces creo que me dejaría matar antes de convertirme en un mierda, que es lo más abyecto, según la escala de valores de mi madre" (Abreu 82).

Su propia guerra

Cuando esta generación llega al exilio, más que "integrarse a las nuevas corrientes de exploración literaria"

(Matute 149) le interesa la defensa a ultranza de su condición humana tantas veces cuestionada. Esto es: no desde una concepción angélica y victimista de lo humano sino aprovechando las posibilidades que le ofrece su nueva libertad. Una libertad que no se hace ilusiones sobre esa humana condición pero asume su labor creativa como "sacrificio" y "fatalidad"; "placer" y "maldición". Una generación que desde el primer editorial de su revista anuncia con una convicción ingenua e insobornable que "[t]oda obra de arte es un desafío, y por lo tanto, implícita o explícitamente, es una manifestación —y un canto— de libertad" ("Editorial" 2). La misma convicción con que años atrás, en medio de la persecución de su amigo Reinaldo Arenas, nos dice Juan Abreu:

> Sé que esta dictadura merece que la despreciemos, que escribamos contra ella, que seamos contra ella, que nos comportemos decentemente contra ella, que no nos convirtamos en mierdas, tal y como dice mi madre, por cuenta de ella. Pero hoy lo he visto muy claro: nuestro conflicto es con la muerte. […] Y comprendo que lo importante no es lo que haya o no al final, sino ser fiel hasta la muerte. Lo importante es que cada ser humano elija estar de parte de los que escogen la rebeldía y la libertad. (Abreu 202)

Estos insurrectos contra el futuro han sabido, a través de su obra, darle a la rebeldía el sentido que reclamaba Camus de "rechazo a ser tratado como cosa y ser reducido a simple historia. Es la afirmación de una naturaleza común a todos los hombres, que escapa al mundo del poder" (Camus 344). Una rebeldía que se resista a los sueños (individuales y colectivos) de

plenitud totalita-ria. Que resista al "fin de toda civilización —de toda autenticidad— de toda individualidad,
de toda grandeza" a "la muerte del hombre como tal,
y de todas sus sagradas, inspiradas nobles vanidades"
(*Persecución* 104). Una rebeldía que tiene mucho que
decirle a los tiempos pusilánimes que nos han tocado
en suerte.

(2018)

Bibliografía

"Editorial". *Mariel. Revista de Literatura y Arte*.
Primavera, 1983. Año 1, No. 1, p. 2.

"I Congreso del PCC: Tesis y Resoluciones. Sobre la
Plataforma Programática del Partido". http://congre-
sopcc.cip.cu/wp-content/uploads/2011/03/I-Congreso-
PCC.-Tesis-y-Resoluciones-sobre-la-Plataforma-
Programática-del-Partido.pdf

Abreu, Juan. *A la sombra del mar. Jornadas cubanas
con Reinaldo Arenas*. Buenos Aires: Editores Argentinos, 2016.

Abreu Felippe, Nicolás. *Al borde de la cerca: los
10 días que estremecieron a Cuba*. Madrid: Editorial
Playor, 1987.

Aguirre del Cristo, Severo. "Ley Nº 62 CÓDIGO PE-
NAL, Cuba, 29 de diciembre, 1987". https://oig.cepal.
org/sites/default/files/1987_codigopenal_cuba.pdf

Arenas, Reinaldo. *Antes que anochezca*. Barcelona: Tusquets Editores, 1992.

_____. *Persecución (Cinco piezas de teatro experimental)*. Miami: Ediciones Universal, 1986, Primera reimpresión 2001.

_____. *Otra vez el mar*. Barcelona: Tusquets Editores, 2002.

Camus, Albert. *El hombre rebelde*. Madrid: Alianza Editorial S.A., 2016.

Castro, Fidel. "Discurso pronunciado por el Comandante Fidel Castro Ruz, Primer Secretario del Comité Central del Partido Comunista de Cuba y Primer Ministro del Gobierno Revolucionario, en el acto conmemorativo del XI Aniversario de la acción del 13 de marzo de 1957 efectuado en la escalinata de la Universidad de La Habana, el 13 de marzo de 1968. http://www.cuba.cu/gobierno/discursos/1968/esp/f130368e.html

_____. "Discurso pronunciado por el Comandante Fidel Castro Ruz, Primer Secretario del PURSC y Primer Ministro del Gobierno Revolucionario, en el XII Aniversario del ataque al cuartel Moncada, en la ciudad de Santa Clara, el 26 de julio de 1965. http://www.cuba.cu/gobierno/discursos/1965/esp/f260765e.html

Correa Mujica, Miguel. *Al norte del infierno*. Brooklyn, NY: Artimaña Libros, 2007.

González Echevarría, Roberto. *Mito y archivo. Una teoría de la narrativa latinoamericana*. México D.F.: Fondo de Cultura Económica, 2000.

Guevara, Ernesto. "El socialismo y el hombre en Cuba". http://ri.ues.edu.sv/9704/1/Revista_La_Universidad_12bc14.pdf

Kołakowski, Leszek. *Modernity on Endless Trial*. Chicago: The Chicago University Press, 1997.

Llorente, Renzo. "'Socialism and Man in Cuba' Revisited". https://www.tandfonline.com/doi/abs/10.108 0/21598282.2015.1065191

Matute Castro, Arturo. *Idas de escritura: exilio y diáspora literaria cubana (1980 – 2010)*. http://d-scholarship.pitt.edu/24903/1/MATUTE_CASTRO_2015_ETD_1.pdf

Mirandola, Pico della. "Discurso sobre la dignidad del hombre". https://ciudadseva.com/texto/discurso-sobre-la-dignidad-del-hombre/

Santiago, Héctor. "Reinaldo Arenas, las cucarachas y yo". *Reinaldo Arenas, aunque anochezca* [Luis de la Paz, Editor]. Miami: Ediciones Universal, 2001, pp. 194-198.

Simal, Mónica. "Carlos Victoria; la autenticidad literaria como resistencia". https://incubadorista.files.wordpress.com/2017/09/carlos_victoria_la_autenticidad_literar.pdf

Un error de cálculo

a Luis de la Paz

Primeras cuentas

Todo —los documentos, discursos, declaraciones, entrevistas, la implacable cronología de los hechos— apunta a que el Mariel, el éxodo de 1980 quiero decir, fue un error de cálculo. Un error del Matemático Mayor de la ciencia exacta que es el totalitarismo cubano. El 8 de marzo de 1980, Fidel Castro usó su discurso de conmemoración del Día Internacional de la Mujer para advertirle a Estados Unidos: "Esperamos, igualmente, que adopten medidas para no estimular las salidas ilegales del país; porque nosotros entonces podríamos también tomar nuestras medidas [...] ya en una ocasión tuvimos que abrir el puerto de Camarioca" (Castro). Tres semanas más tarde estallaba la crisis de la embajada peruana en La Habana cuando el matemático, ahora desdoblado en estratega político, decidió retirar la custodia de dicha sede diplomática. Fue el primer error de cálculo: crearle un caos al embajador peruano que se había negado a entregar a las autoridades cubanas a quienes habían empotrado un autobús en su embajada buscando refugio. Una vez retirada la custodia a la embajada peruana, la invadirían doscientos, quinientos, mil "gusanos" a lo sumo. Eso habrá calculado.

Fueron casi once mil. Pudieron haber sido más de no ser por el cordón de policías que el gobierno interpuso entre la embajada y el resto del país. Y porque las leyes de la física impedían que cupieran más personas en los confines de la representación peruana. Menos de seis semanas después del discurso del Día Internacional de la Mujer, en el puerto de Mariel ya estaba montado el dispositivo que se convertiría en vía de escape de más de 125 mil cubanos. Otro error de cálculo, sospecho. Fidel Castro no imaginaba que tras veinte años de disfrutar de su revolución tantos compatriotas estuvieran dispuestos a poner mar de por medio, incluso al precio de exponerse a los atropellos y humillaciones reservados a los que solicitaban marcharse.

Los grandes matemáticos que son los tiranos pueden arriesgarse en sus cálculos. Siempre encontrarán maneras de amañar las cuentas, de rectificarlas a golpe de discurso y acción. El Matemático en Jefe usó con profusión la palabra "escoria" para transmutar a los fugitivos en material desechable de la exigente forja de la nueva sociedad. Su aparato propagandístico echó mano, una vez más, a José Martí. Concretamente al del ensayo "Nuestra América", donde llamaba a "cargar los barcos de esos insectos dañinos, que le roen el hueso a la patria que los nutre" (Martí 16). Y para que no quedaran dudas de que los que huían eran pura excrecencia, el Matemático en Jefe se encargó de rellenar los barcos de los que iban al Mariel en busca de sus familiares con lo peor que creyó encontrar a mano: criminales convictos, enfermos mentales. Y homosexuales, claro. Que para el castrismo de aquellos días no había condición más despreciable. Se habla incluso de cientos de agentes que tendrían como misión infiltrar el exilio y, de paso, mostrar la peor imagen posible de los que escapaban.

Luego bastaba con esperar por el impacto que tendrían en la opinión pública norteamericana los motines en los campamentos de refugiados, la ola de crímenes que azotó la Florida en aquellos días, y el naufragio momentáneo de decenas de miles de personas en una realidad para la que no estaban preparados. Para redondear el cálculo, estaban los "amigos de Cuba", como la neoyorquina Estela Bravo, quien inició su carrera de documentalista a los 47 años con *Los que se fueron* (1980), y luego siguió con *Cubanos en Perú: dos años después* (1982), y *Los marielitos* (1983), todos dedicados a corroborar las cuentas del Matemático Supremo. Incluso el ahora veterano compañero de viaje, Oliver Stone, escribió el guion de *Scarface*, la historia de un marielito devenido en rey del narcotráfico en Miami.

El cálculo era que el mero nombre del puerto por el que habían partido 125 mil personas se asociara con la infamia, el crimen, la depravación. Que el éxodo fuera visto como un acto de purificación del proceso revolucionario en el que este se desembarazó de sus desechos en el gran basurero del Norte. A los refugiados los perseguiría la infamia por el mero hecho de estar asociados a ese puerto. Se calculaba que esconderían esa infamia como pudieran, asociados ya para siempre topónimo y detritos: la palabra "Mariel" con la palabra "escoria". No dudo que los creadores de esta operación terminaron creyéndosela.

Un error. Hasta el día de hoy muchos, famosos o no, se identifican orgullosamente como marielitos, o hijos de marielitos, como el cantante Pitbull. A pesar del esfuerzo de Oliver Stone, Tony Montana, el marielito protagonista de *Scarface* encarnado por Al Pacino, terminó convertido en uno de los personajes más icónicos de Hollywood, de esos que se estampan en camisetas y la gente repite sus frases de memoria. Mickey Rourke, ícono de Hollywood de la década de los noventa, al aventurarse en el boxeo profesional lo hizo bajo el sobrenombre de Mickey "El Marielito" Rourke. Paquito D'Rivera, una de las figuras más conocidas del jazz contemporáneo y quien escapara en medio de una gira por Europa en los mismos días del éxodo, tituló su segundo álbum en Estados Unidos *Mariel*. Pero quizás el caso más sintomático, por lo inmediato y deliberado del gesto, fue que, cuando un grupo de aquellos presuntos criminales decidió crear una revista literaria, le pusieran el nombre de *Mariel* y así se dieran a conocer como generación literaria.

La incubación de un movimiento

La revista, a lo largo de sus ocho números, publicados entre la primavera de 1983 y el invierno de 1985, ayudó a fijar —a través de ensayos, de homenajes a escritores de la isla o el exilio, de proyectos editoriales, de selecciones de poesías o cuentos, de una amplísima lista de colaboradores— una ética, una estética, una memoria y una historia. La voluntad del líder de la generación, el novelista Reinaldo Arenas, fue determinante. "Sin Arenas no hubiera habido revista" afirma tajantemente Juan Abreu (Del Risco 109) pero, resulta obvio, sin el resto de los que lo acompañaron en la aventura de la revista, tampoco. Si la visión de Arenas permeó toda la revista —con énfasis tanto en el pasado desterrado por la Revolución como en el presente de la isla ignorado por los medios internacionales— y contribuyó con siete textos de su autoría a los ocho números de la revista, no fue ni siquiera quien más escritos publicara en *Mariel* con su nombre. Lo aventajaron Carlos Victoria con diez textos, Reinaldo García Ramos (8) y Roberto Valero (8). Otros autores también hicieron una contribución casi equivalente como Marcia Morgado (6 textos), René Cifuentes (6) y Juan Abreu (5).

No obstante, sería un error crear una equivalencia entre la revista *Mariel* y la generación que se dio conocer en dicha revista. La generación de *Mariel* empezó a forjarse desde mucho antes de la aparición de la revista. Incluso antes del famoso éxodo que le dio nombre. *Mariel*, como generación, dio sus primeros pasos en los años setenta, en medio de la más intensa persecución de todos los elementos que el castrismo en su etapa clásica consideraba inaceptables para el proceso de construcción de la nueva sociedad. Ya fuera a través de las famosas "recogidas" de los años sesenta (incluidas las de las famosas UMAP), o de la ofensiva diseñada y ordenada desde el Primer Congreso de Educación y Cultura de abril de 1971 (y el consecuente proceso de parametración), como con la aplicación de la llamada Ley Contra la Vagancia del mismo 1971, importantes sectores de la sociedad fueron sistemáticamente marginados de la vida social y cultural del país. Muchos de estos terminaron engrosando las catacumbas literarias y artísticas que constituyeron un movimiento de subsistencia y resistencia en tiempos en que bastaba con poseer manuscritos considerados subversivos para ir a prisión. Para no hablar de intentar publicarlos fuera del país.

Los recuentos que se hacen de esa época en libros como *Antes que anochezca* (Arenas), *A la sombra del mar* (Juan Abreu), *El instante* (José Abreu) y *La travesía secreta* (Carlos Victoria) describen un ambiente no muy distinto del que en esos mismos años se respiraba en Checoslovaquia luego del aplastamiento de la llamada Primavera de Praga, tal y como lo cuentan Kundera (*La vida está en otra parte, La despedida, La insoportable levedad del ser*), Ludvík Vaculík (*Una taza de café con mi interrogador*) o Iván Klimá en (*Amor y basura*). Salvando las distancias, claro está. En el caso checoslovaco, aquel intenso movimiento cultural subterráneo sobrevino tras un período de verdadera apertura, en que el estamento intelectual en pleno tuvo oportunidad de expresar abiertamente sus puntos de vista y reconocerse a sí mismo como tal, antes de ser aplastado por la invasión extranjera y el subsecuente proceso de "Normalización". En el caso cubano, la ofensiva ortodoxa de 1971 no fue más que la apoteosis de un proceso represivo iniciado una década antes con el caso *PM* y las famosas "Palabras a los intelectuales" por fuerzas autóctonas. En Checoslovaquia, buena parte de la *intelligentsia* fue marginada de golpe y pudo reconstituirse en medio de una población amedrentada pero empática ante la humillación común de una ocupación extranjera. Eso explica la existencia de una importante red cultural subterránea que funcionaba a través de la circulación de *samizdats*, de editoriales clandestinas y de asociaciones culturales, lo que desembocó en el movimiento político conocido como Carta 77, que estremeciera los cimientos del régimen comunista en el país.

En Cuba, el movimiento de resistencia cultural se desarrolló en condiciones mucho más precarias. "Me parece exagerado hablar de un círculo literario" ha dicho Juan Abreu sobre el grupo que se reunía en el Parque Lenin. "Éramos un pequeño grupo, gente muy joven y desconocida para el ambiente cultural (creo que eso nos salvó, tal vez)" (Del Risco 106). Abreu no explica de qué los salvó, aunque parece obvio: los salvó de que el Estado los considerara lo suficientemente conocidos, valiosos, como para no dejarlos salir durante el éxodo del Mariel, como ocurrió, por ejemplo, con el caso del cantautor Mike Porcel, a quien retuvieron nueve años más.

No solo el éxodo, sino la propia generación del Mariel, se debe atribuir a un error de bulto del régimen: el disparate de asumir que en "contra de la Revolución" no podía existir nada de valor. Creerse que aquellos a los que trataba como la escoria de la nueva sociedad eran, en efecto, seres inservibles, sin ninguna relevancia humana o creativa. Es lo que hace comprensible la falla mayúscula que fue permitir la mayor fuga de escritores e intelectuales que haya conocido sistema totalitario alguno luego de haberse afianzado. Mientras en otros regímenes similares las fugas se producían a cuentagotas, en cuestión de semanas el gobierno cubano dejó escapar, entre aquellas 125 mil personas, lo que resultó ser una robusta y compacta generación de escritores. Solo que el régimen, a fuerza de repetir que todos los que no cabían en su ortopédica concepción de la sociedad eran antisociales (o de que en Cuba no existía un escritor llamado Reinaldo Arenas), terminó por creérselo.

El "Mundo Libre" como reformatorio

No se trata de acusar de ingenuidad al régimen cubano. No por fallido dejaba de ser un cálculo cuidadoso,
a corto y largo plazos. ¿Cómo esperar que saliera algo
valioso de quienes habían sido excluidos sistemáticamente del sistema educativo y cultural y de la vida
pública? ¿Qué esperar de quienes se marchaban sin
sus manuscritos y sin sus libros, sin la más mínima
acumulación de capital que les permitiera continuar
su obra, completarla? El caso de Arenas, a quien ya
le habían ocupado dos versiones de su novela *Otra
vez el mar*, es ejemplar, pero no único. El régimen, al
propiciar la fuga de los "antisociales", confiaba en que
a la larga las obligaciones de la subsistencia por un
lado y la hostilidad de la intelectualidad de izquierda
norteamericana e hispanoamericana por otro, los haría
abandonar la de por sí compleja y difícil carrera literaria. Con no poca razón. Fuera de Reinaldo Arenas,
el único con reconocimiento y contactos en el mundo
editorial como para poder dedicarse por entero a su
carrera literaria, los escritores del Mariel tuvieron que
entregarse a labores de supervivencia, como lo reflejan
los cuentos de muchos de ellos, desde los cuentos de
"factorías" de Luis de la Paz hasta las estafas continua-
das de Eddy Campa.

La hostilidad del mundo académico, editorial e intelectual, tanto en Estados Unidos como en el resto del
llamado "Mundo Libre", fue una sorpresa para muchos
marielitos, que esperaban encontrar algo más de em-
patía. Este rechazo ha sido documentado tanto en las
polémicas que recoge el libro *Necesidad de libertad*
de Arenas como en las de la propia *Mariel*. Ya en el
número 2 de la revista, Reinaldo García Ramos, al

analizar la reedición de 1982 de la antología *Narrativa de la Revolución Cubana* de Seymour Menton, resiente que el antologador no se haya sentido "obligado a modificar su texto". Según García Ramos, durante la década que media entre la publicación original del libro y esta nueva edición "se demostró claramente la institucionalización del aparato totalitario cubano mediante la promulgación de leyes y códigos antidemocráticos de sobra conocidos y quedó patentizado el menosprecio absoluto del gobierno por su pueblo en el caso extremo de los 125 000 exiliados del Mariel" (García Ramos 27). Más adelante, García Ramos señala el "extraño malabarismo" del antologador que otorga un carácter central en la literatura de la Revolución Cubana a la oficialista, promovida y difundida a través de las instituciones estatales, lo que "hace aparecer a los escritores del exilio como seres aislados, ajenos a la 'gran' mayoría que constituyen los publicados en la Isla" (ídem).

En el número tres de *Mariel* es otro miembro de la generación el que denuncia en "carta abierta" otro modo en que el Estado cubano ejercía presión sobre los exiliados: impidiendo a las familias en la isla reunirse con ellos. "Un artista que sale de un país totalitario", afirma Roberto Valero, "tiene dos opciones: o callarse o denunciar. Cuando uno se calla, el gobierno no permite que los familiares salgan, porque ya sabe cómo puede mantener en silencio a los que pueden hablar" (Valero 31). La revista también se hace eco de otros tipos de censura, como la que emanaba de instituciones culturales de países democráticos, ya fuera por simpatía ideológica o soborno institucional. En el número 6 de la revista, el escritor Juan Abreu acusaba a Ruby Rich, entonces "directora del programa de cine del Concilio para las Artes del Estado de Nueva York", de que con su crítica adversa del documental *Conducta impropia* de Néstor Almendros en la revista *American Film* respondía a la invitación que recibiera el año anterior al Festival del Nuevo Cine Latinoamericano de La Habana y pagaba "las atenciones que recibió en su último viaje como turista del totalitarismo" (Abreu 31).

En la "Carta abierta a Joseph Papp", publicada en el mismo número de *Mariel* con la firma de decenas de artistas e intelectuales, se acusaba al entonces director del New York Shakespeare Festival de discriminar a la comunidad artística cubano-americana del Festival Latino organizado ese año, en lo que consideraba un "acto de censura ideológica". El texto cuestionaba que los organizadores del festival invitaran "un grupo de música, una película y una exposición de pintura patrocinados por el gobierno de Cuba" y al mismo tiempo excluyeran en pleno a los representantes del "tercer grupo más grande de hispanos de este país". "Nos sentimos discriminados por partida doble: como minoría de los Estados Unidos y como exiliados latinoamericanos" ("Carta" 35).

A dos años del éxodo del Mariel, el novelista Gabriel García Márquez, al recibir el premio Nobel de ese año, aludió a una "nueva y arrasadora utopía de la vida, donde nadie pueda decidir por otros hasta la forma de morir, donde de veras sea cierto el amor y sea posible la felicidad, y donde las estirpes condenadas a cien años de soledad tengan por fin y para siempre una segunda oportunidad sobre la tierra". Aunque no lo menciona directamente, resulta obvio que la versión terrenal de la utopía a la que aludía en su discurso de aceptación del

Nobel era la Revolución Cubana, la misma que defendía diligente ante el menor amago de crítica.

Justo en los días en que se producía el éxodo del Mariel, el futuro premio Nobel repetía los argumentos del castrismo. Así el éxodo "para la Revolución Cubana, que cuenta con el apoyo de la mayoría abrumadora del pueblo, solo significa un proceso de purificación que beneficiará el proceso de construcción de la nueva sociedad" ("Afirma" 6). Estas y otras declaraciones le valieron que Reinaldo Arenas lo increpara por haber condenado "con su actitud y sus palabras la acción de diez mil cubanos refugiados en la Embajada del Perú atribuyendo lo que está ocurriendo en Cuba a una acción u orientación del llamado 'imperialismo norteamericano'" ("Gabriel" 74).

Las matemáticas del Mariel

Los escritores del Mariel, desprovistos de casi todo, se sabían dueños de un privilegio único. En un continente en el que la Revolución Cubana era la encarnación terrena de la hipótesis de que la lucha de clases y la revolución social harían posible la felicidad universal, solo los marielitos podían hablar con pleno conocimiento de causa y plena libertad. La revolución encargada de superar la degeneración de las anteriores —afirmaban— padecía las mismas perversiones de aquellas: la misma vocación totalitaria y represiva, la misma inepcia productiva. Y sobre todo, idéntica propensión a considerar al individuo como pieza recambiable del sistema, como había explicado con sinceridad ejemplar el Che Guevara en su ensayo "El socialismo y el hombre en Cuba".

Esa necesidad de los miembros de la generación del Mariel de buscarle sentido a su experiencia excepcional en el continente explicaría a su vez la excepcionalidad de su obra. Como explicaría que, en vez de continuar la reproducción en serie de la "mágica realidad latinoamericana", se dedicaran a dar cuenta del problema del Mal absoluto en la sociedad moderna. O lo que es lo mismo: de la experiencia totalitaria sufrida en nombre de la emancipación absoluta. Más que por la circunstancia de haber escapado por determinado puerto, Arenas definía su generación como la de "exiliados cubanos que ha padecido veinte años de dictadura. Veinte años de consignas y discursos altisonantes y ofensivos, humillantes y arbitrarias leyes, trabajos obligatorios y forzados, incomunicación, purgas, expulsiones e incesantes fusilamientos, además, naturalmente, de la minuciosa represión y de la miseria más estricta padecida a lo largo de toda nuestra historia" ("La generación" 254).

Esa experiencia común era la que les daba sentido y cohesión como grupo. Una experiencia que no solo servía para explicar lo ocurrido en Cuba sino para entender una contemporaneidad que suele confundir sus sueños emancipatorios con pesadillas totalitarias. El marielito de espíritu —aunque no de circunstancia— Néstor Díaz de Villegas, a contrapelo del énfasis con que otras generaciones de escritores cubanos se desentienden de su experiencia isleña en nombre de su cosmopolitismo, ha declarado:

> Para mí Cuba es uno de los temas capitales del mundo. No hay por qué evitar lo cubano, ni privarse de proyectarlo en cualquier asunto, mucho menos temerle a caer en lo cubano. Para mí ha sido siempre *Cuba über alles*. Cuba es el Aleph, el asiento de la Revolución, y

la Revolución es el acontecimiento universal. Cuba me sirve para explicar casi todo. No hay que avergonzarse de ella (Céspedes).

El cálculo del régimen que expulsó a Arenas y compañía tenía en cuenta tanto esa sordera voluntaria de Occidente como el agotamiento de los fugitivos. Si acertó en lo primero, erró en lo segundo. Ningún obstáculo ha parecido suficiente para impedir que los miembros de *Mariel* desarrollaran su obra y se empeñaran en osados proyectos literarios y editoriales. Ni la marginación, ni el desprecio continuado, ni la pandemia del SIDA, ni la locura, ni la desesperación, ni las más arduas condiciones de vida y de creación, impidieron que Reinaldo Arenas reescribiera sus libros perdidos, concluyera su pentagonía y le diera fin a su autobiografía. O que Carlos Victoria escribiera y publicara sus magníficas novelas y colecciones de relatos. O que José Abreu llevara adelante su monumental pentalogía *El olvido y la calma*. O que Guillermo Rosales nos dejara su *Boarding Home*; que el *Curso para estafar* de Eddy Campa haya podido por fin ver la luz a casi dos décadas de su muerte; y que Juan Abreu diera fin a su trilogía *El gen de Dios*, a sus memorias *Debajo de la mesa*, y recuperara sus febriles y estremecedores apuntes cubanos *A la sombra del mar*.

La bibliografía activa siempre creciente de *Mariel* es, en términos generales, la más vasta y consistente que haya producido cualquier otra generación literaria cubana: del teatro de René Ariza a los cuentos de Luis de la Paz; de la poesía, los ensayos cinéfilos de Néstor Díaz de Villegas y las crónicas que recoge su reciente *De donde son los gusanos* a las desenfadadas memorias sexuales de Marcia Morgado; de las novelas de Nicolás Abreu y su pavoroso testimonio de sus días asilado en la embajada del Perú en La Habana a la poesía de Esteban Luis Cárdenas; de los cuentos de Miguel Correa y Rolando Morelli a la poesía y la única novela que Roberto Valero dejó antes de morir a los 39 años. Libros todos signados por el mantra que entonaba Arenas de trabajar "por agrandar la belleza del mundo y mantener en alto la verdadera dignidad del hombre" ("Mariel" 263). Y por la convicción de que esos libros "nos sobrevivirán".

Llegados "a tierras de libertad", estos escritores se enredaron en un debate rabioso con ese Occidente que no parecía apreciar el don de la libertad que los recién llegados tanto ansían. "Decir la verdad ha sido siempre un acto de violencia" tronaba Arenas en *Mariel* ("Elogio" 31). Se requería de desesperados como los de *Mariel*, ajenos a las buenas maneras literarias, para recordarles a "los intelectuales del mundo libre (los demás no existen)" que "el oficio de escritor es un privilegio de hombres libres" ("Gabriel" 76). Los escritores del Mariel no venían a hablar en nombre de los pobres del mundo, de los condenados de la tierra: ellos mismos eran los pobres, los condenados a la miseria y la servidumbre bajo el pretexto de su propia emancipación. La radical honestidad de los marielitos desentonaba con la moda literaria de representar sus atroces circunstancias como "realidades desaforadas", fascinantes. "Se prefiere la caballerosidad canallesca —apuntó Arenas— en lugar de la sinceridad y el desenfado" ("Elogio" 31). Aquellos náufragos literarios venían a desafiar al mezquino Dios hegeliano de la Historia. A tanta trascendencia le oponían su informada desesperanza y una incorruptible defensa de la dignidad de cada ser humano. Casi dos siglos más tarde ofrecían la misma conclusión que

Goya: los sueños de la razón producen monstruos aún más espantosos que los de la fe.

Objetos del mayor experimento social que se emprendiera en América Latina, los grafómanos de *Mariel* conocían la habilidad de sus antiguos amos para borrar sus crímenes y transformarlos en actos de bondad. De ahí la insistencia de estos literatos cimarrones, comenzando por Arenas, en legar a sus lectores sus "espantos y sueños y la visión de una época —de un país— que ya solo existe en nuestra inconsolable memoria" ("Mariel" 264). La generación del Mariel ha cumplido ejemplarmente con su deber de creadores, empeñada en que el error de cálculo que cometiera Fidel Castro en 1980 siga resultándonos ganancia.

(2020)

Bibliografía

"Afirma García Márquez que Carter trata de explotar la salida de los antisociales de Cuba con fines electorales". *Granma*, 13 de mayo de 1980, p. 6.

"Carta abierta a Joseph Papp". *Mariel*. Año II, No. 6, verano, 1984, p. 35.

Abreu, Juan. "La pasión de Ruby Rich". *Mariel*. Año II, No. 6, verano, 1984, pp. 34-35.

Arenas, Reinaldo. "Elogio de las furias". *Mariel*. Año I, Número 2, verano 1983, p. 31.

_____. "Gabriel García Márquez: ¿esbirro o es burro?". *Necesidad de libertad*. Miami: Ediciones Universal, 2001, pp. 73-76.

_____. "La generación del Mariel". *Libro de Arenas. Prosa dispersa (1965-1990)*. [Compilación, prólogo y notas de Nivia Montenegro y Enrico Mario Santí]. México D.F.: DGE Equilibrista S.A. de C.V. / CONACULTA, 2013, pp. 253-255.

_____. "Mariel: diez años después". *Libro de Arenas. Prosa dispersa (1965-1990)*. [Compilación, prólogo y notas de Nivia Montenegro y Enrico Mario Santí]. México D.F.: DGE Equilibrista S.A. de C.V. / CONACULTA, 2013, pp. 259-264.

Castro Ruz, Fidel. "Discurso pronunciado en la Clausura del III Congreso de la Federación de Mujeres Cubanas, efectuado en el Teatro "Carlos Marx", 8 de marzo de 1980. http://www.cuba.cu/gobierno/discursos/1980/esp/f080380e.html

Céspedes, Daniel. "Néstor Díaz de Villegas: 'En Hollywood también hay un decreto 349'". *Hypermedia Magazine*, 25 de marzo, 2020. https://www.hypermediamagazine.com/entrevistas/nestor-diaz-de-villegas-en-hollywood-tambien-hay-un-decreto-349/

Del Risco, Enrique. "Entrevista a Juan Abreu: 'Una fuerza arrolladora, una alegría feroz'". *Anuario Histórico Cubano-Americano*, pp. 102-112.

García Ramos, Reinaldo. "Los narradores perseguidos". Mariel. Año I, Número 2, verano 1983, pp. 27-28.

Martí, José. "Nuestra América". *Obras completas. Volumen 6*. La Habana: Editorial Ciencias Sociales, 1991, pp. 15-23

Valero, Roberto. "Carta abierta". *Mariel*. Año I, Número 2, verano 1983, p 31.

CONTEMPORÁNEOS

NÉSTOR HABLA A LA TRIBU

Néstor Díaz de Villegas es un caso extraño en la literatura cubana: recuerda a demasiada gente y sin embargo solo se parece a sí mismo. (Lo común son los poetas que no te recuerdan a nadie para al final parecerse a todo el mundo). Alguna vez —cuando aquello no nos habíamos visto nunca y eso me permitía ciertas libertades asociativas— lo intenté comparar con Martí. Dije que "sus textos contienen esa intensidad pasada de moda, anacrónica pero no obsoleta, en su intento desesperanzado por inscribir la ligereza cubana en la pesadez del mundo".

Como ocurre con Martí, quien lea un texto de Néstor —da igual un poema que una reseña de cine— puede presentir en cualquier línea un consistente universo ético y —lo que lo hace más raro— estético. Como Martí, fue también encarcelado en la adolescencia por un delito letrado: si el llamado Apóstol fue a prisión por la famosa carta en que llamaba traidor a un condiscípulo por su colaboracionismo con el gobierno colonial, Néstor lo fue por escribir un poema en el que se "burlaba del cambio de nombre de la avenida Carlos III por el de Salvador Allende" ("Allende").

Este detalle revela no solo la precocidad subversiva del poeta sino la implacable lógica de un régimen que te condena a seis años por un poema. La desproporción entre el delito y la culpa convierte el recuerdo trágico del presidio descrito por Martí en una broma pesadísima, una broma cuyo sentido enseguida captó Néstor. Cuando se cae en prisión por tan poca cosa (y encima nadie se escandaliza) debe asumirse que tal enormidad nunca podrá ser entendida y por tanto no vale la pena dedicar la vida a contarla: nadie la va a tomar en serio. No le crean a Néstor cuando diga: "Yo nunca he salido de la cárcel;/ veo cercos de púas donde/ otros ven milagros" (*Palavras* 120), porque toda su poesía es el grito orgulloso del que se sabe escapado, aunque no tenga a dónde ir. Y allí se distancia Díaz de Villegas de nuestro dramático apóstol para acercarse —por poner un ejemplo— a Joseph Brodsky. El poeta de Leningrado, encarcelado por el crimen tan extendido —pero tan pocas veces castigado— de ser un poeta en ciernes, tampoco hizo de su condena el centro de su obra.

Aquello —y así lo entendió Brodsky— no era una injusticia, porque lo injusto necesita algún punto de referencia, una noción, aunque sea borrosa de justicia para ser percibido como tal. Aquello era una monstruosidad destinada a alterar definitivamente todo sistema de referencia, y su dificultad para explicarla solo es menor que la de comprenderla. Aquellas condenas —y sospecho que esto Brodsky y Díaz de Villegas lo entendieron de modo similar— fueron una invitación definitiva a tomarse más en serio la condición de poetas, porque tal profesión consiste precisamente en expresar lo inexplicable.

Llegados a ese punto les debió resultar obvio que dedicar un instrumento tan refinado como el de la poesía a explicar una tiranía es tan inapropiado como usar un Maserati para arar la tierra. Donde otros habrían dedicado toda una vida a lamentarse de su mala suerte y entregarse a la laboriosa carrera de víctimas, tipos como Brodsky o como Díaz de Villegas prefieren emplear la poesía en la tarea para la que fue destinada desde el principio de los tiempos: entender el mundo. Y como entes modernos, tal empresa empezará por la comprensión de ese fragmento mínimo, pero inevitablemente familiar, del universo que es uno mismo. En su "Artes poeticae", Néstor lo explica con la claridad de quien se dispone a decirlo todo: "Saber lo que me pasa (lo/ que pasa realmente) es mucho más que/ un libro dejado sobre la mesa: es un abismo,/ y nada, absolutamente nada, lo expresa" (*Palavras* 260).

Sin embargo, en el momento en que el judío ruso enrumba hacia el redescubrimiento de San Petersburgo o hacia esa encrucijada entre Oriente y Occidente que fue Bizancio, o esa otra Bizancio algo más occidental que es Venecia (para ser, de una vez y por todas, neoyorquino del Village), Néstor Díaz de Villegas, al igual que el menos acomplejado de nuestros poetas —Virgilio Piñera—, sale a cumplir su destino caribeño.

El Caribe es, ciertamente, una encrucijada más humilde en sus logros civilizatorios que Bizancio, pero intersección de no pocos caminos. Díaz de Villegas viene a cumplir su destino a caballo entre dos ciudades tan poco caribeñas como Miami y Los Ángeles. Da igual cual sea el punto de partida porque el de llegada es la misma "caótica, telúrica y atroz Antilla cualquiera" que le enrostrara Cintio Vitier a Virgilio Piñera tras la publicación de *La isla en peso*.

Néstor, como Piñera, comprende que poco importa que su isla haya sido "tan intensa y profundamente individualizada en sus misterios esenciales por generaciones de poetas" como proclamaba Vitier. Si ha sido tan fácil desnudarla hasta dejarla en barbarie pura; si incluso nos ha sido tan fácil exportar esa barbarie a donde quiera que vayamos; si basta un sencillo revolcón de la historia para no erguirnos de nuevo: entonces debemos reconocer que la barbarie nos pertenece bastante más que esa cultura que reclamamos como nuestra.

¿Estaremos condenados por la geografía sin ni siquiera ser absueltos por esa dama tan superficial que es la Historia? Para responder esta pregunta quien acompaña a nuestro Néstor durante un trecho es el espectro aún vivo de Derek Walcott. Para ninguno de los dos será el olor del salitre o la visión turística del cocotero lo que defina el Caribe, sino apenas su distracción. Lo esencial será el sabor del hierro oxidado de maquinarias traídas hace mucho tiempo para emprender uno de los proyectos industriales más feroces conocidos por la historia de la humanidad: el de la economía de plantación.

Ese y todos los proyectos que lo sucedieron estaban destinados a ser carne de óxido. Óxido mezclado con esa simulación de cultura y civilización que es darle a un mundo de esclavos aires grecolatinos: lo cierto es que la única conexión sólida con aquellas civilizaciones es la esclavitud. Inicia Néstor su libro anunciando: "Después del alga viene lo desierto/ escuela de pescados voladores:/ un cúmulo comienza por el cero/ y el cielo es nuestro viejo cocotero/ que espera por las olas sin espejo" (14). Y en esa desolación que los fetiches del turismo hacen más tenebrosa ya se anuncia la tragedia.

Por su parte, el premio Nobel de Santa Lucía, Derek Walcott, acusa a su Caribe de ser demasiado ligero, demasiado tenue, para aspirar a la tragedia. Esto lo atribuye al fatalismo de los trópicos que resume diciendo:

> En ciudades serias, en inviernos grises y militantes con sus tardes cortas, los días parecen transcurrir en sobretodos abotonados, cada edificio luce como un cuartel con las ventanas encendidas y, cuando llega la nieve, uno tiene la ilusión de vivir en una novela rusa del siglo XIX, a causa de la literatura del invierno. Así los que visitan el Caribe deben sentir que habitan una sucesión de tarjetas postales. Ambos climas son modelados por lo que hemos leído de ellos. Para los turistas, el sol brillante no puede ser serio. El invierno añade profundidad y oscuridad a la vida tanto como a la literatura y, en el interminable verano de los trópicos, ni siquiera la pobreza o la poesía parecen capaces de ser profundas porque la naturaleza a su alrededor es tan exultante, tan resueltamente extática, como su música. Una cultura basada en el goce está destinada a ser superficial. Tristemente, para venderse a sí mismo, el Caribe promueve las delicias de la ausencia de sentido, de la brillante vacuidad, se promueve como un lugar al que escapar no solo del invierno sino de la seriedad que viene solo de una cultura con las cuatro estaciones. Así que, ¿cómo podría haber gente allí en el verdadero sentido de la palabra? (Walcott) [La traducción es mía]

Como Virgilio Piñera con Aimée Césaire, Néstor (pretendiéndolo o no) se revuelve contra Walcott o más bien contra su visión un tanto cándida de aquellas islas. El Caribe es capaz de producir sus propias sombras, su propio drama, sin requerir del concurso de las cuatro estaciones. Basta que produzca cantidades suficientes de crueldad, persistencia y memoria. Basta apenas un poco de tiempo o más bien de Historia. Después del amanecer —le advertía Piñera en *La isla en peso* al Césaire emocionado por el advenimiento de un nuevo día— viene el mediodía quemante y la noche tenebrosa.

Díaz de Villegas parece decirle a Walcott —incluso si no lo tuviera en mente— que basta esa dama superficial que es la Historia para lastrar la ligereza caribeña casi tan bien como una buena sucesión de inviernos, sin que la imagen de las postales se altere demasiado. Pero eso no hace más fácil entender los mundos con inviernos y nieve. Le advierte Néstor a Walcott y a todos sus lectores que

> Toma una vida aceptar,
>
> solo aceptar consume tantas
>
> horas. Cocerá paulatinamente
>
> el invierno, las hojas caídas,
>
> si vienes de las zonas eternamente
>
> verdes, de los piélagos y las
>
> lomas. Toma una vida conocer
>
> el cierzo, entender los pinos y
>
> sus formas. Los bosques transformados
>
> que se ahogan. Los lagos cuajados
>
> que se quejan, las nuevas cosas
>
> (*Palavras* 244).

Pero, al fin y al cabo, lo que nos reúne aquí hoy no son las conversaciones de Díaz de Villegas con sus compañeros de causa poética sino sus *Palabras a la tribu* que contienen todo lo dicho anteriormente, pero van un poco más allá. Ya el título supone cierta sabiduría previa del hablante cuando no una clara superioridad.

Quien habla a la tribu, desde el momento en que lo hace, sea o no parte de ella, ha tomado una elocuente distancia. (No le hagan caso cuando diga "Ciertamente, no escribo para el pueblo/ a mí el pueblo no me ha dado nada" (260), porque Néstor es todo lo populista que puede ser un verdadero poeta en estos días: Néstor Díaz de Villegas es el Hugo Chávez de la poesía). Pero también es alguien que se esfuerza por conservar esa forma de lucidez que es una buena memoria y así evitarse el destino de un pueblo que no quiere (o al que no dejan) madurar.

"El pueblo —proclama Néstor— recibe una nalgada/ como un niño el jabón/ en la oreja. La camisa por fuera/ las rodillas raspadas/ y la caída a tierra" (28). La buena memoria no la usa Néstor para regodearse en la nostalgia porque Cuba "No es Ítaca. De ella se sale/ sin mirar atrás" (82). Néstor habla desde el presente hacia el presente: el mejor y el peor tiempo que hay porque es el único que tenemos. Pero incluso el presente está muerto y Néstor nos habla de un funeral donde se vela "El cuerpo del presente,/ tendido, en cuatro velas./ Himnos de las abuelas./ El oro de las muelas./ Despampanantes presidentes" (112).

El presente, como ya sabrán, no es más que un seudónimo de la eternidad donde confluyen el pasado que nunca se va del todo y el futuro que ya se cansó de esperarnos. Desde ese presente y desde esa adultez, Néstor es el responsable de las palabras más generosas que se le hayan ofrecido a la tribu de los cubanos desde Martí:

> Los que no oyeron, los que se negaron
>
> a escuchar, los que siguieron de largo,
>
> los que acamparon a las puertas, los que

pusieron un sello, los que quisieron

desollarme, arrancarme el pellejo, hacer

conmigo unas botas de piel humana, jabón

de mis huesos y betún de mi médula, los

que me arrastraron hasta el desfiladero,

los que se me unieron, esos cobardes, son

también mis hermanos, paridos por el mismo padre.
(86 y 88)

Y el poeta remata su identificación con la tribu marcando una distancia mínima pero esencial: "'¡Madre, no tienes derecho/ a mis palabras!', grité. '¡Hablar en libertad es/ desentenderme de ti! ¡Desentenderte!'" (88).

Estas palabras a la tribu son un eco de las del Martí de los judíos, aquel que en medio de su suplicio rogó "perdónalos padre que no saben lo que hacen". Néstor es populista pero no demagogo. Las salvaciones que propone no son fáciles ni aconsejables porque lo más parecido a la salvación definitiva es la fuga infinita. "La salvación consiste/ en tomar el mismo camino dos veces", dice para agregar versos después: "La salvación consiste en ser espantado" (84). Eso, cuando no prefiere prevenirnos contra cualquier tipo de salvación. Concuerda con Piñera cuando dijo que "Todo un pueblo puede morir de luz como morir de peste", respondiéndole: "Tenían razón los nuestros:/ morir de la Peste es mejor/ que ser salvados, es mejorar" (190).

A todo este discurso tribal podría acusársele de provinciano si no se hiciera con la conciencia clarísima de que tribu es humanidad o como diría Néstor en otro de sus poemas "No hay mundos sin el mundo/ ni palabra prescrita sin palabras" (20). Para demostrarnos que la aldea no está colgando en medio de la nada, para recordarnos que sin el mundo nuestras palabras o lo que es lo mismo, nuestra vida, no tiene ningún peso, acude a referencias externas que pueden ir desde el mundo judío al de la pintura o al del cine. Aunque en vez de mundos bien podría hablarse de otras tantas islas, tribus. Así cualquier tribu es el planeta y Néstor puede decir sin temor a ser impropio o anacrónico: "En mi shtetl, hace cincuenta años se/ acabó la remolacha y la caña./ La zanahoria no se conoce desde/ el triunfo del fariseísmo" (86). O convertirá a George Romero, el maestro del cine de horror, en el director de ese clásico del cine de zombis conocido internacionalmente como Revolución Cubana.

Pero todo esto no es nada en comparación con "el problema eterno", el de la carne a la que torturan todos los dolores y todos los placeres. Dolores y placeres que nos harían iguales y comprensibles unos a otros si hubiese palabras suficientes (y comunes) para explicarlos. Pero, a pesar de que ese esfuerzo parezca derrotado de antemano, *Palabras a la tribu* es, como cualquier buen libro de poesía, un viaje al fondo del lenguaje y de sus posibilidades expresivas y un intento de arrear a los lectores más allá de su umbral habitual de comprensión. Porque, por raro que suene en esos seres absolutamente egocéntricos que son los poetas, Néstor parece consciente de que la tribu es tan importante como su verbo.

No se trata de altruismo puro sino de puro interés. Díaz de Villegas no se hace ilusiones: ya sabe, más allá de sus poderes verbales, que sin el esfuerzo correspondiente de sus lectores o su tribu, como prefieran llamarles, toda aventura poética termina en naufragio. Ya lo ha confesado sin esfuerzo en un poema: "Ya entendí, libro, que antes/ de entenderte, no existes" (220). Son por tanto estas líneas que ahora concluyo una invitación descarada a darles a *Palabras a la tribu* su oportunidad de existir en cada uno de nosotros porque —por mucho que hasta ahora no hubiéramos reparado en ello— definitivamente las necesitábamos.

(Leído en la presentación del libro *Palabras a la tribu* de Néstor Díaz de Villegas en New York University, 2014)

Bibliografía

Díaz de Villegas, Néstor. "Allende en Ariza: reminiscencias del 14 de octubre de 1974". *Diario de Cuba*. https://diariodecuba.com/cuba/1411165616_10483.html

_____. *Palavras à tribo/ Palabras a la tribu*. [Tradução de Idalia Morejón e Tatiana Faria]. São Paulo: Lumme Editor, 2014.

Walcott, Derek. "The Antilles: Fragments of Epic Memory". https://www.nobelprize.org/prizes/literature/1992/walcott/lecture/.

Martí gusano

Mi relación con Néstor Díaz de Villegas comenzó por un elogio envenenado. Cuando todavía no habíamos intercambiado palabra alguna, dije de él que era "el Martí de estos tiempos". Incómodo será siempre para un cubano, si tiene un mínimo sentido de las proporciones, que se le compare con nuestro superhéroe más socorrido. Sea poeta o no, la comparación suele hundir en el ridículo a su objeto como si de una piedra atada al cuello se tratara. Tuve, no obstante, cuidado de aclarar en qué consistía el parecido entre ellos. Escribí que los textos de Néstor "contienen esa intensidad pasada de moda, anacrónica pero no obsoleta, en su intento desesperanzado por inscribir la ligereza cubana en la pesadez del mundo" que caracterizaba al supermán de la calle Paula.

Una vez que conocí a Néstor, lejos de desdecir la comparación, insistí en ella. Porque —le remaché con alevosía— el parecido iba más allá del impulso redentor de su poesía. Estaba también la cuestión biográfica. Tanto Martí como Néstor fueron enviados a prisión en plena adolescencia por la tiranía correspondiente. En ambos casos, el pretexto del encierro había sido un escrito privado. En el de Martí, la carta a un condiscípulo reprochándole enrolarse en la milicia pro-española. En el de Néstor, un poema inédito en que se disculpaba con un monarca español porque una calle consagrada a su nombre la rebautizaran con el de un mártir reciente del panteón latinoamericano. Tanto Martí como Néstor arrostraron su presidio con entereza y salieron de este (Martí meses después, Néstor tras cinco años) más aferrados a sus convicciones que cuando entraron. Y salieron sin escalas hacia el exilio donde transcurriría prácticamente el resto de sus vidas.

Tales simetrías invitaban a buscar otras entre el autor de *Ismaelillo* y el de *Confesiones del estrangulador de Flagler Street*. También los acercaba el modo en que ambos se servían de la modernidad norteamericana para entender asuntos cubanos. O en cómo se valieron de su calvario personal para entender el universo. Las reseñas de cine de Néstor eran, siguiendo esta lógica, el equivalente de las crónicas de la vida norteamericana de Martí, unas y otras empeñadas en "trenzar nuestra desflecada nacionalidad con la trama del mundo". Néstor, que a diferencia de Martí tiene sentido del humor, soportaba a pie firme la comparación, sabiendo que era lo bastante irónica para no tomarla literalmente y lo bastante seria para no desdeñarla del todo.

Si insistía en compararlos era por la conciencia de que en todo lo demás Martí y Néstor divergen profundamente. Cuando decía que Néstor era "el Martí de estos tiempos" tenía en cuenta que tiempos tan distintos debían producir Martíes irreconocibles. Para empezar por lo más obvio, Martí tuvo la suerte de no haber vivido en "la patria que Martí soñó". Néstor, en cambio, nació en un país en el que los mandatarios se proclamaban seguidores de Martí, encarnaciones de su prédica. En la

Cuba de Néstor se educaba martianamente, se reprimía martianamente, se chivateaba martianamente (¿recuerdan "En silencio ha tenido que ser"?). Martianamente se fusilaba. La excentricidad martiana, una excentricidad heroica, patriótica y revolucionaria en tiempos en que el heroísmo ya era incivilizado, el patriotismo anticuado y la revolución descortés, tuvo que ser replicada por la excentricidad de Néstor, antiheroica, apátrida y contrarrevolucionaria. El Martí de estos tiempos no se empeña en fundar partidos, conducir pueblos, ni sacrificarse en el campo de batalla, sino que se amuralla en su extrañeza, atento a desinflar cada una de las idolatrías a las que su pueblo se entrega. Malos tiempos, lo sé, pero es lo que hay. Si Martí se ofrecía en sus *Versos Sencillos* como sencillo Mesías para que los Pete Seegers del futuro lo cantaran con la melodía de la "Guantanamera", Néstor en sus *Palabras a la tribu* advierte e increpa a los suyos sobre los peligros del mesianismo.

Cuando Néstor Díaz de Villegas decidió regresar a Cuba treinta y siete años después, sin que el motivo de su destierro se hubiese tomado siquiera un respiro, muchos lo vimos como una suerte de traición. Néstor era, más que ciudadano o poeta, un símbolo, y los símbolos no pueden permitirse ciertos lujos. Como el de confiar en la bondad de sus antiguos verdugos. Si regresaba el poeta al que en su adolescencia le habían hecho cumplir cinco años de cárcel, ¿qué hacíamos el resto jugando todavía a ser exiliados, negándonos a regresar a donde nos habían maltratado bastante menos que a Néstor? Eso pensé hasta que Néstor comenzó a publicar aquellas crónicas bellas y demoledoras en su blog. Porque allí, lejos de justificar su presencia en Cuba, analizaba todo lo que veía y sentía con la mayor honestidad de que es capaz un escritor, casi con sadismo, sin negarse siquiera las inesperadas alegrías que encontraba a su paso, sus encuentros breves pero reveladores con "lo noble y verdaderamente humano" de la isla.

Cuando aparecieron aquellas crónicas cubanas se lo dije: el Martí de estos tiempos daba a la luz su "Diario de Cabo Haitiano a Dos Ríos". Ciertamente no acababa de iniciar una guerra ni describía una deslumbrada marcha por los montes patrios hacia la muerte. El reencuentro de Néstor con Cuba, treinta y siete años después, más que a guerra, suena a capitulación. Más que a muerte, a nuevos planes de vida. No se oculta allí que el motivo principal del viaje, descontando el sentimental, era reparar la casa de la familia de su esposa para alquilarla a turistas alebrestados por el pacto entre la dictadura cubana y el gobierno de Obama.

En *De donde son los gusanos*, libro que recoge sus crónicas de viaje, el intento de Néstor Díaz de Villegas por auscultar a Cuba deriva en autopsia. No disecciona la isla para determinar la causa de su muerte, bastante obvia, sino para definir su estado de putrefacción y estudiar la fauna que anida en sus restos. Porque, ya lo advierte el título, este es un libro sobre gusanos. Allí se revive la vieja ofensa que identificaba el rechazo a la revolución con el animalejo blando, rastrero y parásito que anida en la podredumbre. Ante esa Cuba putrefacta que describe Néstor, todos son un poco gusanos. Téngase en cuenta que Néstor habla de los gusanos con amor y que, si un sentimiento predomina en este libro, es justo ese. Amor, en primer lugar, por lo que queda de una Nación: por las ruinas excelsas de La Habana y por las más humildes de pueblos y ciudades de provincia. Amor por la naturaleza, por sus maltratados animales.

Si Martí marchaba decidido a construir la libertad de la Nación, Néstor pugna por resucitarla, por reconstruirla a partir de lo mejor del ADN patrio, que busca y recupera como uno de los científicos fundadores de *Parque Jurásico*.

Ya a esta altura todo nos devuelve al modelo mencionado, el del diario de campaña de Martí. *De donde son los gusanos* no comienza con un remedo del célebre "Lola jolongo. Llorando en el balcón. Nos embarcamos". A la entrada de su libro no están la poesía, la síntesis y el misterio de aquellas frases. En su lugar está el propio Martí en su avatar de aeropuerto: "Tras media horita de vuelo, el Estrecho, la Isla, el verdor y el aeropuerto José Martí (aquel verso martiano de 'pasó un águila por el mar…' podría ser hoy el lema de American Airlines)". Pero ya al siguiente párrafo irrumpe la poesía desastrada y sin misterio, del gusano. "Pistas primitivas, cuarteadas y remendadas. Burdas escalerillas, cubiertas de pintura de óxido. Un tono rosado socialista prevalece en las paredes de estructuras terminalmente dilapidadas […] y los fuselajes abandonados en terraplenes recuerdan las antiguas escenas bélicas de Bahía de Cochinos".

Por debajo del espanto descrito, a Néstor ló traiciona la exaltación que le produce el encuentro. En medio de la podredumbre descubre cosas vivas, disfrutables. Por el camino hacia su provincia natal encuentra "puestos de comida, y se nos acercan vendedores de fruta. Compro mamoncillos gordos, carnosos. Los mangos tienen un sabor fuerte y un perfume exquisito". Una descripción que nos recuerda esta otra: "Cada cual con su ofrenda —buniato, salchichón, licor de rosa, caldo de plátano—. Al mediodía, marcha loma arriba, río al muslo, bello y ligero bosque de pomarrosas; naranjas y caimitos. Por abras tupidas y mangales sin fruta llegamos a un rincón de palmas, y al fondo de dos montes bellísimos". Néstor y Martí, deslumbrados por la maravilla del reencuentro con aquello a lo que han dedicado su vida. Así lo dicta hasta la propia necesidad de respirar los aires patrios.

Martí ha convocado toda la violencia que cabe en sus compatriotas para liberar su isla. Néstor no consigue, a pesar de la distancia que interpone ("el primer mecanismo de defensa del cubano es olvidar, olvidar a Cuba", nos dice al final de su libro), disuadirnos de que no le importa Cuba, de que conserva, al menos durante buena parte del libro, la esperanza de alguna redención. Para ello invita incluso las voces que lo antagonizan, ya sea la de un guevarista zen (como llama a un descendiente furtivo del Rey de las Camisetas), la de turistas externos e internos que celebran la ausencia bucólica de McDonalds o Google, o hasta la voz de la razón de Estado. Aunque ninguna, por previsible o por frívola, consiga convencernos.

Al final, su diagnóstico resulta tan desalentador como para cuestionar el propio sentido del viaje. "Regresar a la patria, para un expatriado, es un proceso antinatural y contraproducente —concluye— y no lo recomiendo, a no ser que usted sea escritor y se deba a sus lectores". Néstor se presenta así como una suerte de Cristo que va a Cuba para que los demás no tengamos que hacerlo. Pero el desencanto de esta antiguía de turismo es engañoso. Su persistencia en reparar la casa de la familia de su esposa, en salvar perros moribundos en medio de la más radical desidia, es —pese a sus desoladoras moralejas— una admisión de fe en algún tipo de redención. Escribir y publicar *De donde son los gusanos*, otra. Un libro que viene a decirnos que cuando la isla ya no produzca ni siquiera ilusiones seguirá generando gusanos. A decirnos que —parafraseando el viejo lema partidista— la Nación muere, pero el gusano es inmortal.

(2020)

De la maledicencia
como una de las bellas artes

"Tendrá que ver cómo mi padre lo decía: la República", escribió Eliseo Diego para que pudiéramos imaginarnos cuánta esperanza cabía en ese concepto cuando empezaba a hacerse realidad. Perdida la república y los intentos posteriores por suplantarla había que ver cómo decíamos "La Lengua Suelta" cuando sus primeras entregas comenzaron a asomarse a las páginas digitales de *La Habana Elegante*, la revista que desde Texas editaba Francisco Morán. Había que estar ahí para entender lo que significó leer de primera mano y en tiempo real las meteduras de pata y los chismes de la cultura oficial cubana en la prosa precisa y despiadada de Fermín Gabor.

Mientras nos recuperábamos de la sacudida producida por el qué, comenzamos a preguntarnos por el quién. ¿Quién sería ese Fermín Gabor que firmaba "La Lengua Suelta"? ¿Quién ese escritor sin obra previa que tan bien conocía el paño literario de la isla y encima se atrevía a juzgarlo con la misma soltura que el Che Guevara escenificaba los juicios en la fortaleza de la Cabaña? ¿Quién reunía en aquella isla (era indudable que se trataba de un *inside job*) dosis suficientes de conocimiento, audacia y talento para acometer esas ejecuciones textuales? Porque aquel en quien "La Lengua Suelta" se ensañara no podría circular por la Ciudad Letrada con el prestigio intacto. En un país donde el Estado consideraba ilegal el sacrificio de ganado vacuno, incluso a manos de su propietario, un desconocido como Fermín Gabor se dedicaba alegremente al sacrificio de vacas sagradas. Gabor empezaba por preguntarse qué hacían en el panteón de la cultura patria o, en su defecto, en los máximos puestos de la burocracia artístico-literaria, aquellas bestias que poco o nada habían aportado a dicha cultura.

Luego llegaba la sentencia: "La literatura cubana no cuenta con mayor escritor ágrafo que Ambrosio Fornet". O, puesto a describir la composición del Walhalla literario cubano que es la Unión de Escritores y Artistas de Cuba (UNEAC), nos contaba que "Hubo un tiempo en que para hacerse miembro de la sección de escritores bastaba con publicar un folleto. Títulos como *Escambray 63: peine contra bandidos, Nido de infiltrados, Misión Chalatenango* o *Con la hamaca a cuestas* consiguieron introducir a sus autores en la sociedad de escritores. Satisfechos con su membresía, nunca más intentaban una letra y se sobresaltaban ante cualquier novedad". A un periodista y al escritor entrevistado por este, perpetradores a dúo de un libro, los califica de "matarifes de la vaca del recuerdo. La mata uno, mientras el otro le aguanta la pata". A un poeta de la Generación del 50 lo presenta como contemporáneo "del nacimiento de la televisión, mitad Tongolele y mitad Gina Cabrera" que "parece dotado lo mismo para el cabaret que para el drama". A una poeta octogenaria que insiste en versificar su erotismo la llama "geisha jurásica". Después de sufrir tales embates cuesta no entrever, incluso en los mayores cumplidos que te hagan tus colegas, rastros de sarcasmo. Era fácil suponer que "Fermín Gabor" era un seudónimo destinado a proteger a su autor de la furia de los afectados habitantes de la Dictadura (del proletariado) de las Letras. Y de la mala fama que gozan los humoristas en tan engoladas tierras.

Convertidas en libro, las columnas de "La Lengua Suelta" exigen que se les considere de otro modo. Que se les lea sin el aliento de los rencores frescos que despiertan tales o cuales figuras. Más de uno de los escarnecidos por Fermín Gabor ya no se encuentra entre nosotros. Ni siquiera entre ellos. La lectura que pide Antonio José Ponte, editor del libro y autor del diccionario de personalidades que acompaña el volumen es otra, más reposada y vasta.

En la introducción, Ponte propone una genealogía a *La Lengua Suelta* cuyos ancestros incluyen las *Vidas para leerlas* y *Mea Cuba* de Guillermo Cabrera Infante, *Necesidad de libertad* y *El color del verano* de Reinaldo Arenas o incluso los epitafios de escritores que alguna vez hicieron circular anónimamente los poetas Luis Rogelio Nogueras, Guillermo Rodríguez Rivera y Raúl Rivero. (Yo añadiría *Cabezas de estudio*, libro en el que Jesús Castellanos (1878-1912) sometía a los políticos de la misma república que emocionaba al padre de Eliseo Diego a tratamiento similar al que Ponte le aplica a las personalidades incluidas en el "Diccionario de *La Lengua Suelta*").

Hay en *La Lengua Suelta* un esfuerzo sistemático por delinear un retrato de familia del estamento cultural cubano surgido a la sombra del Estado —esfuerzo secundado por las casi 250 páginas de fichas biográficas que añade Ponte— que obliga a extender su genealogía a libros aparecidos en otros contextos geográficos, pero afines al tema que concierne en primer lugar a *La Lengua Suelta*, que es el del funcionamiento del Batey de las Letras bajo las condiciones del totalitarismo tardío. En ese sentido, *La Lengua Suelta* se emparentaría con *El maestro y Margarita* de Bulgákov cuando describe el funcionamiento del sindicato de literatos proletarios MASSOLIT; o con *Asistencia obligada* de Borís Yampolski e Ilyá Konstantínovski cuyo subtítulo en la edición española es "Un testimonio de las reuniones de la Unión de Escritores de la URSS"; o con ciertas escenas gremiales recordadas por Nadezhda Mandelstam y Adam Zagajewski. Recuentos de ese teatro del absurdo interpretado por intelectuales cuyo guion de comportamiento lo conforman a partes iguales el dogma y el miedo bien aprendidos. Un juego de simulaciones y mutua repartición de elogios y méritos que se establece sobre la base de ignorar al mismo tiempo la represión estatal y qué significa escribir o conducirse con un mínimo de gracia y vergüenza. Lo que Gabor retrata y Ponte remacha es la infinita capacidad de abyección y ridículo a que puede llegar este matrimonio de conveniencia entre un poder político desmesurado e intelectuales dóciles y mediocres. Para recordarnos que, por dañino que sea ese enlace para la cultura de un país, visto con la necesaria perspectiva, puede resultar comiquísimo.

Pero el libro con el que más afinidad guarda *La Lengua Suelta* es, a mi parecer, *El pensamiento cautivo* de Czesław Miłosz. Si en el suyo el polaco intentaba explicarse cómo y por qué intelectuales de los más diversos temperamentos y procedencias terminaron abrazando la causa del comunismo triunfante en su país, asignándole a cada uno de los escritores-modelo sucesivas letras del alfabeto griego, en este volumen el dúo Gabor-Ponte viene a explicarnos a dónde han venido a parar los escritores del establo totalitario medio siglo después. Si Alfa ha perdido toda la dignidad católica que le quedaba y bendice fusilamientos, Beta en cambio marchó al exilio para desde allí admirar mejor al gran líder que había fusilado a sus amigos guerreros.

Como ni Gabor ni Ponte dejan de recordarnos, por debajo de la ridiculez infinita de las cabezas parlantes de la UNEAC corre sangre real de gente concreta. Asistimos aquí a la degeneración final de lo que había nacido con los visibles signos de perversión que apuntara el Nobel polaco. Donde Miłosz propone cuatro prototipos básicos signados por las cuatro primeras letras del alfabeto griego (les llama "el moralista", "el amante decepcionado", "el esclavo de la Historia" y "el trovador") el dúo Gabor-Ponte exhibe un montón de tipos con sus nombres, apellidos, obra concreta y miserias específicas. Toda una fenomenología de la mediocridad ética o estética.

Con *La Lengua Suelta*, lo que pasaría por simple entomología de la abyección literaria es también la mirada a un momento histórico muy concreto. El de un régimen que, forjado al calor del "internacionalismo proletario" y "la amistad fraternal y la cooperación de la Unión Soviética" como consignaba la constitución de 1976, ha terminado aferrándose a un discurso eminentemente nacionalista y a los subsidios venezolanos que financiaron la reconstrucción del Estado estremecido por la caída del Bloque Soviético. Donde antes se excluía de la cultura oficial a todo intelectual o artista que se marchaba del país, ahora el Ministro de Cultura anunciaba que la cultura cubana era una sola, incluida la que se produjera en el exterior, siempre que respetara las reglas impuestas por el cacicazgo isleño. Por otra parte, las peleas por recibir premios estatales o por integrar delegaciones oficiales eran si acaso más feroces que en tiempos de la indestructible amistad con la Unión Soviética: los premios muchas veces se pagaban en dólares y los viajes eran usualmente a Caracas, cuyos mercados estaban mucho mejor surtidos que los de La Habana o el Moscú soviético. Y en todo esto se ceba el inmisericorde dúo Gabor-Ponte.

(Si hablo de dúo Gabor-Ponte es por la perfecta simetría de sus desempeños. La usualmente contenida prosa de Ponte aquí se desata para seguirle el juego a Gabor. Si el pseudo-húngaro catalogaba a la veterana poeta erótica de "geisha jurásica", Ponte describe a un escritor de ciencia ficción que se pasea por el reino de este mundo orlado de cueros y remaches como "pinguero de la Guerra de las Galaxias"; a un poeta pseudo-primitivo lo acusa de componer "bagazo rimado"; y de la canción en que un trovador proclama preferir "hundirnos en el mar que antes traicionar la gloria que se ha vivido" comenta que es "la letra ideal para himno nacional de la Atlántida").

Si *La Lengua Suelta* fuera solo una de las colecciones de sátiras más salvajes e ingeniosas que se hayan lanzado nunca contra el gremio intelectual, ya justificaría su lectura. Sucede además que pese a su naturaleza fragmentaria *La Lengua Suelta* constituye, a su modo jodedor y pudoroso, un incisivo ensayo sobre las relaciones entre intelectualidad y poder en medio de un sometimiento casi absoluto. Su aproximación burlesca al tema no embota sino más bien afina sus conclusiones. Al describir los textos editados en Cuba sobre José Martí comenta Ponte que son "libros de una secta criminal, hechos para justificar crímenes de Estado. Se imprimen para justificar la complicidad de José Martí con Fidel Castro, para propiciarle una coartada a este último. Suponen el arreglo funerario donde el monolito castrista se encuentra pegado al mausoleo donde reposa Martí". Al comentar el *Informe contra mí mismo* de Eliseo Alberto (hijo de aquel que evocaba a su padre exclamando "la República"), Ponte resume la debilidad esencial del libro en un defecto compartido por sus colegas contemporáneos. "Su autor pertenece a una generación de narradores (Senel Paz, Leonardo Padura, Abel Prieto, Arturo Arango) que no han llegado a entender el mal. O con mayor énfasis: el Mal. No son capaces de aguantarle la mirada al Mal ni por un segundo". Escritores —se sobreentiende— que han aprendido que la mejor fórmula de sobrevivencia en una tiranía crepuscular y mendicante como la cubana es encarnizarse en males menores a costa de ignorar aquel que los resume y les da sentido.

Al referirse a los escritores del exilio, el dúo Gabor-Ponte insiste en que no basta con aguantarle la mirada al Mal. Escribir sin rodeos sobre el Mal no exime de hacerlo bien. De ahí que la lengua de Gabor-Ponte no pierda filo con los escritores de extramuros. La afinidad política al abordar el Mal no supone tregua ética o estética. Más que de un soberbio ejemplo de sátira política sobre la Aldea Letrada parece tratarse del Juicio Final de cierto momento de la cultura cubana. No obstante, lo afilado y eficaz de la sátira de *La Lengua Suelta* hace sospechar que se trata de instrumento más demoledor que justo: que ante su potencia cáustica no hay carrera intelectual que, por impecable que sea, soporte su ataque. Pero ciertas salidas de tono en unos casos, ciertos titubeos en otros, nos recuerdan que después de todo *La Lengua* es humana. Y que la justicia humana es, por mucho que se esfuerce, un modo de injusticia.

(2020)

Un exilio muy suyo

Contrabandos, flora y exilios dieron origen a la poesía cubana, esa isla que se repite. La de la poesía digo. Repetida no por falta de originalidad de los poetas sino por la materia que han tenido delante, redundante y cacofónica. "Espejo de paciencia", "Oda a la piña", "Himno del desterrado", "El laúd del desterrado", "Versos sencillos", "Nieve": catauros de contrabandos, vegetales y exilios. Dioses tutelares de aquella poesía inicial fueron los exiliados Heredia o Martí. O Casal, contrabandista de chinerías y climas ajenos. Teniendo en cuenta tal tradición *Lejos de casa*, poemario de Gleyvis Coro Montanet, no trabaja con materia especialmente original.

Si algo distingue a *Lejos de casa* en la isla actual de la poesía cubana no es el tema sino el tono y la concentración. Apenas se deja distraer Gleyvis de los dos o tres temas que la obsesionan. Si acaso se permite el alivio del humor o la rima para caerle "con esa fuerza más" a su personal tragedia, su exilio íntimo. Como todos los buenos poetas, o los filósofos, o los fundadores de mundos nuevos, la preocupación primordial de Gleyvis es darles a las cosas el nombre que mejor les siente. Le llama a su tragedia "exilio". No viaje, trashumancia, cosmopolitismo, diáspora. Exilio. "Lo nombra mal quien lo nombra diferente. Exilio es una palabra muy suya. Como un poema bucólico es muy suyo, aunque sea bucólico".

Aquí vale comentar un par de tópicos más o menos recientes. El del exilio cubano, por ejemplo. El exilio como un paso "a mejor vida", como una suerte de paraíso en el que la vida debe resultar obligatoriamente mejor. Una superstición a la que contribuye la certeza de que, en contraste con el país abandonado, nada puede ser peor. Pero "no prospera de golpe quien se va", advierte la poeta para a seguidas devolverle al acto de exiliarse, de desprenderse del país natal, su original dramatismo. Como el de Heredia o el de Martí, su exilio vuelve a doler. Es trágico porque, sin ahorrarnos una sola de sus angustias, la poeta no da señales de arrepentimiento. El exilio es tragedia no por las angustias que produce sino por ser estas fatales e inevitables. Dadas las circunstancias que va reconstruyendo Gleyvis en su libro, quedamos convencidos de que su fuga no fue irreflexiva sino todo lo contrario: fue un acto cuidadosamente meditado antes y después de realizado. Pero la libertad que ahora estrena no le permite olvidar lo antinatural que es sacudirse de golpe y para siempre el paisaje y los seres que nos acompañan desde que nacimos. Ni le hace olvidar que la fuga febril de su inhabitable paisaje natal ("Hermanos, por amor, escapen del país. Nuestros abrevaderos son escoria radiactiva") es, a la vez que victoria momentánea, cierto modo de muerte.

¿Dije que para Gleyvis el exilio era inevitable, fatal? Me desdigo. En medio de esa fatalidad, la de elegir destierro tras comprobar que no hay vida normal ni dicha posible en la isla (sobre todo si se escoge llamar las cosas por su nombre, "llamar cernícalo al cernícalo"),

Gleyvis nos recuerda, insidiosa, que alguna vez tuvimos la oportunidad de salvarnos. "Ay, si hubiésemos hecho un pacto:/ juntarnos en un solo sitio,/ en el mismo punto cruz de todos los mapas,/ hoy seríamos todavía una nación". Es esa visión de la oportunidad que habría hecho innecesaria la huida, la que le da al exilio de Gleyvis su carácter trágico, la que acerca a esos desterrados al mismo tiempo desesperados y esperanzados que la precedieron. A un Heredia o a un Martí. A los poetas que pensaban que nuestra redención pasaba por soluciones colectivas, radicales, que el exilio era —sin importar su duración— estado transitorio y no destino más o menos definitivo. Pero al optimismo de los desterrados decimonónicos Gleyvis le enfrenta una desesperanza radical. Al coraje de enumerar lo perdido se añade el de reconocerlo como irrecuperable.

El exilio, esa solución personal, ha sido —nos recuerda Gleyvis a los exiliados satisfechos de serlo— un acto de cobardía colectivo. Con esa acusación no pretende ahorrarles la culpa a tiranos que nombra del modo que considera más adecuado: faraones. Fueron esos "faraones sucesivos [...] los que impusieron el éxodo". Los que "amurallaron las lenguas, la facilidad de palabras, el arte de impugnar, por lo que hubo que disgregarse en ciclos y en masa". Faraones a los que no les ahorra nombres ni apellidos como mismo ellos no nos han ahorrado humillaciones y desastres. Y dice evocando los versos famosos de Eliseo Diego: "La forma en que mi abuelo lo decía:/ Aquello o esto fue cuando Batista;/ el énfasis verbal que le ponía/ al sustantivo infame de Batista,/ me inclinaba a pensar que él prefería/ diez millones de veces a Batista/ que a Fidel Castro Ruz".

No es Eliseo al único de nuestros poetas mayores que invoca. A varios de ellos los menciona, no para insertarse modosamente en la tradición, sino para encararlos. Recordarles lo mucho de engaño, de ilusionismo autocomplaciente, que tenían sus edificios poéticos. A Virgilio Piñera le reconoce que "La isla en peso" es "la pieza más febril que escribió cubano alguno" pero al mismo tiempo le critica que sea un "discurso equivocado" porque "la cárcel mayor era el exilio, que estar fuera de Cuba es lo que mata". A Lezama le explica que "un drama político-legal y miserable,/ destrozó paradigma y panorama,/ al punto que nacer, allí, Lezama,/ no es ya una fiesta innombrable". Y si se reclama hija de Martí es para recordar la maldición genética en que ha derivado su insistencia en que fuéramos Nación: "Hijos del prócer Martí son todos en igual y en desigual medida, desde la proa hasta la popa del inclinado barco que hace de nación. Herederos de su culpa —que fue mucha— de sus vicios y su eventual desgracia, también abundante".

Martí sigue siendo el recordatorio omnipresente de lo que somos y —sobre todo— de lo que no somos. Ni cuando la poeta viaja por los pueblos de Hezpaña (la rabia contra su des-tierra la lleva a destrozar su ortografía), esos sitios con una temporalidad tan ajena a casi todo, es posible sustraerse al fantasma de la isla. "Si el guía habla de Maimónides, pensamos en Martí y en los enormes lomos de sus Obras Completas. Si el guía habla de un orador potente, de un poeta o patriota, pensamos otra vez en Martí". Pero no se engaña la poeta: recordamos a Martí menos por lo que nos dejó que por lo que no consiguió darnos. Por todo lo que el recuerdo de sus palabras y hechos nos impide olvidar.

"Pensamos con recurrencia en Martí porque nuestra historia es breve y ha sido defraudada" dice la poeta.

Gleyvis sabe, no obstante, que para que su exilio sea verosímil no basta con invocar las coartadas colectivas. Que para que esos dolores sean suyos (y nuestros) tiene que mostrarnos sus cicatrices más íntimas. Y las muestra. Se fue porque le prohibieron "amar y ser amada, escrupulosamente, por una chica emblemática". Y, por si no estábamos atendiendo, lo repite en otro sitio. Se fue por no poder "amar a mi chica allí. Eso, tan simple, que ni lo puedo decir con superior cadencia: amar a mi chica". Que otros hablen de fusilados, de los devorados por tiburones mientras escapaban de la isla. Para Gleyvis el acto más imperdonable cometido por eso que llaman Revolución fue prescindir del talento de una cantante, la Lupe. No es frivolidad decir que lo que "no se le puede permitir a ninguna revolución ni a nada siquiera paralelo a una revolución" es "hacer lo que le hizo la revolución a La Yiyiyi" porque en ese desprecio por la cantante se cifra el origen de todas sus crueldades pasadas, presentes, futuras: un profundo desprecio por todo lo que de hermoso y único puede haber en un ser humano si no conviene al Gran Orden de las Cosas. Esa apuesta de la poeta por hacer íntimos los dolores patrios la lleva a reconocer que "una tarde, en la estación de Atocha,/ lejos de Cuba y su tapujo,/ pensé lanzarme a la nariz de un tren moderno,/ a ver si me pulverizaba". Si no lo hizo fue por "el brutal deseo de no morirme lejos de casa".

En nombre de esa intimidad herida, Gleyvis recorre varias de las humillaciones cotidianas del desterrado, entre las que está en primer lugar la de no poderle llamar "casa" a ningún otro sitio. Como se lo recordó una casera desalmada en invierno: "Después de haberme chupado/ hasta la miaja de los huesos,/ con el alquiler de un cuarto, tipo cueva,/ aquella vieja me echó a la calle/ debajo de una nevada". O esa otra humillación, tan particular a la condición cubana, de tener que aguantar que el extranjero más ignorante venga a explicarte tu propio país. ("Yo que soy y he estado donde tú no, estudio y temo tus deducciones").

En el exilio —si es un exilio real y no ese refugio acolchado de amigos que nos vamos inventando— no se vive, solo se pernocta, como diría Jorge Valls, otro poeta exiliado. El exilio será un lugar donde "los únicos sitios fundamentales para mí son el correo postal y la mesita del teléfono". El exilio será fatal para el poeta, no por falta de comodidades o de motivos de inspiración. El exilio —nos dice Gleyvis— es el tiempo en esteroides, un tiempo donde el olvido siempre llegará más rápido que en casa. (Y uno empieza a sospechar que si Martí regresó a Cuba en la forma en que lo hizo fue para impedir que lo olvidáramos). Para evitarse ilusiones, la poeta se mira en el espejo de un poeta cubano muerto en su exilio español: "Que nada quede de Baquero aquí,/ me grita que esta Hezpaña dislocada/ también demolerá lo que escribí".

Poeta al fin, parece que Gleyvis exagera. Que se duele por el mero vicio del lirismo. Asumimos que en el siglo de los videochats y la comunicación súbita la mera palabra exilio debería ser desdramatizada. Pero como dije antes, el tono y la concentración de *Lejos de casa* no permite huidas tan fáciles. La poeta viene a recoger todo el dolor esquivado a golpe de carros del año y barbacoas dominicales. Como en *Cartas desde Rusia* de Emilio García Montiel, *Naufragio y sedición en la isla de Juana* de Jorge Salcedo o en *Palabras a la tribu* de Néstor Díaz de Villegas, Gleyvis se echa el país encima de sus hombros de poeta. Ella viene a recordarnos que un exilio que no tenga como meta el regreso, por imposible y metafísico que parezca, ha renunciado a serlo. Todavía "hay una zona de mí/ que regresaría hoy mismo/ a vivir allá perpetuamente" confiesa Gleyvis con una convicción que me falta. Entonces despliega su utopía mínima: la de un país en que "una avería de mediana condición no tarde un siglo en ser reparada". Una utopía tan personal, tan elemental, como sus angustias. El proyecto de "levantar una tienda de carne en mi país. Una tienda pobre, de carne de segunda". Una utopía que por vulgar que parezca no disimula su vocación trascendente cuando a través de ella el espíritu se hace, literalmente, carne. "¿Por qué o para qué lo haría? Por Cuba. Para que la gente vuelva".

(2018)

No hay consuelo, Guillermo

No nos engañemos. No hay consuelo. Para la muerte de Cabrera Infante no lo hay. Aunque su edad bordeaba eso que engañosamente llaman "esperanza de vida", tanto en el país en el que nació como en el que murió, a todos los que lo quisimos su muerte se nos antojó insoportablemente precoz. No podía ser de otra forma sabiendo que en cada una de las líneas que escribió en los últimos cuarenta años alentaba el deseo de regreso a su Habana, regreso que nunca se cumplió. No un regreso cualquiera, porque solo tendría justificación y sentido —o sea, realidad— cuando desaparecieran las circunstancias —o sea, la realidad— que lo hicieron marcharse. La muerte de Guillermo Cabrera Infante significa, entre otras cosas, la desconsoladora certeza de que el regreso a ese lugar donde nunca hemos estado ya será sin él.

Pero consuelo no ha faltado. Entretenemos el dolor, la frustración, diciéndonos que su Habana es más real que el país que gobierna su archienemigo, que recordaremos más sus construcciones verbales que las destrucciones reales de los otros, o podemos pisotear el lugar común y decir que su patria son las palabras. Sin embargo, tanto truco, tanta alquimia con el dolor no hace sino más abundante y visible el vacío que nos dejó. Esos engaños pertenecen a otro mayor, el de la patria, que con el país secuestrado a mayor gloria de un hombre y su poder, se hace más difusa e irreal de lo que suele ser habitualmente. Fuera de la isla que hace mucho tiempo dejó de ser nuestra, nos inventamos una Cuba astral que encubre su lejanía y su deterioro físicos para imaginárnosla con una belleza plena en algún sitio más allá o más acá de su presente. La gran ironía es que esa Cuba a todas luces irreal nunca se nos hace más tangible que en medio de dolores como este con el que lidiamos hoy, cuando un trozo de ella se nos muere en el cuerpo de Celia Cruz o de Cabrera Infante. Citarlos juntos obedece a algo más que a la relativa coincidencia cronológica de sus muertes. Mucho se habla de ese especial amor de Cabrera Infante por La Habana, de su laboriosa edificación del mito de la ciudad que adoptó como propia. Menos se menciona su reinvención de la cultura cubana, su radical subversión de una visión aristocrática de lo nacional que nunca concebiría que, por ejemplo, héroes, escritores y músicos populares compartieran el mismo pedestal. En cambio, en la obra de Cabrera Infante conviven la cita poética y patriótica, la alusión cinematográfica y el desvarío etílico con similar dignidad. Nada cubano le era ajeno, ni siquiera esa parte de lo cubano que con extrañeza llamamos "el mundo". Pocas veces hubo un cubano más cosmopolita y un cosmopolita tan cubano. En su obra la patria se hace leve y, por una vez, un sitio que incita a vivir en él más que a morir por él. Si se muere por ella es por la posibilidad de algún día hacerla habitable para poetas o borrachos. Suena irónico decir todo esto de quien renunció a vivir en su país más de la mitad de una vida razonablemente larga, aunque parecerá menos irónico si nos sirve para medir la magnitud de su renuncia.

Pero Cabrera Infante no era solo patrimonio de los exiliados nostálgicos de una Habana perdida en el tiempo y la distancia. No tenemos más que recordar aquel lector de Cabrera Infante que fuimos en la isla. Con nuestros amigos recorríamos La Habana semiderruida del 94 con la otra Habana, la del Infante difunto, en la mano, tratando de compaginar aquellas paredes cariadas de nuestra realidad con la luminosa decadencia que emanaba de los sitios que nombraba el libro. Sentíamos lo que suponemos que sentiría aquel niño del cuadro de Dalí mientras levantaba la piel del mar: un íntimo y total deslumbramiento. Aprendíamos a comprender todo el esplendor que había encerrado en aquellas ruinas precoces.

No para todos los cubanos Cabrera Infante cumplía esa función. Para las autoridades, Cabrera Infante en el exilio fue "El hombre que jodía demasiado", el Anticastro, el fuego y el juego (de palabras) que no cesa. Es lógico y previsible el silencio oficial que ha rodeado a su muerte, silencio que en el fondo suena a regocijo ante el fin de su más incesante y prestigioso contradictor. A nivel oficioso, el regocijo se disfraza de generosidad *post mortem*. Así incluso, Lisandro Otero, antiguo mandarín cultural del castrismo y hoy una especie de fidelista por cuenta propia, decidió por esta vez controlar su viejo rencor por el Infante al fin difunto. Si, mientras vivía, llegó a decir que Cabrera Infante no había "logrado comprender que su acumulación verbosa y deshumanizada no es verdadera literatura", ahora Otero condesciende en declarar que Cuba ha perdido con Infante a "uno de sus más ingeniosos, imaginativos y talentosos escritores". Es sabido que la muerte mejora a la gente una vez que nos libramos de su presencia. Lo que desconocíamos era que tuviera efectos tan dramáticos en la literatura algo que, al fin y al cabo, no va a la tumba con su autor. Quizás Lisandro cambiara de opinión con la esperanza de que algo parecido pase con sus libros. Y nos preguntamos, ¿cuántas veces tendrá que morir Lisandro Otero para que sea considerado uno de nuestros más talentosos escritores? Solo pensar en hacer los cálculos da vértigo.

Más complicado lo tenían los miembros del seleccionado local de literatura cubana, esos que acaparan premios nacionales, homenajes y viajes con los gastos pagos. Un desliz en las declaraciones y en lo adelante el pasaporte solo les serviría para abanicarse en la sala de su casa. Eso explica la cautela que tuvo Miguel Barnet al declarar: "Aunque por razones políticas descalificó a todos los intelectuales que vivimos en la Isla, para mí fue un gran artista, atormentado y contradictorio, que sin embargo le dio a Cuba su tercer Premio Cervantes". Precauciones que explican que uno de esos escritores, a los que les dan el premio nacional de literatura a condición de que dejen en paz a los lectores, declarara que Cabrera Infante "Fue uno de los más grandes escritores de este país" pero que estaba "demasiado comprometido contra Cuba".

Que yo recuerde, Cabrera Infante nunca escribió contra Cuba. De hecho, ni siquiera lo hizo contra Ciego de Ávila o Caimito o alguno de esos pueblos feos que quizás hubieran merecido su rencor estético. Quizás el entrevistado padece ese trastorno, no poco extendido, de confundir a Cuba con el Comandante. Si Cuba es lo mismo que el Comandante y Cabrera Infante "le dio a Cuba su tercer Premio Cervantes" no queda más remedio que concluir que nuestros premios nacionales asumen que Infante le dio el Cervantes al Comandante, afirmación que, tendrán que concordar con nosotros, no está mal como estribillo de un reguetón.

No faltó nada para que afirmaran que "el pujante y creativo exilio cubano es uno de los más grandes logros de la Revolución". Porque, ¿quién se atrevería a discutir que Cuba cuenta con uno de los más nutridos y extensos exilios del planeta? ¿Quién se atrevería a regatearle al Comandante su aporte decisivo en la creación y ensanche del exilio posterior a 1959? A veces los escritores exiliados no son del todo comprensivos con la generosidad del Comandante y, como este no tiene apuro, espera a que se mueran para publicarlos en la isla. Pero si a Cabrera Infante no se le ha publicado, según declaran ahora los funcionarios en la isla, es por expresa voluntad del autor. Hay que creerles, porque si algo ha caracterizado a las autoridades cubanas, es complacer los deseos de los que les llevan la contraria. Sin ir más lejos, ahí están los periodistas, bibliotecarios y disidentes que con sus actividades no hacían más que pedir a gritos que los encerraran: no los decepcionaron. Hay que agradecer tanta comprensión. El Comandante inaugurando una escultura en bronce de Guillermo Cabrera Infante sentado al lado de la de John Lennon (otro que en su época seguramente pidió que lo prohibieran en Cuba) es más de lo que el escritor podría aguantar, incluso después de muerto. Agradezcamos que le respeten en su país la posibilidad de seguir clandestinamente vivo.

Al comienzo hablábamos de las trampas en las que incurrimos para conjurar el dolor de una pérdida semejante. Este mismo texto no ha sido más que otro banal ejercicio de las tácticas a las que aludía, adobadas si acaso con un poco de humor, cuya más evidente disculpa es que fue un condimento que casi nunca faltó en la obra de Cabrera Infante. Somos conscientes de que todas estas palabras no sirven más que para confirmar la certeza inicial. No hay consuelo, Guillermo.

(Leído en el Baruch College de Nueva York en un homenaje a Guillermo Cabrera Infante, en marzo de 2005)

Prólogo a la antología
EL COMPAÑERO QUE ME ATIENDE

*—¡Dios mío, Dios mío! —dijo el guardián—.
¡Cómo le cuesta entrar en razón! Se diría que
solo busca irritarnos inútilmente, a nosotros
que, sin embargo, somos en este momento las
personas que mejor le quieren.*

Franz Kafka, *El proceso*

¿Cómo se escribe en un mundo en el que cada escritor, cada ciudadano incluso, tiene un policía secreto de cabecera? La respuesta en el caso cubano está en cada libro escrito en la isla a partir de 1959, en cada compromiso estentóreo, en cada silencio, según lo que imponga el momento. Lo que intenta responder este libro es algo levemente distinto. Este libro intenta exponer cómo se escribe sobre ese policía de cabecera, un ser que presume de invisibilidad. Si la obligación más constante de un escritor fuera hacer visible lo invisible, concordaríamos en que describir ese ente encargado de vigilar nuestros pasos —sobre todo los pasos en falso— es un esfuerzo esencialmente literario.

Porque —lo aclaro de antemano— este libro no es un memorial de agravios. En el caso cubano, en la lista de los agraviados por un régimen que está cerca de completar su sexta década, los escritores puntúan más bien a la baja. Comparados con otros sectores de la sociedad, hasta podría decirse que han recibido un trato preferencial, escrupuloso. Lo que intenta este libro es recopilar una mínima parte de los aportes cubanos a un género anunciado ya por Kafka desde las primeras páginas de *El proceso*. Esa primera oración que informa que K., "sin haber hecho nada malo, fue detenido una mañana". Un género caracterizado por la ausencia de crimen y por lo difuso, al menos en sus etapas iniciales, del castigo. Y por las peculiares relaciones entre los supuestos criminales y los agentes de la ley, agentes menos preocupados por el castigo de sus perseguidos que por su salvación. Hasta donde sé, nadie se ha tomado el trabajo de definir el género. Bauticémoslo de momento como género totalitario policiaco. No confundir, por supuesto, con el policiaco totalitario, versión totalitaria del policiaco occidental o, si se prefiere, versión policiaca del realismo socialista. Fue este un género muy popular donde quiera que se instaurara la dictadura del proletariado. A ese realismo socialista policial o policiaco totalitario —como se prefiera— se le encomendaba convertir en narrativa los sueños del Estado sobre su propia invulnerabilidad: un género que concebía todo delito común como ataque al pueblo en el poder y, por consiguiente, un acto contrarrevolucionario.

El género totalitario policiaco, en cambio, parte de la convicción (estatal) de que toda disidencia contra el Estado socialista no solo es criminal y punible sino contra natura. En este género, el agente del orden no persigue el crimen, sino su posibilidad. O dicho con las palabras de uno de los guardianes de K. "El organismo para el que trabajamos, por lo que conozco de él, y solo conozco los rangos más inferiores, no se dedica a buscar la culpa en la población, sino que, como está establecido en la ley, se ve atraído por la culpa y nos envía a nosotros, a los vigilantes". Más que el delito, lo que investiga y persigue es una culpa preexistente al delito mismo. Esa culpa (o "pecado original" al decir del Che Guevara) consistía en "no ser revolucionario". O si nos remitimos a una terminología todavía más refinada y condescendiente que marcó época, dicha culpa radicaba en "no estar integrado". Si no se les podía exigir a todos los ciudadanos que fueran revolucionarios ("el eslabón más alto que puede alcanzar la especie humana" Che dixit) lo menos que podía pedírseles era "estar integrados". Integrados, se sobreentiende, a los rituales políticos y sociales del Estado.

¿Alguien dijo "totalitarismo"?

Antes de internarnos en la descripción de este género, demos explicación del continuo uso de términos tan desagradables como totalitario y totalitarismo. Aquí se entiende totalitarismo en la económica definición de Umberto Eco que lo describe como "un régimen que subordina todos los actos individuales al estado y su ideología". O que, añado, si no logra tal subordinación, al menos la pretende. Es justo en esa incapacidad de desentenderse de asuntos tan triviales como escuchar música o cortarse el pelo que estriba la vocación totalitaria de un Estado. Más allá de la satanización que han sufrido estos términos (con los millones de muertos de Stalin y Mao en nombre de la revolución mundial y los de Hitler en nombre de la superioridad de la raza aria) nos interesa el totalitarismo en su aspecto utópico y positivo, precisamente por la aspiración a la totalidad y a la perfección que el término sugiere. (Del negativo se encargan multitud de volúmenes, como si pudiera atribuírsele la invención del Mal. Y sabemos que no es así: el totalitarismo no ha creado el Mal, apenas lo ha organizado como nunca antes). Hablo del siempre estremecedor intento de crear mundos en los que, al decir del poeta Emilio García Montiel, "Todo era hermoso: desde el primer ministro hasta la muerte de mi padre. Y perfecto, como debían ser los hombres y la Patria".

Debe recordarse que el objetivo primordial de estos regímenes no era la opresión o el exterminio de personas o grupos, sino la emancipación y el bienestar, ya fuera de una raza o de toda la humanidad. La opresión o el exterminio serían apenas un subproducto doloroso, pero inevitable, del avance hacia dicho objetivo. Y el primer obstáculo con el que debe lidiar un régimen que aspire a una perfección tan completa son las imperfecciones y la corrupción humanas. O, como dijera el fallecido paladín Fidel Castro: "el primer derecho de la Revolución es el derecho a existir. Y frente al derecho de la Revolución de ser y de existir, nadie —por cuanto la Revolución comprende los intereses del pueblo, por cuanto la Revolución significa los intereses de la nación entera—, nadie puede alegar con razón un derecho contra ella".

Es obvia la ventaja del ideario comunista frente al provincianismo nazi. Siendo los comunistas la vanguardia de la humanidad en su marcha hacia la Tierra Prometida de la sociedad sin clases, resistirse a su avance era sencillamente inhumano: una inhumanidad creada y estimulada por las sociedades basadas en la explotación del hombre por el hombre. Así que, una vez instaurado el Estado socialista, cualquier tipo de oposición o resistencia era inconcebible. Inconcebible por ser contraria a la propia naturaleza humana, una naturaleza que el socialismo había conseguido restablecer.

No pretendo insinuar que alguna sociedad totalitaria funcionó realmente así. Solo intento resaltar la naturaleza paternalista de cualquier régimen totalitario, su dedicación profunda al bienestar de la humanidad. Aunque esta no lo quiera. De ahí que, una vez eliminada la clase opresora, corrupta sin remedio, la policía secreta insista en la bondad intrínseca de los sospechosos, achacando sus desvaríos a simple y pura confusión. Esa concepción totalizante explica que la policía secreta racionalice sus acciones como un intento de redimir a sus investigados, devolverlos a su natural pureza. Aunque hubiese que castigarlos. (En *1984*, un clásico del género totalitario policiaco, el interrogador le advierte al interrogado: "Eres un caso difícil. Pero no pierdas la esperanza. Todos se curan antes o después. Al final, te mataremos".)

El problema de los culpables no es la ley, puesto que la ley no legisla qué música debe oírse, qué chistes deben contarse o con quién puedes reunirte. Su culpa radicará en ellos mismos: en sus distracciones o desvíos, en su falta de atención hacia sí mismos y hacia su entorno. Uno de los agentes que participa en el arresto de K. trata de "aconsejarle que piense un poco menos en nosotros y que se vigile a sí mismo un poco más". Al fin y al cabo, si a lo que aspira una ideología es a la perfección social e individual, no hay mejor vigilante que uno mismo. Pero por muy buena opinión que un Estado tenga de sí y de la población a la que asiste y encamina, a veces la voluntad de sus ciudadanos no es suficiente: los elementos descarriados necesitan atención y estímulo. Ahí es donde entra en escena la figura legendaria del compañero que nos atendía. Que probablemente nos siga atendiendo.

Un personaje mitológico

Allí donde los personajes de Kafka actuaban a ciegas, los del totalitarismo real se manejan con bastante más seguridad, asistidos por una sólida red de sobreentendidos. No se preguntan, como lo hacía Joseph K.: "¿Qué clase de hombres eran aquellos? ¿De qué hablaban? ¿A qué servicio pertenecían?". Ni al reunir un poco de valor inquieren a su interrogador: "¿Quién me ha acusado? ¿Qué organismo tramita mi proceso? ¿Es usted funcionario?". Tampoco se cuestionan la ausencia de uniforme. Todos saben que se trata de "el compañero que te atiende".

"En Cuba, [explica el poeta Manuel Díaz Martínez en un texto que es parte de este libro] cada escritor o artista de alguna significación tiene asignado un policía, un 'psiquiatra', especie de confesor a domicilio, por lo general con grado de teniente, que vigila, analiza y orienta a su oveja para salvaguardarla de las tortuosas seducciones del lobo contrarrevolucionario". Solo que, llegado a un punto, no se requería ser escritor o artista ni tener "alguna significación". Ya ellos se encargarían de decidir si uno tenía o no significación alguna. A sus "atendidos", en cambio, no les cabía duda lo que significaba la presencia del "compañero". Quien tenían enfrente ya se había anunciado antes en múltiples series televisivas, películas y libros destinados a exaltar la labor del Departamento de Seguridad del Estado. Que no tuvieran la galanura y prestancia de los actores que encarnaban los agentes ficcionales era lo de menos. Su mera presencia hacía redundantes casi todas las preguntas de K. Ni siquiera tenía sentido preguntar por el delito cometido. En un Estado tan urgido de perfecciones, cualquier cosa es delito y, en el gran esquema de las cosas, todos somos de alguna manera culpables. La mayor prueba de culpabilidad es que el compañero que te atiende ha decidido hacerse visible.

Hubo una época —época mucho más espiritual que la actual, queridos jovenzuelos— en la que cada región o institución del Estado estaba atendida por algún compañero de camisa a cuadros o guayabera y bigote espeso. Agentes que no disimulaban demasiado su presencia. O más bien personajes que trataban de hacerse todo lo visibles que podían dentro de su supuesto anonimato. Eran parte de nuestra realidad, como los árboles a la entrada de una escuela: igual de inadvertidos, solo que con más movilidad y menos sutileza. Hasta que les llegaba la ocasión —que iba desde una minúscula pintada disidente en un baño público hasta la urgencia del agente por cumplir sus cuotas de reclutamiento— de hacerse visible ante algún elegido.

Por lo general no se hablaba de arresto, esa instancia claramente definida en la nebulosa novela de Kafka. Para ello siempre habría tiempo, parecían decirte con su estudiada paciencia. Sus palabras iban más bien en sentido contrario. Trataban de convencerte de que no eras culpable, al menos no demasiado. El Estado o la Revolución, decían, confiaba en ti: conocía tus pasos y era comprensivo con tus faltas y, precisamente por eso, solicitaba tu ayuda. "De vez en cuando, este 'hermano de la costa' [nos advierte Díaz Martínez] confía alguna misión sencilla a su pupilo o pupila para comprobar su fidelidad a la patria, es decir, a Fidel, ya se sabe".

Sin pretender ser experto en el tema, conozco de suficientes casos en los que la esperanza de colaboración era lo bastante baja como para dudar de que se la tomaran en serio. Simplemente buscaban advertirte de su presencia. Evitarte que los obligaras a actuar de manera más drástica. De ahí que los que escogían como "objetivos" no fueran ni los que consideraban inofensivos ni los que ya imaginaban en el campo enemigo. Para los primeros bastaba con la guía y consejo de organizaciones más visibles. En cuanto a los segundos, suponían que las advertencias no servirían de mucho, de modo que esperaban la ocasión de darles un buen escarmiento bajo la forma de detención preventiva o algo peor.

Muchos de los que no conozcan el sistema y no se hayan visto arropados por su manto protector, se sentirán tentados a compararlo con el que impera en las sociedades llamadas democráticas o, con algo más de razón, en los regímenes autoritarios no totalitarios. Pero las diferencias entre tal sistema y los otros son abismales. Por mucho que Foucault se empeñara en descubrir en las llamadas democracias liberales una suerte de Auschwitz metafórico, dotado de panópticos y vigilantes invisibles, la cotidianidad totalitaria hace vulgares las metáforas del francés sobre la vigilancia y el control. No solo porque el vigilante en las sociedades comunistas se haga visible de vez en cuando y extraiga de esa visibilidad momentánea buena parte de su poder coercitivo. Téngase en cuenta que al hacerse visible se asiste a la revelación momentánea de lo que constituye la base del poder, ese iceberg que en la superficie se manifiesta en forma de desfiles multitudinarios, frenéticos apareamientos entre el líder y la multitud, y en la incansable esperanza en un futuro mejor.

En contraste con las manifestaciones públicas, la base del iceberg totalitario está constituida por un entramado de secretos, de delaciones, del conocimiento íntimo que tiene el poder de ti y de los que te rodean. De tus miedos y paranoias. A ello se añade el estado de indefensión frente a ese poder, la desesperanza ante la posibilidad de cambio y la sospecha de que cualquiera podría ser informante o colaborador del sistema. El panóptico de Bentham y Foucault es multiplicado en el Estado totalitario por miles de ojos que vigilan cada uno de tus gestos, miles de lenguas que hacen llegar toda esa información a oídos del compañero que te atiende. Y por el temor omnipresente a la existencia de algún micrófono oculto. No por gusto comenta Gerardo Fernández Fe que "el micrófono —incluso el que deviene mental— ha quedado para nuestra historia nacional como ese punto diminuto que favorece la relación de poder que va del tirano hasta el poeta, penetrándolo, para luego domarlo o expulsarlo".

Más abrumador que todo lo anterior resulta la convicción que intentan inocularte de que solo hay dos campos posibles: el territorio amigo, que está encabezado por el líder y custodiado a retaguardia por los compañeros que te atienden, y el enemigo, encabezado por el presidente de turno de los Estados Unidos y apoyado en la sombra por agentes encubiertos que al menor descuido podrían captarte. De modo que la mejor manera de inmunizarte contra los avances del enemigo será convertirte en informante de los órganos de seguridad. Lo que en circunstancias normales parecería hundirte en la perdición (consumir productos prohibidos, reunirte con gente equivocada), como informante significa avanzar hacia la primera línea de defensa de la patria. A partir de ahí, cualquier liviandad ideológica que te permitas será vista, en el universo paralelo de la contrainteligencia, como un sacrificio en pro del bienestar común. Ni la Iglesia medieval conoció de tales sutilezas teológicas.

Lo anterior es la descripción del funcionamiento de la sociedad bajo la perspectiva ideal de la Seguridad del Estado. No obstante, en el mundo ideal de la propaganda totalitaria, ni siquiera serían necesarios los órganos de inteligencia. En condiciones ideales, el pueblo mismo se bastaría para dar cuenta de cualquier avance del imperialismo. (Esa misma lógica ideal domina todavía el tratamiento a los opositores. La primera línea de defensa es negar su existencia. Cuando no queda más remedio que reconocerlos se les declara mercenarios al servicio del enemigo: en un sistema que es todo justicia no se concibe que alguien disienta radicalmente a menos que sea alentado por el enemigo externo. Por los motivos más sórdidos e interesados posibles. Bajo esa misma lógica absoluta, los cuerpos represivos denominados Brigadas de Respuesta Rápida representan al pueblo organizado espontáneamente en defensa de sus intereses. Los malabarismos a los que se acude para mantener tales ficciones son increíblemente ridículos y poco convincentes. Sin embargo, sirven para proteger otras ficciones bastante más decisivas, como la de un poder que se justifica en la defensa del país frente al ataque de mercenarios apoyados por sus enemigos externos).

Ficciones

Volvamos al objetivo fundamental de este prólogo: explicar y justificar el género que intenta reunir esta antología. Aclaremos que el género totalitario policiaco se distingue del policiaco totalitario por haber sido una experiencia que por lo regular demoró bastante en convertirse en literatura. El policiaco totalitario, en cambio, es una literatura que aspira a convertirse en realidad. Ni más ni menos que la ideología que lo inspira.

Excepcionales por su precocidad son algunos de los títulos más emblemáticos del género totalitario policiaco como *El proceso* de Kafka o *1984* de Orwell. Después de todo, como reconoce K., este vive en "un Estado constitucional". Por su parte, el autor de *1984* lo más cerca que estuvo de conocer un régimen totalitario de primera mano fue durante las represiones comunistas contra los anarquistas en la retaguardia republicana durante la Guerra Civil española. Pero, a pesar de su brillantez, ambas novelas pueden parecerle, a quien ha vivido en el interior de un régimen como el que describen, inconsistentes a la hora de representar la verdadera textura totalitaria. Son incapaces de captar esa mezcla única entre la chapucería inherente al sistema en su conjunto y la impecable eficacia en la vigilancia y el control.

La textura totalitaria, en cambio, se percibe claramente en los cultores autóctonos del género. Ya sean rusos, checos, polacos, rumanos o alemanes orientales. (Resulta paradójico que los norcoreanos, tras alcanzar el mayor grado de perfección totalitaria, hayan contribuido tan poco al género). Desde los libros de Mijaíl Bulgákov a los de Vladímir Voinóvich y Mijaíl Kuráyev o el monumental *Los archivos literarios de la*

KGB de Vitali Shentalinski en la Unión Soviética; de las obras de teatro de Sławomir Mrożek a las películas de Andrzej Wajda en Polonia; de los libros de Kundera, Iván Klíma, Havel o Vaculik (su título *Una taza de café con mi interrogador* resume muy bien esa pegajosa textura totalitaria) a varias películas de la Nueva Ola en Checoslovaquia; desde la escritora Herta Müller al cineasta Cristian Mungiu en Rumania. En fechas más recientes, el cine alemán ha producido ciertas obras que incursionan en el género, pero a la más famosa de ellas, *La vida de los otros*, vuelve a escapársele la fórmula exacta de la textura totalitaria, su rara excelencia en un sistema esencialmente chambón. *La vida de los otros* termina debiéndole más a Orwell —si creemos a Orwell capaz de tanto sentimentalismo— que a la realidad de la desaparecida RDA.

Entre cubanos ocurre algo similar. Textos precursores de este género, como el cuento "Aquella noche salieron los muertos" (1932) de Lino Novás Calvo, o la obra de teatro *Los siervos* (1955) de Virgilio Piñera, publicados antes de que el totalitarismo se instalase en la isla, padecen de "limitaciones" similares. Así, a pesar de la brillantez con que Novás Calvo dibuja la dinámica represiva, o la descripción del absurdo de sus pretensiones ideológicas en el caso de la obra de Piñera, a ambos se les escapa algo del sabor esencial, del tejido de la rutina totalitaria. Pasarán unos cuantos años para que consigan describir dicha textura autores como Heberto Padilla (*Fuera del juego* y *La mala memoria*, "otro de esos libros atestados de micrófonos y de suspicacias que los estados policiales terminan generando" comenta Gerardo Fernández Fe), Guillermo Cabrera Infante (*Mapa dibujado por un espía*), Reinaldo Arenas (*El color del verano, Antes que anochezca*), Eliseo Alberto (*Informe contra mí mismo*), Jesús Díaz (*Las palabras perdidas*), Juan Abreu (*A la sombra del mar*), Roberto Valero (*Este viento de cuaresma*), Miguel Correa (*Al norte del infierno*) o hasta el propio Piñera. Este lo intentó primero en su obra teatral *La niñita querida* y, poco después, en la novela *Presiones y diamantes*. Todos coinciden en incluir los componentes centrales del género totalitario: la vigilancia ubicua, el miedo, la sospecha y la paranoia generalizados, la relación pegajosa y muchas veces ambigua entre vigilados y vigilantes ("somos en este momento las personas que mejor le quieren" dice un guardián de *El proceso*), el contraste entre la miseria del sistema y la opulencia de la represión, su absurdo inagotable.

Aviso, no obstante, que el esfuerzo de esta antología por convertir lo totalitario policiaco en género literario pasa por reconocer que más allá de la unidad temática, del similar recuento de vicisitudes, poco tienen estos textos en común. Lo totalitario policiaco, tal como lo concibe esta antología, incluye cualquier variante de lo literario: de la poesía a la prosa, de la ficción a la no ficción, del cuento a la novela, a la obra teatral o a las memorias. También habrá que reconocer que, pese a lo extenso de la experiencia, son relativamente pocos los cultores del género a nivel mundial. Eso se explica por lo poco rentable que siempre ha resultado abordarlo en medio de un régimen totalitario (pregúntenles a los norcoreanos) y lo anacrónico que resulta una vez que este ha desaparecido, dejando un rastro de pesadilla tan ardua de explicar como de comprender. En ese sentido, la extensa antología que presento a su consideración es, cuando menos, una anomalía.

Esta antología

Debe aclararse de entrada que esta es una antología voluntaria. O sea, fueron los propios autores, no sus familiares o albaceas, los que en pleno uso de sus facultades mentales (es un decir) enviaron sus textos. Fueron los autores quienes encontraron alguna afinidad entre sus textos y el tema propuesto. Este requisito de la voluntariedad excluye automáticamente a:

1. los muertos

2. los que incluso habiendo escrito textos que pudieran entrar con pleno derecho en esta antología no desearon participar en ella

3. los que por mero descuido del antologador no fueron invitados

Esta antología incluye textos escritos para la ocasión y otros que ya habían sido escritos o incluso publicados antes. *El compañero que me atiende* cumple así con dos finalidades distintas, pero no incompatibles entre sí: la de reunir bajo un mismo marco temático textos dispersos y la de ofrecerles la oportunidad a ciertos autores de compartir historias que esperaban una ocasión como esta para ser contadas. Esta antología no solo resalta por la variedad de géneros (relatos cortos, fragmentos de novelas, poesía, ensayo, teatro) o de estilos, sino por la diversidad de perspectivas sobre un tema en apariencia tan restringido. Entre tanta queja acerca de la decadencia de la literatura nacional, anima descubrir que métodos tan uniformes de acoso encontraran respuestas tan distintas, tan individuales. Así, estas páginas también ensayan una defensa de la individualidad, tanto en el plano sensible como en el creativo. Nos permiten ver cómo, ante la invasión continua de lo privado y lo íntimo, los escritores han respondido como mejor saben hacerlo: con esa mezcla de obstinación y orgullo que les permite enfrentarse a sus miedos con plena confianza en un sentido (estético o hasta ético) que trasciende las rutinas de la opresión.

El orden a que se atiene esta antología intenta ser cronológico. No se trata de ordenar los textos de acuerdo a la edad de los autores sino al proceso de construcción de dos sujetos: el de los compañeros que atienden y el de los atendidos. Porque por mucho que nos empeñemos en ver una continuidad sin fisuras en el sistema cubano, al menos respecto a los sujetos en cuestión, habrá que reconocer cierta evolución histórica. En la primera parte (1959-1979) se da cuenta de una época en que el sistema daba sus primeros pasos y le eran ajenas las sofisticaciones. Los agentes no tenían otro encargo que la vigilancia y la represión directa ("Impala"). De lo que se trataba era de definir si el sujeto se encontraba "dentro" o "fuera" de la Revolución. Si se determinaba que estaba "fuera", no cabían otras opciones que la cárcel, los campos de concentración al estilo de las UMAP o el exilio ("Prólogos").

Fue más tarde, cuando el sistema se sintió lo suficientemente fuerte como para no concebir siquiera un exterior a sí mismo, cuando ya la Revolución lo era "todo", que empezaron a cobrar sentido las "atenciones" de los "compañeros". Ya no se trataba solo del oficial operativo que decide el momento adecuado de actuar contra determinado sujeto, de sacarlo del juego. "El compañero que atiende", ese eufemismo que a la vez sirve de sinécdoque totalitaria, es un momento posterior y superior de la llamada Revolución Cubana. El momento en que, delimitado con claridad el campo amigo del enemigo, y tras el práctico exterminio del segundo a través de la cárcel, el exilio o la marginación programática, todavía queda una zona que, sin dejar de ser considerada parte del campo propio, necesita ser reencauzada, recibir de vez en cuando un llamado de atención.

Tomemos como fecha tentativa los inicios de 1971, cuando casi simultáneamente ocurren la detención del poeta Heberto Padilla y el Primer Congreso de Educación y Cultura. En dicho congreso se lanzó una ofensiva contra el llamado imperialismo cultural, el elitismo, el apoliticismo, "el esnobismo, la extravagancia, el homosexualismo y demás aberraciones sociales", ofensiva enfilada "a la erradicación de los vestigios de la vieja sociedad que persisten en el período de transición del capitalismo al socialismo". Allí se clamó por la exclusión de todos los elementos corruptores del sistema educativo y cultural a través del famoso proceso de "parametración". En cambio, el revuelo causado por el "Caso Padilla" (ver "Edwards, Padilla, los micrófonos y los camarones principescos") debió de servir de alerta sobre lo indeseable que sería que se repitiese un escándalo similar y la necesidad de resolver situaciones parecidas con mayor discreción. El Congreso preparó el proceso encaminado a separar los frutos podridos de los sanos.

Pero eso no sería suficiente. Junto a la desintoxicación pública debía conducirse una labor de profilaxis. Lo que hoy, incluso en los círculos más oficiales cubanos, se llama con aprensión "Quinquenio Gris" fue en realidad la década dorada del régimen. Aquella donde más se acercó la sociedad a lo que promulgaban los textos programáticos del Partido Comunista. Al menos en la superficie. No fueron esos años un desvío momentáneo de los supuestos puntos de vista liberales y heterodoxos de los dirigentes de la Revolución, sino la culminación de un largo y complejo proceso de concentración de poder político, económico, social, cultural y simbólico. Años en que, gracias al reforzamiento de la alianza con el Bloque Soviético y al distanciamiento de los aliados de la izquierda occidental en el plano externo, y al máximo control social en el interno, el régimen estuvo más cerca de parecerse a la idea que tenía de sí mismo.

Mientras que para los elementos considerados contrarrevolucionarios o antisociales se habían diseñado instrumentos legales como la Ley contra la Vagancia o posteriormente la Ley de Peligrosidad (ver "Prólogos 2, 3 y 4"), para el resto de la sociedad quedaba la obligación de definirse en un sentido o en otro. En ese momento se le dan los toques finales a un sistema en el que al decir de Daniel Díaz Mantilla "uno va cediendo espacio y libertad mientras la barbarie engorda y los rufianes se adueñan de su mundo, hasta que un buen día descubre que la cárcel se hizo ubicua. Al final, uno termina arrinconado, vencido, demasiado débil ya para luchar, convertido en mero juguete a merced de los salvajes". Y en esas labores de domesticación social la Seguridad del Estado iba tomando cada vez mayor importancia.

Sospecho que fue la confianza en lo mucho que había avanzado su Revolución en la domesticación de almas lo que llevó a Fidel Castro a cometer uno de los mayores errores de cálculo en su larga carrera de estadista. Me refiero a su decisión de retirar la custodia de la embajada peruana en La Habana cuando su embajador decidió acoger a un grupo de solicitantes de asilo que había empotrado un autobús en la sede diplomática. ¿Qué cifra habrá calculado que entraría en la embajada? Si acaso una cantidad —¿200? ¿500?— suficiente para incomodar al embajador, pero muchos menos de los más de diez mil que ante los ojos del mundo sacudieron la apacible realidad oficial y forzaron a las autoridades del país a recurrir a la ya probada fórmula del éxodo masivo. Hacia Perú, unos centenares (como lo refleja "La isla de Pascali" de Ronaldo Menéndez) y luego, a través del puerto de Mariel, hacia los Estados Unidos (ver "Departures", "Una mujer decente") alrededor de 125 mil.

A juzgar por los textos reunidos aquí, fue en los años ochenta cuando se hizo más visible y ubicua la figura de "el compañero que atiende" al cubano promedio. Años en que, a falta de organizaciones opositoras a las que vigilar y castigar pero, sobre todo, ante una sociedad expectante de que se reprodujeran los cambios que estaba impulsando la perestroika en Europa del Este, se hizo más necesaria la intimidación profiláctica, el susto preventivo. En aquellos años surge el grupo literario El Establo (representado en esta antología por los textos de Raúl Aguiar, Ronaldo Menéndez, Daniel Díaz Mantilla, Verónica Pérez Kónina, Ricardo Arrieta, Yoss) que conoció muy de cerca la atención de la Seguridad del Estado. Dicho grupo pagó su osadía de existir independientemente de las instituciones oficiales con una persecución de la que varios de los textos incluidos acá pueden dar alguna idea. (Que en los siguientes años acapararan la mayoría de los premios nacionales a jóvenes escritores puede servir a la vez para valorar el peso literario del grupo y las sutilezas de la Seguridad del Estado en tiempos tan complejos). En aquellos años ochenta, apacibles si se los compara con lo que vino después, los "compañeros" padecían de una avidez infinita por crear nuevos casos y captar informantes, un modus operandi recogido en "Rubén" de Francisco García González o "Un verano en la barbería" de Antonio José Ponte. Tal parecería que se tomaran en serio la posibilidad de controlar cada partícula de la vida nacional.

En el último año de la década se produjo uno de los eventos más intrigantes y menos comentados de las relaciones entre las fuerzas del orden y los intelectuales. El 26 de marzo de 1989, el ministro del Interior decidió celebrar el treinta aniversario de la creación de los órganos de la Seguridad del Estado en compañía de una representación de la intelectualidad cubana. Eran, les recuerdo, los meses previos a la caída del Bloque Soviético, meses convulsos en Europa del Este, que en Cuba transcurrían con relativa tranquilidad. Una de las pocas señales de agitación social eran los frecuentes choques entre los artistas plásticos y la Seguridad del Estado. Sonaba extraño, por tanto, que el encargado de aquellas persecuciones dijera: "Ya no podemos ceder a la tentación facilista de ponerle un rótulo político [disidente] a cualquier fenómeno que tenga lugar en la sociedad y que pueda desagradarnos e impactarnos. Muchas veces las cosas no son tan sencillas. El tratamiento tampoco puede ser en la mayoría de los casos esquemático o represivo". El llamado del ministro a los intelectuales a ejercer "una más auténtica y profunda libertad de pensamiento" parecía francamente provocador. O su ofrecimiento de "contar en este esfuerzo con la confianza, la comprensión y el respaldo sinceros del Ministerio del Interior". Poco antes del final de su discurso, el Ministro recalcaba:

Estamos y estaremos siempre abiertos al diálogo, en la disposición de escuchar y de discutir cualquier idea, cualquier problema que pueda preocuparles, en el cual consideren útil nuestro conocimiento o participación. No me refiero solo a los compañeros que tienen relaciones de muchos años con el Ministerio, ni me refiero tampoco exclusivamente a los que puedan opinar más cercanos a nosotros, sino también a los que tengan ideas distintas o que vean los problemas con otros matices y enfoques.

Estremecimiento aparte por la alusión a los intelectuales con "relaciones de muchos años con el Ministerio", el discurso podía servir lo mismo para alimentar el cinismo que la esperanza. ¿El jefe de los represores invitando a expresarse con auténtica y profunda libertad de pensamiento? ¿Se había contagiado con la ola de cambios que sacudía a Europa del Este o se trataba de una trampa? ¿Había sido enviado por el *capo di tutti capi* o hablaba a nombre propio? La respuesta a esas preguntas llegaría primero en forma de palabras y luego de hechos concretos. "¿Y cómo se puede suponer que las medidas aplicables en la URSS sean exactamente las medidas aplicables en Cuba o viceversa?" dijo Fidel Castro durante la visita de Mijaíl Gorbachov a Cuba el 4 de abril de 1989, apenas nueve días después del discurso de su ministro del Interior. Castro hablaba como si acabara de descubrir que la URSS y Cuba no eran el mismo país.

Pero no se trataba de mero desajuste oratorio. Tres meses después de su discurso, el 28 de junio, Abrantes era cesado como titular del Ministerio, en vísperas de la llamada Causa Número 1, en la que se condenarían a varios oficiales del MININT y del MINFAR a penas que incluían fusilamiento para el general Arnaldo Ochoa y el coronel Antonio de la Guardia. Pero la caída de José Abrantes no terminaría con su destitución. El mismo ministro que en marzo se había manifestado a favor del diálogo y el entendimiento sería condenado en agosto a veinte años de prisión en la llamada Causa Número 2. Veinte años de los que cumpliría apenas uno y medio: el 21 de enero de 1991 el ex ministro moría de un infarto en la misma prisión especial de Guanajay cuya construcción había supervisado personalmente. Evito añadir la coletilla insidiosa de "murió en extrañas circunstancias". Extraño hubiera sido que saliera vivo de allí.

Durante los revueltos noventa, con la caída del Bloque Soviético y la crisis que recibió el ocurrente título de Período Especial, cambiaron las reglas del juego. Podría decirse incluso que, con la contracción del presupuesto nacional y del propio Estado a niveles de mera supervivencia y el abandono discreto del marxismo-leninismo a favor de un nacionalismo agresivo y difuso, el régimen cubano deja de ser totalitario para convertirse en un fascismo común y corriente. No porque abandonara su vocación totalitaria, sino por carecer de medios para ponerla en práctica. Desaparecida la Unión Soviética, cuna de la ortodoxia ideológica que se había trasplantado al país, el afinado instinto de supervivencia del régimen aconsejaba "el descoyuntamiento ideológico" de que habla Eco para caracterizar al fascismo. Un descoyuntamiento que apela al nacionalismo y al culto múltiple al pasado, al heroísmo, a la austeridad y al estoicismo, para que tanta incoherencia conservara un orden y la confusión se mantuviera dentro de cierta estructura.

Con las sucesivas explosiones de descontento y la aparición de grupos opositores cada vez más numerosos, los compañeros —ahora bajo nueva administración— se vieron obligados a ser pragmáticos y concentrarse en los casos más urgentes y peligrosos. No quiere decir que dejasen en paz a los escritores o aspirantes a serlo, sino que decidieron establecer prioridades. Si antes el apoliticismo les resultaba sospechoso, a partir de entonces, el alejamiento de las realidades sociales empezó a ser visto con aprobación. De la incesante sospecha ideológica se pasó a una vigilancia más pragmática. Tal pragmatismo lo sufrieron en carne propia los intelectuales firmantes de la famosa *Carta de los Diez*. Mientras el poeta Manuel Díaz Martínez sufriría un acoso continuo que lo llevaría al exilio, otros firmantes como María Elena Cruz Varela, Jorge Pomar, Fernando Velázquez, Roberto Luque Escalona, Jorge Crespo Díaz y Marco Antonio Abad irían a prisión.

Posteriormente, otros autores incluidos en este libro, como Amir Valle, Ángel Santiesteban u Orlando Luis Pardo Lazo, también conocerían de cerca el nuevo pragmatismo seguroso. El primero por su *Habana Babilonia*, resultado de sus investigaciones sobre la prostitución en la Cuba de los noventa. Santiesteban y Pardo Lazo, por complementar el sentido crítico de sus textos con acercamientos a grupos disidentes, que es algo más de lo que puede soportar la probada paciencia de los que velan por la seguridad de la Nación.

Pero en general, y a diferencia de los ochenta, la presencia de dichos compañeros se hizo más discreta y puntual. Apenas emergen en casos extremos, como cuando se trata de decidir quién viaja al exterior (ver los textos "Memoria de un teléfono descolgado" de

Norge Espinosa y "Monstruo" de Legna Rodríguez Iglesias). No obstante, buena parte de los escritores más jóvenes confiesa no saber si alguna vez han sido objeto de vigilancia. Que no sea parte de su experiencia vital no quiere decir que les sea ajena como tema literario y creativo, como en el caso de la premiada novela *La noria* de Ahmel Echevarría o de *Archivo* de Jorge Enrique Lage. (En el cine nacional puede también notarse un creciente interés en el tema, desde el cortometraje *Monte Rouge* del director Eduardo del Llano al censurado largometraje *Santa y Andrés* del realizador Carlos Lechuga. O el documental *Seres extravagantes* de Manuel Zayas —inspirador de *Santa y Andrés*— con esa escena impagable en donde, en medio de una entrevista al poeta Delfín Prats, un policía irrumpe en su vivienda para pedirles documentos de identidad a todos los involucrados en la entrevista, mientras la cámara recoge el estupor del poeta).

Reconocimiento

Este libro demuestra exhaustivamente que la vigilancia y la atención de los compañeros no solo provoca temores de todo tipo en los escritores patrios sino también una profusa y variada creatividad. Esta incluye incursiones en el género fantástico ("Ganas de volar", "La ciudad de las letras"), en la ciencia ficción ("El co. que me atiende", "Mi comisario del otro mañana"), el humor ("Lengua", "Universos paralelos") y la recreación de realidades paralelas ("Un día en la vida de Daniel Horowitz", "Nuevas revelaciones sobre la muerte de mi padre"). El punto de vista de la narración no se limitará al del vigilado o al de un narrador omnisciente: a veces aparecerá el del vigilante ("Un verano en la barbería", "El agente Ginger") o el de testigos confusos sobre su papel en la historia que se desarrolla ante sus ojos ("Los hombres de Richelieu", "La isla de Pascali"). Pero dentro de esta variedad vuelve a haber coincidencias que podrían considerarse como ejes temáticos del género: la vigilancia ("La Carta de los Diez", "Seres ridículamente enigmáticos con nombres simplones", "Un día en la vida de Daniel Horowitz"), el interrogatorio ("Honecker en la campiña", "Mississippi tres", "Infórmese, por favor"), la intimidación ("Cállate ya, muchacho", "Controversia"), la invitación a "colaborar" ("Interrogatorio con música de fondo", "Rubén"), el reencuentro con los vigilantes muchos años después, casi siempre en otras funciones distantes de la original ("El cabrón rampante", "Opuscero", "De vez en cuando la vida") y los arrestos ("La teniente y los libros", "Nada de 'compañeros'").

En este libro se intenta incluso entender al compañero que alguna vez nos atendió. Al fin y al cabo, con todo y que su oficio es incompatible con "la dignidad plena del hombre", los "compañeros" son también víctimas de un sistema que ve en ellos meras herramientas represivas. Un sistema que no se compadece de la humanidad que puedan conservar. "Nunca le tuvimos odio" dice Rafael Almanza de su represor particular: "algo en esa persona era valioso, el escritor de las décimas se imponía al soldado, por mucho que él se esforzara en reprimirlas. Él no lograba reprimir con eficacia, porque él mismo reprimía lo mejor de sí, las décimas y las críticas que le acudían a la garganta, y tal vez ya se había dado cuenta, demasiado tarde, que había perdido lo mejor de sí mismo".

He decidido dejar para el final el texto de Néstor Díaz de Villegas ("Cargaré con la cruz del compañero") no solo por ser el poeta un caso paradigmático de la represión en Cuba: el de un adolescente que sufre cinco años de prisión por un poema en que se disculpa con una calle a la que han cambiado su antiguo nombre por otro más acorde a los nuevos tiempos. Amerita que su texto cierre la antología el que consiga conectar viejas vigilancias y represiones con otras nuevas, nacidas en sociedades democráticas, algo que yo definiría como totalitarismo por cuenta propia. Cuando el poeta ha creído dejar atrás para siempre los fanatismos que lo atormentaron en su juventud, los descubre echando raíces en los más frívolos terrenos del capitalismo tardío (me refiero, por supuesto, a las universidades):

> Hela aquí, otra vez, la certeza inconmovible, la convicción cuasirreligiosa. Su ropa cuenta la consabida historia de falsa modestia, de recato militante (¿no es cualquier uniforme la expresión de la entrega a la causa de moda?), también una historia de rebajas, no comerciales, sino espirituales, el deseo de ser menos, de creerse menos —y hacérselo creer a los otros.

Al contrario de lo que sugiere Néstor Díaz de Villegas en su texto, esos nuevos brotes totalitarios no parecen obedecer a ninguna ideología concreta sino a la fe difusa en alguna forma de pureza. Eso que George Steiner llama "la nostalgia del absoluto". Si el compañero que nos atiende en los estados totalitarios concentra funciones surgidas en sociedades previas (el policía, pero también el maestro, el confesor, el psicoanalista, el evangelizador a domicilio, el crítico literario, el verdugo: la poeta María Elena Hernández lo describe como "lector./ Corrector voraz./ Casi un padre./ Casi una patria"), estas nuevas encarnaciones del espíritu totalitario en las sociedades democráticas se vuelven a multiplicar en variantes menos profesionalizadas, más fanáticas y menos cínicas del compañero que atiende. Vuelven a perseguir con saña el menor diversionismo, el más mínimo desvío del sentido (histórico, social) que asumen como inevitable. Su objetivo no es el de la sociedad sin clases como pretendía el ideal comunista, sino construir un mundo libre de toda incorrección política. Y lo intentan con la misma convicción medieval sobre la necesidad de la erradicación absoluta del Mal que exhibían los viejos vigilantes totalitarios.

Esta antología, por otro lado, aunque la supongo pionera en su especie y envergadura (al menos entre los escritores cubanos), no aspira a la originalidad, como originales no fueron las circunstancias que engendraron sus textos: recuerden que en los últimos cien años un tercio de la población mundial padeció alguna forma de totalitarismo. (El poeta alemán Hans Magnus Enzensberger anota en su *Tumulto* —otro libro atiborrado de micrófonos— la reacción de su esposa soviética al llegar a Cuba: "Muy al contrario de mí, Masha comprendió desde el principio cuáles eran las reglas del juego que imperaban en la isla. Se sentía a sus anchas"). Esta antología no será muy distinta de otras sobre el mismo tema en cualquier sitio donde la realidad totalitaria se instaló. Este libro es —como hemos dicho— un reconocimiento al aporte que han dado los órganos de la Seguridad del Estado cubana a nuestra literatura, más allá de la detención e internamiento de Jorge Valls, Heberto Padilla, Belkis Cuza Malé, Reinaldo Arenas, José Mario, Rogelio Fabio Hurtado, Manuel Ballagas, Ángel

Cuadra, Juan Abreu, Néstor Díaz de Villegas, René Ariza o Ángel Santiesteban entre tantos otros. Es una manera de agradecerle haber puesto a prueba nuestro carácter como seres humanos, pero también como escritores, de permitirnos conocer cuán resistente era nuestro impulso creativo al miedo y la intimidación. Y también agradecerles su perseverancia como lectores y críticos porque, como escribe Verónica Pérez Kónina, "¿Quién sino ellos se hubiera leído nuestras primeras obras, tan imperfectas, tan ilegibles? ¿Quién hubiera seguido con tanta atención todo lo que escribíamos? ¿Quién otro podría haberle dado ese aire de azarosa aventura al oficio de escribir?". ¿Quiénes —añadiría yo—, sino los compañeros que nos atendieron, podrían haber insistido en darnos una idea desmesurada, pero por eso mismo estimulante, de la importancia de nuestra escritura, al conectar cualquier hoja garrapateada por nosotros con la estabilidad del todopoderoso régimen que defendían?

Se agradecerá de antemano la respuesta de estos órganos por boca de sus literatos de guardia. Sus previsibles reclamos de que los hechos que se mencionan en este libro son absoluta invención de los autores. Es por ello que no me he tomado el trabajo de deslindar los testimonios de las obras de ficción, como mismo la realidad totalitaria es indistinguible de las paranoias que produce. Declarar —como sospecho que harán muchos— que lo que se describe aquí es mero producto de la imaginación será una manera de reafirmar la índole literaria de este libro. Un libro que, de inicio, quedará condenado a perdurar más que la realidad en la que dice inspirarse. Y eso no es poca cosa.

(2017)

EN TIERRAS FIRMES

BOLAÑO DISTANTE

No me interesaba conocer las opiniones políticas del escritor Roberto Bolaño. En parte, por los mismos motivos por los que no me detenía a averiguar las de Homero o de Shakespeare: porque rebajarlos a sus pasiones o rencores más inmediatos no haría más que encoger su literatura. Pero también, debo confesarlo, porque, siendo nativo de un continente en el que abominar de unas dictaduras parece justificar la admiración por otras, prefería ahorrarle la vergüenza de comparar sus libros más luminosos con opiniones que —sospechaba— adolecían de los lugares comunes de la izquierda latinoamericana. Si, en términos políticos, algo me resultaba claro de la lectura de sus libros era su resignación a considerarse de izquierda. Y esa resignación, ya se sabe, micrófono por delante, conlleva a la repetición de tonterías demasiado viejas, demasiado ensayadas, mientras el entrevistado mira al techo, o al reloj o a las piernas de la entrevistadora, cualquier cosa menos pensar en lo que dice, porque hace muchísimo que ciertas preguntas solo se pueden responder correctamente si no se piensan. O se piensan tanto que termina descubriéndose un sistema de razonamiento oblicuo: si se pregunta por Cuba, se responde con el embargo norteamericano; si por Hugo Chávez se desvía la conversación hacia Pinochet; si se pide una comparación entre Brasil y Argentina, se habla de Maradona y Pelé. Y si se trata de decidir quién ha sido el mejor futbolista del mundo, entonces, en aras de la unidad latinoamericana, se contesta encomiando las virtudes del Che Guevara en el cabeceo y el juego colectivo.

Ah, pero no somos dueños de nuestras preocupaciones como mismo no lo somos de nuestro destino: un día, hace ya algunos años, mientras enseñaba la noveleta *Estrella distante*, mis estudiantes me obligaron a pensar en la política de Bolaño. (Algo condiciona a los estudiantes norteamericanos a exigirle una intención política a los textos de cualquier escritor de América Latina, so pena de no entenderlo. No es su culpa, como tampoco son responsables de la noción de que Latinoamérica está compuesta únicamente de guerrilleros, ejército, paramilitares, políticos, narcotraficantes y sus víctimas correspondientes. Ahora que lo pienso, mis estudiantes de alguna manera llevan razón: América Latina es un continente de víctimas y verdugos que, a cada rato, intercambian los papeles como si no hubiera más opciones. Aunque en estos tiempos, de poder escoger, todos se pelearían a muerte por ser víctimas). Así que, en vez de hablar de las relaciones entre la estética y la violencia, tuvimos que "retroceder" hacia una lectura política de la novela de Bolaño. No fue difícil ver entonces en la figura de Carlos Wieder, poeta-asesino al servicio del régimen de Pinochet, una condensación de los rasgos que comparten los radicalismos de izquierda y de derecha, sus instintos comunes: el ansia de absoluto —social o espiritual—, el desprecio por la vida humana, y una intensa estilización de la violencia, que convierte a las revoluciones en la encarnación de la poesía en la historia y determina que las guitarras se toquen con las mismas manos de matar.

No es casual que Bolaño haya escogido al poeta Raúl Zurita, reconocido poeta chileno de clara filiación de izquierdas, para modelar a su pinochetista Carlos Wieder. El performance "La vida nueva", en el que el poeta Zurita hizo que cinco aviones trazaran en los cielos de Nueva York versos en español como "MI DIOS ES HAMBRE", "MI DIOS ES CÁNCER" guarda un parecido intenso con el de Carlos Wieder volando sobre el cielo de Concepción en un avión con el que traza en latín los primeros versículos del Génesis bíblico. O luego, cuando Wieder escribe por los mismos medios frases como "LA MUERTE ES AMISTAD", "LA MUERTE ES CRECIMIENTO", "LA MUERTE ES LIMPIEZA". El Carlos Weider de *Estrella distante* es la sustanciación del principio en el que se fundan las vanguardias políticas y estéticas más radicales: eliminar, junto a todo lastre del pasado, cualquier diferencia entre vida y poesía. Hacer de ambas una y la misma mientras se desprecian los reclamos vulgares de la realidad.

Ante tanta simetría, causa pena el esfuerzo que se toma la crítica Chiara Bolognese en distanciar a Wieder de Zurita, diciendo que mientras "Wieder se sirve de los versos […] para fortalecer la ideología pinochetista" en el caso de "Zurita se trata de una propuesta de resistencia". Tan ocupada está Bolognese en alejar los performances de Wieder y de Zurita —y en reconciliar a Zurita con el inventor de Carlos Wieder— que no se pregunta por qué Bolaño fue a buscar el modelo de su poeta fascista en la orilla ideológica contraria. No se lo pregunta, aunque la respuesta es fácil de imaginar: era la manera que usó Bolaño para insinuar que las diferencias ideológicas y políticas son pura circunstancia. Que basta que estas cambien para que los perseguidos se conviertan en perseguidores tan feroces como los que los precedieron.

También es lógico pensar que, por mucho que buscara, Bolaño no encontraría un modelo similar a Carlos Wieder en la derecha política o poética latinoamericanas. Al menos no después de la derrota del nazismo en Europa, cuando la derecha, sin perder su ferocidad, se hizo más pragmática, menos ideológica y espectacular. Menos poética. Es el propio Bolaño quien me evita extenderme en especulaciones. Al hablar sobre *La literatura nazi en América*, libro en el que por primera vez se cuenta la historia del poeta asesino de *Estrella distante* —aunque presentado con el nombre de Carlos Ramírez Hoffman— el autor dice sin ambigüedad: "En *La literatura nazi en América*, yo cojo el mundo de la ultraderecha, pero muchas veces, en realidad, de lo que hablo ahí es de la izquierda. Cojo la imagen más fácil de ser caricaturizada para hablar de otra cosa. Cuando hablo de los escritores nazis de América, en realidad estoy hablando del mundo a veces heroico, y muchas veces canalla de la literatura en general".

La recreación de la casi inexistente literatura nazi del Nuevo Mundo obliga a encontrar esas mismas constantes en la literatura realmente existente, una literatura a la que el cambio de signo ideológico no le evita miserias similares a las de las biografías inventadas por Bolaño. Es el modo alevoso que encuentra el novelista para hacernos evidente la irrelevancia del signo político frente a lo decisivo de la intensidad de las convicciones y el grado de escrúpulo con que se asuman. Bolaño sabía de lo que hablaba. Como cuando recordaba los días que pasó "en El Salvador con los que serían los directores del Frente Farabundo Martí, dos o tres años mayores que yo. Unos auténticos criminales que se decían poetas" y que entre otras hazañas se encargarían de ejecutar al poeta Roque Dalton mientras dormía. Al gesto de los asesinos enmascarándose tras la poesía corresponde Bolaño delatando el costado criminal de la literatura.

Pero *Estrella distante* —sospecho mientras acudo al sistema más policial que literario de revisar la ficha del autor, sus antecedentes, las declaraciones que hizo sin el consejo de su abogado— está encaminada también a ajustar cuentas con el Bolaño que escribía en el *Manifiesto infrarrealista*: "Nuestra ética es la Revolución, nuestra estética la Vida: una-sola-cosa". Se trata de un subversivo lugar común de una época en que Latinoamérica se hallaba en su fase mágica: una edad en que parecían indistinguibles la profesión de poeta y la de guerrillero, o el peso de la palabra y el de la realidad. Tiempos en que se le exigía a los hechos que se plegaran a las abstracciones del materialismo histórico.

Sería banal insistir en esos textos de Bolaño atiborrados de tópicos, si su obra posterior no pudiera verse como el examen de una época que recetaba revoluciones para cada malestar de la condición humana; si libros como *La literatura nazi en América*, *Estrella distante*, *Los detectives salvajes* o hasta *2666* no pudieran entenderse también como una personal cura de desintoxicación contra ese opio que permitía asesinar en nombre del pueblo a Roque Dalton, o impelía al propio Bolaño a masacrar la ortografía en nombre de un futuro mejor:

Cortinas de agua, cemento o lata, separan una maquinaria cultural, a la que lo mismo le da servir de conciencia o culo de la clase dominante, de un acontecer cultural vivo, fregado, en constante muerte y nacimiento, ignorante de gran parte de la historia y las bellas artes (creador cotidiano de su loquísima istoria y de su alucinante vellas hartes), cuerpo que por lo pronto experimenta en sí mismo sensaciones nuevas, producto de una época en que nos acercamos a 200 kph. al cagadero o a la revolución.

En libros como *La literatura nazi en América* debe leerse el examen del tiempo y los sueños compartidos con toda una generación para descubrirle su simetría invertida. Así también se comprenderá el esfuerzo del protagonista de *2666*, el ex soldado del ejército nazi Hans Reiter, por buscar reposo en la literatura bajo el seudónimo impermeable de Benno von Archimboldi. O los desencuentros poco literarios de Bolaño con la intelectualidad chilena, corroída por ese aburguesamiento culposo tan común en la más reciente izquierda.

Más allá de lo insondable que pueda ser una literatura intensa y desmedida como la suya, el más básico de sus mensajes cifrados está dirigido hacia sus antiguos compañeros de generación e ideales, todavía atragantados de redentorismo de opereta, una opereta compuesta en estos días por cantautores o por regutoneros con conciencia de clase. Ese mensaje viene a ser el mismo con el que Carlos Wieder concluye su primer performance aéreo en el cielo de Concepción: "Aprendan". La lección a repasar es la caída en cámara lenta del Muro de Berlín, la de los muertos por la revolución continental, o de los vivos que en el interín perdieron, junto a su juventud, su cuota de ilusiones vitales. Bolaño repetía ese mensaje sin descanso, pero nunca con más claridad que al aceptar el Premio Rómulo Gallegos en 1999:

> en gran medida, todo lo que he escrito es una carta de amor o de despedida a mi propia generación, los que nacimos en la década del cincuenta y los que escogimos en un momento dado el ejercicio de la milicia, en este caso sería más correcto decir la militancia, y entregamos lo poco que teníamos, lo mucho que teníamos, que era nuestra juventud, a una causa que creímos la más generosa de las causas del mundo y que en cierta forma lo era, pero que en la realidad no lo era. De más está decir que luchamos a brazo partido, pero tuvimos jefes corruptos, líderes cobardes, un aparato de propaganda que era peor que una leprosería, luchamos por partidos que de haber vencido nos habrían enviado de inmediato a un campo de trabajos forzados, luchamos y pusimos toda nuestra generosidad en un ideal que hacía más de cincuenta años que estaba muerto, y algunos lo sabíamos, y cómo no lo íbamos a saber si habíamos leído a Trotski o éramos trotskistas, pero igual lo hicimos, porque fuimos estúpidos y generosos, como son los jóvenes, que todo lo entregan y no piden nada a cambio, y ahora de esos jóvenes ya no queda nada, los que no murieron en Bolivia murieron en Argentina o en Perú, y los que sobrevivieron se fueron a morir a Chile o a México, y a los que no mataron allí los mataron después en Nicaragua, en Colombia o en El Salvador. Toda Latinoamérica está sembrada con los huesos de estos jóvenes olvidados.

Parecería este un intento de rebajar la literatura de Bolaño a las pasiones o rencores más inmediatos de su autor, solo por el placer burdo de sentirlos afines, pero soy el primero en reconocer que tal afinidad es falsa. Cuando comencé a escribir en serio, hacía rato no me desvelaba la filiación de mis escritos. Ya me sabía demasiado sentimental como para ser aceptado por la derecha y lo bastante escarmentado para el uso conveniente de la izquierda. A Bolaño, en cambio, lo atormentaba el riesgo de serle infiel a sus inclinaciones ideológicas, inclinaciones que confundía con un persistente amor por el prójimo, mientras el prójimo tuviese el cuidado de no escribir mal. Bolaño reconocía que le hubiera gustado "ser un escritor político, de izquierda, claro está" y si algo lo había detenido era que

> los escritores políticos de izquierda me parecían infames. Si yo hubiera sido Robespierre, o no, mejor Danton, en una de esas los enviaba a la guillotina. Latinoamérica, entre sus muchas desgracias, también ha contado con un plantel de escritores de izquierda verdaderamente miserables. Quiero decir, miserables como escritores. Y ahora tiendo a pensar que también fueron miserables como hombres. Y probablemente miserables como amantes y esposos y como padres. Una desgracia. Trozos de mierda esparcidos por el destino para probar nuestro temple, supongo, porque si podíamos vivir y resistir esos libros, seguramente éramos capaces de resistirlo todo. En fin, no exageremos. El siglo veinte fue pródigo en escritores de izquierda, más que malos, perversos.

El abandono de Bolaño de la literatura como proyecto político se debió, si se atiende con cuidado a sus palabras, menos a sus deseos que a la conciencia angustiada de la inutilidad del esfuerzo. La misma convicción que le hizo preguntarse "¿cómo se va a reformular el discurso de izquierda si la izquierda, por ejemplo, sigue apoyando a Castro, que es lo más parecido que hay a un tirano bananero?".

Si algo me importa de la política de Roberto Bolaño no es su falsa afinidad ideológica con un escritor nacido bajo el tirano favorito de buena parte de la izquierda latinoamericana y disimulado con vergüenza por la otra parte, porque al final ese escritor —junto a sus pasiones y rencores— estará tan muerto como Bolaño lo está ahora y la literatura, por mucho que se alimente de fobias sublimadas, no es otra cosa que una desmoralizada pelea contra el tiempo y la muerte. Lo que me interesa aquí es la política de su proyecto literario. La política del poeta que alguna vez soñó transformar "el territorio de la Quimera y el Mito" y terminó siendo el prosista que dinamitó discretamente la literatura de la Quimera y el Mito.

Bolaño parece haber comprendido que toda la literatura significativa de Latinoamérica, incluida la del Boom —sobre todo ella— era literatura mitológica. Sofisticadísima y actualizada en los modos narrativos y, sin embargo, le adeudaba a su modernidad el cuestionamiento de los mitos que conformaban su tradición. El chileno debió de entender que de *El reino de este mundo* a *Rayuela*, de *Cien años de soledad* a *La guerra del fin del mundo* no se trataba de otra cosa que del recuento y exaltación de mitos históricos, culturales y sobre todo políticos. Mitos que a la altura de la mitad del siglo XX eran mitos de izquierda o reciclados por ella: el mito del Paraíso Reencontrado, el de la Revolución Definitiva (que era por supuesto una reedición del anterior), el del Continente Joven y Excepcional, el del Continente Desangrado y Violado por los Vampiros Internacionales Pero Esencialmente Inocente. Pero sobre todo el mito de que era posible y necesario que la Poesía fuera un modo de revolucionar el mundo y que la Revolución fuese la forma más alta de la Poesía y por tanto era legítimo que se permitiera los mismos propósitos y excesos. La literatura resultante, si no justificaba o reproducía estos mitos, los asumía como sobreentendidos indiscutibles. Una literatura a la que, por su aversión a desencantar el mundo, no cabía, usando el politizado vocabulario de Bolaño, llamarla de otro modo que reaccionaria.

La relación mágica de esta literatura con el mundo, pese a la modernidad de sus recursos narrativos, no la distinguía demasiado de las novelas de caballería. Como si Cervantes nunca hubiese escrito *El Quijote*, como si los tropiezos de la modernidad latinoamericana fuesen causados por el embrujo de un hechicero enemigo. Luego venía la descendencia más timorata del Boom que encontró en el lema de la postmodernidad una licencia para cazar quimeras y dragones sin parecer anacrónica. Bolaño, o cualquiera que no confunda la profesión de escritor con la de sacerdote laico, conjurador y cómplice de poderes que lo sobrepasan, sabía que la literatura latinoamericana necesitaba de unos cuantos Cervantes, desfacedores de los entuertos de los mitos, escritores que comprendieran que Don Quijote sin Sancho es pura antigualla, una armadura oxidada rellena de confusión. No es que dejen de aparecer discípulos de Cervantes, pero los críticos suelen confundirlos con molinos de viento o ya directamente —como ha ocurrido con Bolaño— con el mago Merlín.

La obra de Bolaño está poblada de Quijotes que asumen el mundo como mismo el Quijote original toleraba la realidad: como un campo de batalla. O, cuando a la realidad dura e impura, o a su propia conciencia de ella, les toca hacer el papel de Sancho, susurrará a sus oídos que el mito solo tiene sentido si se le reconoce como juego infinito, si no se le confunde con un programa político, con un plano ideal del mundo, si el escritor no se trastoca en fabulista ideológico frente a la reconfortante fogata del Estado, de las editoriales, de los medios, de las universidades, de espaldas a la realidad y al sueño.

A veces, como en *Estrella distante*, Sancho es el ex detective y vengador a sueldo Abel Romero, cuya ínsula Barataria es la empresa de pompas fúnebres que se comprará con lo que le paguen por matar al poeta asesino Carlos Wieder. Una empresa capitalista en la que tratará de complacer parcialmente el sueño de la igualdad social: "un entierro de burgueses para la pequeña burguesía y un entierro de pequeños burgueses para el proletariado" porque "ahí está el secreto de todo, no solo de las empresas de pompas fúnebres, ¡de la vida en general! Tratar bien a los deudos […] hacerles notar la cordialidad, la clase, la superioridad moral de cualquier fiambre".

A veces Bolaño ni siquiera necesita de Sancho porque su Quijote de turno se desdobla mágicamente en Alfonso Quijano, como en el caso de Juan Stein, de quien el narrador de *Estrella distante* se entera que ha participado en sucesivas empresas guerreras en Nicaragua, Angola y El Salvador, para que al final otro amigo descubra confusamente la posibilidad de que Stein, profesor solterón, haya muerto sin salir nunca de Chile. O es el Ojo Silva, del cuento homónimo quien desde la India le confiesa por teléfono a un amigo que ha fracasado en la empresa de salvar una brevísima porción de humanidad en la forma de dos niños y que, anegado en lágrimas, le pide dinero para el pasaje de vuelta a Europa.

Para cuestionarse la literatura latinoamericana que servilmente asume los mitos que alguna vez le dieron sentido, Roberto Bolaño recurre al viejo truco del anacronismo. Lanza a sus personajes al cumplimiento de aquellos viejos mitos de la purificación y redención continentales con el objetivo de ponerlos a prueba, de exprimirles toda la verdad y el horror que todavía puedan contener y les hace decir como a Felipe Muller en *Los detectives salvajes* que "Si al infinito, uno añade más infinito, el resultado es infinito. Si uno junta lo sublime con lo siniestro, el resultado es siniestro".

De los experimentos de la Poesía que se adentra en la Materia y en la Historia sale la monstruosa exposición de fotografías de cuerpos torturados que ofrece Carlos Wieder o los rituales de la secta de los Escritores Bárbaros que "humanizan" textos clásicos defecándose, masturbándose u orinándose sobre ellos hasta llegar a su "asimilación real" exponiéndolos a "una cercanía corporal que rompía todas las barreras impuestas por la cultura, la academia y la técnica".

Si hay alguna dificultad en ver allí una parodia de los procedimientos encaminados a crear una cultura proletaria a mediados del siglo pasado, es porque hemos preferido olvidar aquellos proyectos como si se tratara de un mal sueño, una pretensión ridícula de adolescentes pobres en los pasillos de las universidades públicas y en cafeterías inundadas de moscas. No los olvidó Bolaño, quien vio en aquellos absurdos la fuente del vacío actual del discurso político y literario latinoamericano. Bolaño se permite criticar esa realidad, cubierta de mitos enquistados, sin renunciar a la épica porque, parafraseando a Octavio Paz, no existe literatura sin héroes en los que reconocerse. De ahí la predilección de Bolaño por los poetas olvidados y por los detectives, seres ocupados en profesiones con dosis semejantes de violencia y misterio.

No obstante, la principal lección de la escritura de Bolaño —si es que cabe tal pretensión en una obra de por sí ambiciosa— es sospechar no solo de los mitos latinoamericanos, sino también de la realidad que se ha asentado sobre ellos, la sospecha de que los primeros y la segunda son tan obsoletos como la literatura que engendran. En fin, la lección de que una literatura moderna (o posmoderna ya que estamos ahí) consiste no en destruir los mitos previos sino en abrirse camino en medio de ellos hasta encontrar un claro donde levantar otros nuevos, tan ilusorios como los anteriores, pero cada vez más íntimos e irremplazables.

La principal virtud de Bolaño, sin embargo, es menos literaria que ética. Consiste en el valor, como lo define el propio escritor, de "abrir los ojos en la oscuridad, en esos territorios en los que nadie se atreve a entrar". Es el valor que se necesita para enfrentar dogmas convertidos en paisaje, exquisitamente conservados por la cobardía, la pereza mental y la frivolidad. Porque para Bolaño, el escritor en América Latina, como en cualquier parte, solo tiene sentido si se reconoce como un samurái que pelea contra un monstruo que lo destruirá, pero aun así sale a pelear, en lugar de pactar con el monstruo la coreografía de un falso enfrentamiento. Un guerrero que asume, como Cervantes y tantos otros, que su oficio comienza y termina con el reconocimiento de la soledad y la derrota y en el que, por esa misma razón, cualquier patetismo sobra.

(2015)

Nitrógeno y mangostas:
Cortázar y la Revolución cubana

Bajo el notorio influjo de Borges he imaginado este argumento que posiblemente no escribiré porque no alcanza a justificar mis tardes. Faltan pormenores, rectificaciones, ajustes; hay zonas de la historia que no me fueron reveladas aún; hoy, 8 de agosto del 2014, la vislumbro así.

Un escritor, entusiasta admirador de una revolución triunfante, digamos la de la Francia de Robespierre, la Rusia de Lenin, o la China de Mao, ha sido invitado a conocerla en carne propia, por así decirlo. O tal vez ni siquiera se trate de la primera visita, sino de una de tantas en las que viaja para confirmar y enriquecer su devoción, puesta a prueba por los rumores que propala la prensa burguesa. "Más que nunca me interesa darme una vuelta —le confiesa a un colega—, hablar con los amigos de la Casa, y hacerme una idea más clara de algunas cosas" (*Cartas* 344).

Digamos, para comodidad narrativa, que se trata de un viaje a la Cuba de Fidel Castro, entre los últimos días de 1966 y finales de enero del siguiente año, y el escritor —que bien se pudiera llamar Juan, Pedro o Gabriel— se llama Julio y es argentino. Julio Cortázar, para que la aspereza del apellido vasco equilibre la blandura de su oficio. Luego de un largo silencio epistolar —el escritor suele llevar una correspondencia intensa y compulsiva— que se corresponde más o menos con los días que pasa en Cuba, Cortázar emerge nuevamente en sus cartas con no menor entusiasmo que el que lo impulsó a hacer el viaje. "Volví contento porque creo que los males están infinitamente por debajo de los bienes, y que aquello sigue adelante como un torrente" (375) le escribirá al mismo colega al que le ha manifestado sus preocupaciones antes del viaje y al que por comodidades narrativas lo llamaremos Mario Vargas. Mario Vargas Llosa, para que la elegancia del apellido materno compense la vulgaridad del paterno. "Aquello" que avanza como un torrente es, por supuesto, la Revolución Cubana.

El entusiasmo del escritor por la Revolución no se apagará ni en los momentos más difíciles cuando, años después, un grupo de colegas se distancien del Gobierno Revolucionario a raíz de la prisión de cierto poeta cuyo nombre no viene al caso. Luego del breve desliz de pedir cuentas por el poeta encarcelado, Cortázar se mantendrá como uno de los ejemplos más hermosos de compromiso intelectual con esa y otras revoluciones latinoamericanas, hasta su muerte en 1984.

El narrador de esta historia es un crítico contemporáneo nuestro, alguien dedicado a estudiar la obra de un escritor del que le atraen sus muchas confirmaciones de que la invención de misterios simétricos y sorprendentes no anula la capacidad de entregarse a una causa hermosa, que la amoralidad del oficio literario no exime de ciertos compromisos con la realidad. El propio estudioso se llama Julio, ya que su nombre fue decidido por la devoción con que su madre leía al autor que ahora se siente predestinado a estudiar.

A Julio Mestre, nuestro investigador, desde hace tiempo lo atormenta su incapacidad para explicar uno de los cuentos del escritor, redactado aproximadamente por los días de aquel viaje a la isla. El relato se llama "Con legítimo orgullo" y aparecerá meses después en *La vuelta al día en ochenta mundos*, un libro que trae, justo en las páginas que suceden al relato, una decidida defensa de la obra de un escritor cubano al que por comodidad narrativa llamaremos José Lezama Lima. (Comentemos incidentalmente que la aparición previa de dicha defensa en una revista del país "causó sensación en Cuba en momentos en que Lezama era objeto de duros ataques por razones de 'obscenidad'; me alegré de que el azar (¿) — le escribirá a su amigo editor mexicano— me hubiera llevado a escribir inocentemente ese trabajo en un momento en que caía tan a tiempo para enderezar las cosas" (377)).

El relato que inquieta a nuestro crítico —y el que, por cierto, no está incluido en la edición de Alfaguara de sus *Cuentos completos*— cuenta en la primera persona del plural, la historia de un país consagrado a un extraño ritual: cada noviembre todos sus pobladores se entregan a la recogida de hojas secas, solo que en lugar de recogerlas directamente utilizan para ello mangostas, luego de rociar previamente las hojas caídas con extracto de serpiente. Poco a poco nos enteraremos de cómo están repartidas las funciones entre la población: a los niños que "son los que más se divierten (…) los destinan a diversas tareas livianas, pero sobre todo a vigilar el comportamiento de las mangostas". Por su parte a "los viejos se les confían las pistolas de aire comprimido con las que se pulveriza la esencia de serpiente sobre las hojas secas". A "los adultos nos toca el trabajo más pesado, puesto que, además de dirigir a las mangostas, debemos llenar las bolsas de arpillera con las hojas secas que han recogido las mangostas, y llevarlas a hombros hasta los camiones municipales" (*La vuelta* 130).

Sin embargo, no es hasta el final que se revela quiénes son los encargados de una misión decisiva y peligrosísima: la de cazar las serpientes en las temibles expediciones a las "selvas del norte". A ellas se destinan los que no cumplen con las normas de recolección de hojas secas, los que piden que se pulverice el extracto de serpiente con más cuidado y los que incurren en cualquier otra falta menor casi siempre relacionada con el ejercicio de la crítica o de la simple curiosidad. Aunque tampoco ser reclutado para tales expediciones puede verse como un castigo, nos advierte el narrador de "Con legítimo orgullo": "llegado el caso —nos instruye—, reconocemos que se trata de una costumbre tan natural como la campaña misma, y no se nos ocurriría protestar" (130).

Nuestro narrador, Julio Mestre, comprueba que los escasos análisis de ese cuento por parte de otros estudiosos son vagos y esquemáticos. Se identifican los absurdos esfuerzos que recoge el relato con la funcionalidad del mito "como formalización de esas invariantes arquetípicas" que "implica ya un principio de orden y, por tanto, una racionalización, aunque, como ya hemos dicho, su componente es esencialmente irracional" (Huici 414). De esta manera, por ejemplo, se concluye que

> En el cuento "Con legítimo orgullo" el poder impone el cumplimiento de cierto ritual (recoger las hojas

secas del cementerio) que implica el sometimiento del pueblo a una atroz circularidad, típica del mito y el rito, que lo inmoviliza y lo aturde y que no se cuestiona porque ni siquiera se percibe. Por eso el ritual se cumple con legítimo orgullo. (414)

Hay algo que, sin embargo, no convence a Julio Mestre, y es que el otro Julio, su admirado autor, se conformase con escribir una fabulita limitada a satirizar el empecinamiento de la humanidad en generar ciertos rituales absurdos. ¡Como si no se hubiese hecho tantas veces antes! Llegado a este punto, Julio, el estudioso, empieza a convencerse de que el enigma rebasa lo puramente fantástico y a sospechar que se encuentra frente a una alegoría de cierta realidad concreta, política por más señas.

No sería la primera vez. Como todo cortazariano de bien recordaría, uno de los cuentos más conocidos y tempranos que publicara el autor es, entre muchas cosas, una crítica en clave a la pasividad de la sociedad argentina ante el ascenso del peronismo. Se titulaba "Casa tomada" y reproducía a nivel doméstico y familiar la actitud pusilánime de los argentinos no seducidos aún por Juan Domingo Perón, mientras veían que el país iba siendo dominado por una fuerza todopoderosa y turbiamente amenazadora. Ya se sabe que un cuento surge "sin razón alguna, sin preaviso, sin el aura de los epilépticos, sin la crispación que precede a las grandes jaquecas, sin nada que le dé tiempo a apretar los dientes y a respirar hondo" y que de pronto el autor debe enfrentarse a "una masa informe sin palabras ni caras ni principio ni fin pero ya un cuento, algo que solamente puede ser un cuento" ("Del cuento" 72).

No es el carácter cíclico, repetitivo, de "Con legítimo orgullo", sino la manera absurda en que se teje la trama (mangostas-recolectoras de hojas-rociadas con extracto de serpientes-cazadas en remotas expediciones) lo que invita a Julio Mestre a darle espacio concreto de nacimiento a ese prodigio de imaginación. Hay en ese tono falsamente triunfal de "Con legítimo orgullo", en su miedo soterrado a la autoridad, en la movilización estatal de todo un país hacia un objetivo común, pero difícilmente comprensible a primera vista, cierto perfil definido que no es reconocible en el continente más que en ciertos momentos de la Historia cubana.

Nuestro Julio suda frío. ¿Acaso podría concebirse semejante hipocresía en su autor favorito? ¿Es posible que escribiera una burla tan artera y minuciosa en los mismos días en que le escribe a una amiga cubana: "no es fácil salir de tu país […] me llevará mucho tiempo adaptarme nuevamente a la vida francesa, cortés y fría, correcta e indiferente"? (*Cartas* 371). Julio Mestre piensa en la famosa Zafra de los Diez Millones que movilizó a toda la población de la isla para producir aquella cantidad de toneladas de azúcar y sacar de una vez el país de la asfixia del subdesarrollo. Comprueba las fechas y suspira aliviado. "La vuelta al día en ochenta mundos" apareció publicado tres años antes que el proyecto que trascendió justo por no alcanzar la meta que anunciaba en su título. De manera que el cuento no puede referirse a la magna cosecha más que como profecía, género quizás aceptable en el Vaticano, pero no en los departamentos de literatura.

No obstante, siguen incomodando a nuestro crítico esas expresiones colectivas del miedo discreto y la adulación desvergonzada como "La generosidad de nuestras autoridades no tiene límites" que solo fructifican con tal desparpajo en los estados totalitarios. Encima están las alusiones a labores no retribuidas que en Cuba llaman "trabajo voluntario": "Los adultos dedicamos cinco horas diarias a recoger las hojas secas, antes o después de cumplir nuestro horario de trabajo en la administración o en el comercio" (*La vuelta* 131).

Con desgano, pero sin plantearse siquiera la posibilidad de renunciar a su búsqueda —porque la honradez de nuestro investigador es asunto serio—, Julio Mestre recorre el epistolario del escritor durante los meses que precedieron a la salida del libro que incluye "Con legítimo orgullo". En una carta a su editor mexicano Cortázar comenta que

> La verdad es que, a pesar de los infinitos problemas, los errores y la tensión entre los sectarios y los fidelistas, siempre latente y a veces operante, Cuba sigue adelante de una manera admirable. Cada vez sé más que es el único país latinoamericano que ha asumido su historia, su destino, suena a frase, pero allí es una vivencia permanente y bien que se nota en la gente, en los libros, en la música. Estuvimos nueve horas corridas con Fidel, que es realmente un caballo, como le llaman cariñosamente sus compatriotas; ese hombre es sobrehumano, y nos dejó a todos literalmente pulverizados. (*Cartas* 377)

A nuestro Julio se le hincha el pecho y descubre a continuación que el otro Julio había asistido a un discurso de aquel a quien llaman el Caballo. En el discurso que menciona el escritor, el del 2 de enero de 1967, el líder de la Revolución Cubana no se limita a saludar "al comandante Guevara, allí donde esté" (377) o a la más bien aburrida exaltación de los logros económicos de su gobierno. En algún momento, cuando se refiere a los planes agrícolas, el estudioso cree hallar la misma desmesura, la misma lógica de lo irracional que se observa en el relato "Con legítimo orgullo". La activa participación de niños y ancianos en la recogida de hojas secas del cuento es reemplazada en el discurso por la de las mujeres en la recogida de café —porque los hombres están empeñados en tareas aparentemente más duras como es el cultivo y la cosecha de la caña de azúcar— y el extracto de serpiente del cuento es el equivalente de los fertilizantes en el discurso. De ese fertilizante a base de nitrógeno, el líder revolucionario anuncia: "para 1971 aproximadamente, o 1972, estaremos aplicando a nuestra agricultura más nitrógeno que el total de nitrógeno que aplica hoy día a su agricultura uno de los países agrícolamente más desarrollados de Europa, que es Francia, con una población como de siete veces más habitantes que nosotros" (Castro). Las movilizaciones de la población son tan desmesuradas como las que aparecen en "Con legítimo orgullo". Y no menos militarizadas. Porque para los incontables planes que esboza el líder

necesitamos mucha fuerza de trabajo. Y los soldados están participando cada vez más; los compañeros de la fuerza aérea serán responsables de fertilizar unas 70 000 caballerías de caña en avión con nitrógeno; los compañeros de ingeniería del ejército están haciendo ahora los caminos de Las Villas, están incluso ayudando con sus equipos durante esta sequía a desbrozar terreno. Ya el año que viene tendremos más equipos, los equipos de fortificaciones seguirán en fortificaciones; pero ahora los equipos de fortificaciones de las fuerzas armadas han estado en la agricultura también haciendo caminos y desbrozando terrenos. (Castro)

La obsesión azucarera —que los líderes revolucionarios ridiculizaban en un texto de Sartre bien conocido por Cortázar, "Huracán sobre el azúcar"— ha sido retomada por esos mismos líderes con la misma urgencia y fatalismo con que se afronta la recogida de hojas secas en "Con legítimo orgullo". Solo que la voz narrativa del cuento —ese "nosotros" recurrente— no es la del discurso del poder que se quiere confundir en la supuesta voz de la multitud. Es un "nosotros" cuyo "legítimo orgullo" apenas puede disimular el terror al que se siente expuesto. "[E]stamos convencidos de que a nadie se le ocurriría que puede dejar de recogerla" (*La vuelta* 131) dice esa voz atemorizada en algún momento del relato. "[S]ólo un loco osaría poner en duda la utilidad de la campaña y la forma en que se la lleva a cabo" dice en otro. No hay que tener demasiada imaginación para reconocer en esas frases la voz de un pueblo, empezando por sus intelectuales, sometido a partes variables de entusiasmo y terror. "[R]ecuerdo que te ibas a practicar filología entre los guajiros y a desmantelar cañaverales" (*Cartas* 369) le comenta Cortázar en carta a su amigo Roberto Fernández Retamar, aludiendo a un absurdo que recuerda los de "Con legítimo orgullo".

Las aterradas palabras del cuento son el espejo —o sea, exacto pero invertido— de otras dichas en el discurso del Máximo Líder del 2 de enero de 1967:

> [N]adie podrá pretender que un grupo de hombres desde el poder le imponemos esta política —que entraña riesgos— a nuestro pueblo, sino que un grupo de hombres, sólidamente integrados con el pueblo, los dirigentes de la Revolución absolutamente identificados

con el pueblo, interpretan los sentimientos, la voluntad y la conciencia de ese pueblo" (Castro).

Se trata de reproducir el sistema de imponer a un pueblo una norma de conducta como si surgiese de su propia voluntad.

Nuestro investigador se siente abrumado. Una vez reconocido su parentesco, las similitudes entre el cuento y el discurso saltan por doquier. ¿Qué hacer entonces con tanto compromiso ejemplar de Cortázar? ¿Con la "Policrítica a la hora de los chacales"? ¿Con "Reunión"? ¿Con *El libro de Manuel*? Pero, sobre todo: ¿por qué Cortázar habrá escrito ese texto que ahora se le antoja taimado en lugar de una crítica franca, abierta y constructiva? Pero ni siquiera nuestro candoroso investigador se hace ilusiones al respecto. En 1970, cuando Cortázar insistía en hacerse ilusiones sobre su propia libertad, un comisario de ocasión le leería públicamente la cartilla. "Cuando una sociedad está en vías de construcción [...] las palabras [...] se vuelven rigurosamente significantes" le advierte. Y le recuerda que "dentro y fuera de la revolución, participantes o espectadores de ella, no podemos seguir permitiéndonos la vieja libertad de escindir al escritor entre ese ser atormentado y milagroso que crea y el hombre que, ingenua o perversamente, está dándole la razón al lobo" (Collazos 37).

Todo esto el escritor lo debería saber desde mucho antes, por mucho que se resistiera a aceptarlo. Pero ser tan cauto y astuto conspiraba contra la inocencia con la que el escritor quería dotar su entrega a la causa. Si escribió y publicó "Con legítimo orgullo" es porque le era absolutamente necesario. ¿Para qué? Pues para decir algo nuevo y distinto, piensa nuestro Julio. Solo eso bastaría para justificar el texto. "Y ahí es donde yerran la mayoría de los críticos", sigue pensando Julio Mestre, esos que asumen que lo que aborda "Con legítimo orgullo" es la reproducción de los patrones inmemoriales del mito.

Lo que deslumbrará a Cortázar en el caso cubano —piensa Mestre— no es la supervivencia de los antiguos patrones sino el veloz enquistamiento de los nuevos, algo que también sorprende a Fidel Castro en el discurso ya mentado: "Y es para nosotros una gran suerte que nuestro pueblo, en solo ocho años, haya adquirido esta conciencia" (Castro) dice. Y cuando trata de buscarle una explicación a tanto entusiasmo se encuentra que, al no contar con el miedo que insinúa Cortázar como origen del "legítimo orgullo", el líder de la Revolución no puede responder más que con meros retruécanos: "¿Por qué el entusiasmo no decae al cabo de estos ocho años? Porque lejos de decaer —y esto es lo más impresionante y alentador de nuestro proceso revolucionario— ¡cada año que pasa, en vez de disminuir el interés, el entusiasmo y el fervor revolucionario, crecen!" (Castro). La conciencia a la que se refiere el orador es la fraguada al calor de la revolución en reemplazo de la conciencia anterior. Una nueva conciencia que es capaz de renunciar a rituales tan arraigados como la celebración de la Navidad: "Y por eso, en estos días, decenas de barcos con sus tripulantes —se calcula unos 2 000— han pasado esta Nochebuena y este fin de año pescando en los océanos (APLAUSOS). Mas no solo pescando, sino pescando con qué espíritu, con qué fervor, con qué *orgullo*, con qué conciencia revolucionaria" (Castro).

Ocho años le han bastado a la realidad cubana para que sus rituales absurdos resulten —como se dice en

"Con legítimo orgullo"— "tan naturales que solo muy pocas veces y con gran esfuerzo volvemos a hacernos las preguntas que nuestros padres contestaban severamente en nuestra infancia" (*La vuelta* 130). Ocho años son suficientes para que los jóvenes con que Cortázar debió haberse encontrado pudieran decir como en su cuento: "hemos crecido en una época en que ya todo estaba establecido y codificado" (130). Incluso un joven tan cuestionador como el Reinaldo Arenas de 1969 reconocerá que "Mi obra, quiéralo o no, propóngamelo o no, está en relación con la Revolución". (Arenas 99)

Lo que parece decirnos Cortázar, piensa nuestro estudioso, es que la clave de tales absurdos, más que en la inercia del tiempo y las costumbres, radica en que alguna fuerza —ya sea la de la fe o la del miedo— anule toda inquietud crítica. Y esa fuerza puede provenir del temor que inspiran las expediciones a las selvas del norte de "Con legítimo orgullo" o en los muy reales y cubanos campos de concentración conocidos como UMAP, de los que ya Cortázar tenía noticias. "¿[S]e escribe así?" le pregunta a su corresponsal cubana cuando de pasada menciona "el problema de las UMAP" (*Cartas* 371). Lo pregunta como si solo retuviera el sonido de aquellas siglas terribles y no su significado porque, como dice el narrador de "Con legítimo orgullo", "De las expediciones a las selvas se habla poco entre nosotros, y los que regresan están obligados a callar por un juramento del que apenas tenemos noticia" (*La vuelta* 132).

No obstante, el narrador del cuento se apresurará a aclarar que "[e]stamos convencidos de que nuestras autoridades procuran evitarnos toda preocupación referente a las expediciones a las selvas del norte, pero desgraciadamente nadie puede cerrar los ojos a las bajas"

(132). Porque las bajas, esas ausencias que fomentan el terror que recorre el cuento son, al mismo tiempo, fuente de su insistente entusiasmo. Las bajas crecen, el cementerio debe ser ampliado y, entre la profusión de tumbas y de hojas, cada vez es más difícil dar con la tumba correcta, pero "en cierto modo nos alegra haber tropezado con tantas dificultades para encontrar las tumbas porque eso prueba la utilidad de la campaña que va a comenzar a la mañana siguiente" (*La vuelta* 133).

Nuestro investigador emerge de estas constataciones extrañamente orgulloso. Sabe que será menos difícil explicar su hallazgo que conseguir que sea aceptado. Incluso cuando en la obra de Cortázar sean numerosas las alusiones a la libertad de crítica en medio del compromiso. "Hay cosas que no puedo tragar en una marcha hacia la luz" ("Policrítica" 35) se atreve a decir en uno de sus textos más obedientes. Defender la autonomía de lo literario ya ha pasado de herejía a lugar común. Otro lugar común es que un texto apenas mencionado tenga más peso que toda una obra porque, al igual que ocurre con los contratos, en literatura, LA LETRA PEQUEÑA ES LO MÁS IMPORTANTE.

Pero justo ahí se detiene nuestro estudioso. Esta vez no se trata de reafirmar la capacidad subversiva del escritor. O de ver la ficción como el espacio donde decimos con mayor o menor claridad lo que nunca nos confesaremos a nosotros mismos. Después de todo, llegar a esas conclusiones no haría más que reavivar el interés por Cortázar. Lo tremendo será que en lo adelante él, Julio Mestre, será visto como un revisionista de la peor especie, como un reaccionario que pretende denunciar una extendida complacencia en la lectura de viejos clásicos latinoamericanos. Ese es el momento en que Mestre cae en cuenta que su descubrimiento no es demasiado revelador y que los detalles que convierten "Con legítimo orgullo" en una sátira de los rituales (im)productivos de la isla de Fidel fueron intercalados para que los académicos del porvenir, incluso sin ser demasiado avispados, dieran con la verdad. El crítico comprende que ellos también forman parte de la trama de Cortázar, que es la del romance con esa cosa que siguen llamando, para que no se note su olor a rancio, Revolución Cubana. Al cabo de tenaces cavilaciones, Julio Mestre resuelve silenciar el descubrimiento y publicar un libro dedicado a la comprometida gloria del escritor. También eso, tal vez, estaba previsto.

(2014)

Bibliografía

Arenas, Reinaldo. *Libro de Arenas. Prosa dispersa. (1965-1990)*. Compilación prólogo y notas de Nivia Montenegro y Enrico Mario Santí. México DF: DGE Equilibrista y CONACULTA, 2013.

Castro, Fidel. "Discurso pronunciado por el Comandante Fidel Castro Ruz, Primer Secretario del Comité Central del Partido Comunista de Cuba y Primer Ministro del Gobierno Revolucionario, en el desfile militar y concentración efectuados en la Plaza de la Revolución, con motivo del VIII aniversario de la Revolución, el 2 de enero de 1967". Departamento de versiones taquigráficas del Gobierno Revolucionario. http://www.cuba.cu/gobierno/discursos/1967/esp/f020167e.html

Collazos, Oscar, Julio Cortázar y Mario Vargas Llosa. *Literatura en la revolución y revolución en la literatura (polémica)*. México D.F.: Siglo XXI Editores, 1970.

Cortázar, Julio. "Del cuento breve y sus alrededores". *Último round*. México D.F.: Siglo XXI Editores, 1969.

_____. "Policrítica a la hora de los chacales", *Cuadernos de Marcha*, 1971, No. 49, pp. 33-36.

_____. *La vuelta al día en ochenta mundos*. México D.F.: Editorial RM, 2010.

_____. *Cartas 1965-1967*. Edición a cargo de Aurora Bernárdez y Carles Álvarez Garriga. Buenos Aires: Alfaguara S.A. de Ediciones, 2012.

Huici, Norman Adrián. "El mito y su crítica en la narrativa de Julio Cortázar". *Cauce. Revista de Filología y su didáctica*. Números 14-15, (1991-1992), pp. 403-417.

Tomando distancia:
La literatura como exilio

a Juan Carlos Quintero-Herencia,
viejo compinche

Luego de decirle a Juan Carlos Quintero Herencia cuál sería el tema de mi conferencia, lo siguiente que hice fue arrepentirme. Evidentemente, había escogido un mal tema, y un mal tema es aquel que apenas invita a la discusión, como este, que casi se demuestra por sí mismo desde el título. No solo por la larga tradición de escritores exiliados que incluye a casi toda la literatura judía, que no es poco, y va de Ovidio a Dante, de Joseph Conrad a Kundera, y entre los que pueden encontrarse en el siglo pasado nombres tan ilustres como los de Thomas Mann, Hermann Broch, Witold Gombrowicz, Solzhenitsyn, Hemingway, Scott Fitzgerald, Henry Miller, Djuna Barnes, Czesław Miłosz, Nabókov, James Joyce, Samuel Beckett, Gabriel García Márquez, Alejo Carpentier, Guillermo Cabrera Infante, Mario Vargas Llosa y Julio Cortázar. Esta condición que veo como metáfora útil del hecho literario es definida por la Real Academia con una simpleza escalofriante: "Abandono de alguien de su patria, generalmente por motivos políticos". Prefiero la definición más abarcadora e imprecisa de Wikipedia que lo resume como "el estado de encontrarse lejos del lugar natural". Y la prefiero a la de la academia que limpia, fija y da esplendor, porque incluye un momento anterior a la política y las patrias.

Si nos remitimos al primer exilio que conoció la humanidad se hace todavía más clara la identidad entre este y el hecho literario: me refiero al que marcó la separación de nuestros rudimentarios antepasados respecto a la naturaleza, el exilio que rompió los lazos instintivos, biológicos, que ligaban al ser humano tanto a la naturaleza como al resto de sus congéneres. De esa ruptura y de la necesidad de repararla emergió todo lo que nos hace distintivamente humanos: la cultura, el lenguaje, los mitos, la conciencia de la vida y, sobre todo, la de la muerte. Decir que todo impulso literario surge de ese extrañamiento o de otros similares (extrañamiento de la patria, pero también del hogar, de la familia, de la raza, de la infancia, de ciertas inocencias y ciertas enseñanzas) es solo abundar en lo obvio.

Esa distancia de lo real que caracteriza al exilio metafórico del que hablo es lo que diferencia por ejemplo a la literatura del periodismo. Mientras el periodismo se define por su persecución de lo real, que es el conjunto de todo lo que sucede y dura, la literatura depende de la búsqueda de lo que permanece tras lo que sucede y dura. La verdad con la que lidia la literatura sin pretender que la confundan con ella es, como diría Octavio Paz, "el fondo del tiempo sin historia./ El peso del instante que no pesa".

La crítica, que en tan pocas cosas llega a acuerdos, ha llegado sin embargo al consenso de que el punto de vista del exilio ha sido fundamental en la definición de la literatura del siglo XX, que no por gusto es el siglo que con más detalle e insistencia segmentó el mundo y delimitó las fronteras nacionales. Mientras George Steiner declara que la literatura del siglo XX es extraterritorial, Morris Dickstein afirma que "El exilio es crucial para la escritura moderna, no solo porque muchas de sus figuras principales coinciden en haber abandonado sus hogares; ellos se fueron porque veían que la propia vida moderna estaba rota, dislocada, en discontinuidad con el pasado".

Por todas partes se insiste en lo ventajoso del punto de vista del exilio para producir literatura, en lo esencialmente literario de ese distanciamiento. El crítico palestino Edward Said afirmaba que ver el mundo entero como tierra extraña hace posible la originalidad de la visión, y citaba a un monje medieval —Hugo de San Víctor— quien prescribió que "El hombre que tiene una idea dulce de su patria es todavía un tierno principiante. Aquél para quien toda tierra es la suya ya es fuerte. Pero es perfecto el que ve el mundo entero como tierra extraña". A otro desterrado profesional, el polaco Witold Gombrowicz, le gustaba decir que en el exilio el escritor gana distancia y libertad espiritual.

Ante tanto consenso cabe preguntar: ¿Por qué entonces los aspirantes a escritores se empeñan en matricularse en talleres literarios y cursos de escritura creativa en lugar de exigirles a sus gobiernos que los destierren en bien de la literatura nacional? Sucede que las metáforas que benefician a la literatura como circunstancia cotidiana no favorecen a los escritores que, a diferencia del hombre perfecto que recomendaba Hugo de San Víctor, son imperfectamente humanos.

Porque el exilio real conlleva un extrañamiento no menos real, una agonía (cuya etimología griega remite a la emulación, la competencia, la lucha) y una insaciable nostalgia (del griego *nostos*, "regreso a casa", y *algos*, "dolor, sufrimiento").

Puede que en abstracto el exilio sea el punto de vista perfecto para la escritura, pero desde siempre ha estado asociado al dolor. Empezando con ese extrañamiento de la naturaleza que nos cuenta la Biblia en forma de fábula. Hablo de la expulsión de Adán y Eva del paraíso terrenal. Ese extrañamiento derivará en añoranza, y esa añoranza es la que fuerza a los seres humanos, no solo a producir literatura, sino a imaginar algún modo de regresar al paraíso, regreso que ha inspirado todas las utopías que se han producido hasta la fecha. No sorprende que fuera un pueblo definido por el exilio —me refiero al judío— el que creara, junto al mito del regreso, el más abrumador de los personajes literarios: Dios. Un dios único y omnipotente quiero decir. Pero también los judíos condicionaban su canto al dios omnipresente con el lugar en la tierra en el que se encontraran. Este discreto chantaje al creador aparece en el Libro de los Salmos, junto a una de las más desgarradoras definiciones de exilio que puedan concebirse:

> Junto a los ríos de Babilonia,
> nos sentábamos a llorar,
> acordándonos de Sión.
> En los sauces de las orillas
> teníamos colgadas nuestras cítaras.
> Allí nuestros carceleros
> nos pedían cantos,
> y nuestros opresores, alegría:
> "¡Canten para nosotros un canto de Sión!"

¿Cómo podíamos cantar un canto del Señor
en suelo extraño?
Si me olvidara de ti, Jerusalén,
que se paralice mi mano derecha;
que la lengua se me pegue al paladar
si no me acordara de ti,
si no pusiera a Jerusalén
por encima de todas mis alegrías.

Difícil expresar mejor la nostalgia: como una maldición autoimpuesta ante el temor al olvido, porque el olvido equivaldría a la pérdida del pacto en el que se funda el pueblo judío. Resulta una paradoja luminosa que la negación a entregarse al canto sea expuesta en forma poética. Aun así, el tono empleado es el de la queja. Como si alejado de Jerusalén el poeta no pudiese expresarse de otro modo. Como si ni el omnipresente Dios bastara para alegrarles el alma mientras estén lejos de su tierra. Estos versos hacen pensar que si el exilio como metáfora del extrañamiento es el punto de vista natural y necesario de la literatura, el exilio real del escritor no puede ser otra cosa que una redundancia un tanto ridícula, un incordio que provoca más traumas que los problemas que resuelve.

El exiliado concreto debe afrontar retos capaces de destruir cualquier pretensión literaria. Nos dice Emil Cioran que los escritores

[a]menazados por la enormidad del mundo [...] se aferran al pasado convulsivamente, se agarran desesperadamente a ellos mismos y quieren permanecer como ellos eran. Temen incluso el más mínimo cambio en ellos, pensando que entonces todo se derrumbará. Y finalmente se agarran convulsivamente a la única esperanza que les queda: la esperanza de recuperar la

patria. Pero ellos no saben cómo ser escritores sin su patria; o, con el fin de recuperarla, tienen que dejar de ser escritores o al menos escritores serios.

Otro desterrado, el premio Nobel Joseph Brodsky nos advierte que

> El escritor exiliado es un ser retrospectivo y retroactivo. Pero toda la maquinaria que edifica no es para acariciar o atrapar el pasado sino para demorar la llegada del presente. [...] El exilio hace más lenta la evolución estilística del escritor, lo hace ser más conservador. El estilo no es tanto el hombre sino los nervios del hombre, y, en conjunto, el exilio proporciona menos motivos de irritación para los nervios que la madre patria.

Ante este despliegue de nostalgias al que usualmente se asocia la palabra exilio, el escritor chileno Roberto Bolaño alguna vez presentó la más radical reserva:

> ¿Se puede tener nostalgia por la tierra en donde uno estuvo a punto de morir? ¿Se puede tener nostalgia de la pobreza, de la intolerancia, de la prepotencia, de la injusticia? La cantinela, entonada por latinoamericanos y también por escritores de otras zonas depauperadas o traumatizadas insiste en la nostalgia, en el regreso al país natal y a mí eso siempre me ha sonado a mentira.

Por lúcida que me suene esta objeción, por cerca que me sienta de ella, debo recordarle al chileno que los nacionalismos —de los cuáles los exilios son uno de sus subproductos más frecuentes— no solo son agresivos y rencorosos, sino también —en buena medida— masoquistas. Un masoquismo que solo se puede explicar racionalmente si tenemos en cuenta que el ansia humana por ser parte de algo suele superar la decencia zoológica de huir del sitio en el que has sido maltratado. Ya había advertido Erich Fromm en su clásico *El miedo a la libertad* que la necesidad de integrarse al mundo, de evitar el aislamiento, es tan imperativa como las necesidades fisiológicas. Algo parecido reconoció Simone Weil de un modo más poético al decir que "estar arraigado es quizás la más importante y menos reconocida necesidad del alma humana". De ahí que, pese a todas sus ventajas visibles, el exilio suele tener más de purgatorio que de paraíso.

El exilio se vive como un drama personal, pero también, en el caso de los que habitamos el Nuevo Mundo, como un trauma continental o como maldición nacional. Ya Jorge Luis Borges, ese anarquista tímido, se adelantó a decir que "los americanos tanto del Norte como del Sur, somos realmente europeos en el exilio". Se ha querido ver esto como una muestra más del eurocentrismo de Borges pero, por respeto a la sutileza de su pensamiento, prefiero pensar que no solo se refería al fetichismo americano hacia la cultura europea, sino también a la extrañeza que sienten los nativos de este continente por su propia realidad —no muy distinta, por otro lado, a la que sienten los europeos por la suya. Más que todo, Borges intentaba desmontar los nacionalismos americanos, recordándonos que hasta la misma idea de nacionalismo la habíamos tomado de otra parte. Ese es el gran drama de América Latina, además de la pobreza, las diferencias sociales, los autoritarismos y programas de televisión como *Sábado Gigante*: el drama de no saber imaginarnos como Nuevo Mundo. Imaginarnos como Nuevo Mundo no significa hacer tábula rasa de lo mejor de nuestra tradición, sino aprovechar las posibilidades de reinventarnos sin preocuparnos por buscar el camino de regreso al paraíso del que alguna vez nos creímos expulsados.

Dentro de ese continente exiliado, Cuba —el país en el que nací y del que puedo hablar con algo más de conocimiento y menos incomodidad— es un caso extremo. No solo porque de él también podría decirse que es un país compuesto por europeos y africanos en el exilio sino porque, al ser el último país de Hispanoamérica en alcanzar la independencia, su idea de Nación fue minuciosamente construida durante los largos exilios que la precedieron. Mucho antes de tener himno nacional, los cubanos tuvieron un famoso "Himno del desterrado" escrito por su pionero en exilios, el poeta y conspirador frustrado, José María Heredia.

Sin embargo, el haber crecido desde esa distancia y extrañeza no hizo al nacionalismo cubano menos desaforado. Más bien al contrario. De un tiempo a esta parte, los cubanos en la isla han redescubierto el adánico placer de convencerse de que el lugar que les tocó nacer los convierte por alguna extraña razón en seres superiores. Se convencen de que aprovechar la más mínima oportunidad para conseguirse el pasaporte de cualquier otro país no contradice su nacionalismo, porque a la soberbia nacionalista se le puede acusar de agresividad o masoquismo, pero nunca de coherencia.

No siempre fue así. Debemos recordar que desde 1959 hasta entrados los años 90 el nacionalismo cubano se tomó un descanso. Ser cubano —según el discurso oficial de aquellos años— no era importante por una cuestión estricta de nacimiento, sino porque te incluía en la masa selecta que marchaba a la vanguardia de la humanidad rumbo al comunismo. Cuando por razones que no vienen al caso dicha marcha se interrumpió, fue el nacionalismo el encargado de conferirle algún sentido a un Estado al que ya no le quedaban muchas ilusiones que ofrecer. Este nacionalismo de emergencia —contra toda expectativa— ha calado hondo en la conciencia del cubano, pese a su indigencia actual o, más bien, gracias a ella. Al fin y al cabo, ese orgullo infundado es todo lo que nos queda.

Con esto intento decir que reconocerse como exiliado en momentos en que la nación —con razón o sin ella— vive uno de sus éxtasis vanidosos, suena irremediablemente anacrónico. Si persisto en hacerlo —o más bien no reniego de esa etiqueta—, es menos por disfrutar el discreto encanto del anacronismo, que para aprovechar las discutibles ventajas que ofrece la condición de exiliado una vez que uno cree superar las desventajas. Porque si se aprovechan las lecciones de humildad que conlleva enfrentarse a la vastedad del mundo y a la insignificancia propia, ya vale la pena el viaje. Ser exiliado —y ejercerlo— también te evita preocuparte demasiado por un mundo que tiene todos los síntomas de irse a la mierda, y permite que te concentres en los problemas y las posibles soluciones de una isla que, por alguna razón, sigue importándote más que la realidad en la que vives, realidad que ya sabes que nunca vas a entender del todo. Y si, además, no tienes un temperamento nostálgico —como es mi caso—, puedes concentrarte en aquel país por el simple deseo de que alguna vez llevar allí una vida decente no sea una proeza.

Ser exiliado también me ha ayudado a mí, perezoso por naturaleza, a convertirme en un escritor bastante productivo, aunque no sea más que por contradecir el mito nacionalista de que, una vez que se transponen las puertas del aeropuerto *José Martí*, la sustancia y razón misma de tu creatividad te abandona para siempre. (A esa superstición nacionalista suelo llamarle "la ideología del boniato" porque intenta demostrar que lo único valioso que tenemos los cubanos son las raíces).

Si además asumes que el exilio te distancia de tus lectores "naturales", puedes escribir ya sin preocuparte por agradarles, solo por el puro placer de hacerlo y la esperanza, no demasiado fundada, de que los lectores que lleguen a tus libros lo harán sin el soborno de la complicidad previa. Pero todo esto es posible si antes uno se libera de la angustia de imaginarse el exilio como una situación temporal: si previamente renuncias a la posibilidad esperanzadora y torturante del regreso. A eso ayuda que te sepas parte de una tradición de exilios más antigua que la nación misma, donde el regreso se ha convertido en subgénero de la literatura fantástica. Pero la superación de los traumas del exilio solo se consigue si antes llegas a la conclusión de que la dependencia sentimental del sitio donde nacimos puede ser permanente, pero no insalvable. Solo así se puede decir, al contrario de aquellos judíos cautivos en Babilonia: no me olvido de ti Jerusalén, pero mi falta o no de memoria no paralizará mi mano derecha. La lengua no se me pegará al paladar si no te pongo, Jerusalén, por encima de todas mis alegrías.

(Leído en la Universidad de Maryland, College Park, el 16 de septiembre de 2011)

TOTALITARISMO Y NACIÓN

¿Una cuestión cultural?

Vale la pena asomarse al intercambio epistolar que sostuvieron el escritor Joseph Brodsky y el dramaturgo-presidente Václav Havel en 1994, por vacuo y oportunista que parezca intervenir en una polémica de hace más de veinte años y con sus protagonistas entregados al más definitivo de los silencios. La polémica, breve, se produjo tras la publicación en la revista *New York Review of Books* de un discurso pronunciado por el checo bajo el título de "La pesadilla postcomunista". El discurso de Havel fue replicado por Brodsky con una carta en la misma revista. Poco después, Havel cerraría el debate con una breve y amistosa respuesta.

En apariencia, lo que le recriminaba el escritor ruso al checo era no ser lo suficientemente sutil al describir tanto el comunismo como el postcomunismo. Lo acusaba, en fin, con toda la suavidad y la malicia de que era capaz Brodsky cuando algo le incomodaba mucho, de que en su discurso Havel se comportara más como político que como escritor. Brodsky comienza la carta recordándole lo que los une ("ambos somos escritores") para de inmediato pasar a regañarlo: "En este tipo de trabajo uno mide sus palabras con más cuidado que en otros antes de entregarlas al papel o, dado el caso, al micrófono". Brodsky alaba la cortesía del presidente checo ("su célebre cortesía" dice) pero luego le sugiere que "quizá la verdadera cortesía, señor Presidente, consista en no crear falsas ilusiones".

Si se quiere determinar la probable razón del texto de Brodsky, su rabia fundacional, digamos, no es difícil encontrarla, pues se trata ni más ni menos que de patriotismo herido. Las puyas nacionalistas atraviesan el texto de Brodsky desde el principio cuando, al comparar los retorcidos resortes pedagógicos puestos en juego en sus respectivas prisiones, sugiere que "la desesperanza de un hoyo de cemento, colmado de la peste de orines en las entrañas de Rusia, lo hace a uno cobrar conciencia de la arbitrariedad de la existencia más rápidamente de lo que vislumbré alguna vez como un aislamiento penal limpio y cubierto de estuco en la Praga civilizada".

No poco le debe de haber molestado al ruso que el checo insistiera en que, a diferencia "de algunos otros países de la región", la República Checa, "el más occidental de los países postcomunistas", disfrutaba de "tradiciones democráticas previas y de un clima intelectual único". Lo que estaba en juego no era solo el prestigio nacional de Rusia, incluida la suprema brutalidad de su sistema penitenciario. También Brodsky parecía sentir amenazada la autoridad con que Havel hablaba a Occidente en las páginas de sus principales revistas sobre comunismo y postcomunismo. Sin embargo, cuando Havel iguala el comunismo con el imperio soviético, Brodsky no solo ve en peligro el prestigio de Rusia o su autoridad como interlocutor ante Occidente. Brodsky advirtió que la conveniencia política de reducir el comunismo a una cuestión "oriental" cerraba la posibilidad de entenderlo en toda su complejidad y su peligro: "Es conveniente tratar estos asuntos como un error, como una horrenda aberración política, quizá impuesta a los seres humanos desde algún lugar anónimo. Es aún más conveniente si ese lugar tiene un nombre geográfico exacto o que suene extranjero, cuya ortografía oculte su naturaleza absolutamente".

Pero siendo Brodsky uno de los intelectuales más serios y agudos del pasado medio siglo, le preocupaba que el comunismo terminara asumido como mero malentendido cultural. Le preocupaba que el sufrimiento causado por dicho sistema no sirviera siquiera para sacar las lecciones apropiadas. Buscaba que la experiencia del comunismo se asumiera como cuestión humana y universal en lugar de como atavismo oriental y tercermundista. Es por ello que Brodsky le recuerda al presidente checo que el origen teórico del comunismo no se encuentra en Oriente, sino en el corazón de Occidente (¿o es que existe algo más occidental que los escritos redactados por un judío alemán en la British Library?) y que, si se piensa mejor, también los rusos pueden verlo como una imposición: "nuestro 'ismo' particular no fue concebido a orillas del Volga o del Moldava, y el hecho de que floreciera allí no indica la fertilidad excepcional de nuestra tierra, pues floreció con igual intensidad en latitudes y culturas extremadamente distintas. Este hecho no sugiere tanto una imposición como el origen orgánico —por no decir universal— de nuestro ismo".

Para Brodsky "orientalizar" el comunismo, insistir en su otredad, racializarlo incluso, es privar a la humanidad —y al Occidente democrático que tantas veces se atribuye la representación de toda la humanidad— de una de las lecciones más importantes de los últimos dos siglos de historia universal, la cual entraña la necesidad de reconocer que "la catástrofe que ocurrió en nuestra parte del mundo fue el primer grito de la sociedad de masas: un grito, por decirlo así, proveniente del futuro del mundo, y reconocerlo no como un ismo sino como un abismo que se abre de repente en el corazón humano para tragarse la honestidad, la compasión, la cortesía, la justicia".

El comunismo como karma

"Lo finito confunde siempre lo estable con lo infinito" dice Brodsky en su ensayo "Altera ego" sobre la actitud de los poetas hacia sus amores terrenales. Algo parecido se puede decir de la relación entre los oprimidos y sus opresores más estables. "Cada pueblo tiene el gobierno que se merece" es la perla de sabiduría con la que se intenta explicar (y cancelar) la persistencia de un régimen, haciendo énfasis tanto en el carácter de un pueblo determinado como en su responsabilidad en la existencia del régimen en cuestión. No parece importar que, como señalara Brodsky, el comunismo floreciera "con igual intensidad en latitudes y culturas extremadamente distintas". Las diferentes sociedades en las que se impuso el comunismo y la similitud de resultados que consiguió bastarían para anular el argumento étnico. Entonces es que entra a jugar esa necesidad sociológica y hasta psíquica que encarna el verbo "merecer". Porque, puestos a considerar las causas de la instauración y persistencia de tal sistema, no es difícil dar con culpas nacionales para las cuales el comunismo supone un merecido castigo.

Sucede, a niveles sociales, lo mismo que, según Brodsky, les ocurre a los individuos frente al poder:

> ¿no abrigamos todos un cierto sentimiento de culpa, sin relación alguna con el poder, desde luego, pero claramente perceptible? Por ello, cuando el brazo del poder nos alcanza, en cierto modo lo consideramos un justo castigo, un instrumento contundente, y a la vez esperado, de la Providencia. [...] Uno puede estar del todo convencido de que el poder se equivoca, pero pocas veces está uno seguro de su propia virtud.

Esta aceptación de la culpa propia, tanto individual como colectiva, en lugar de generar un saludable análisis autocrítico, a menudo no hace más que acentuar la profunda impotencia que de por sí engendran los regímenes totalitarios y estimular el improductivo ejercicio del autodesprecio y el masoquismo. Los tiranos comunistas —a diferencia de aquellos déspotas tradicionales por la gracia de Dios o de alguna psicopatía— quedarían reducidos apenas a la condición de administradores del castigo divino. De ahí que intelectuales como Havel insistan en ver el comunismo como imposición, y así mantener separados esos entes elusivos, pero simbólicamente poderosos, que son el Mal y el Alma del Pueblo. Será ese un modo elemental pero efectivo, no solo de sacudirse la impotencia que engendra la opresión, sino también de exorcizarla mediante el viejo recurso de convertirla en aberración antinatural para (nótese la paradoja) el espíritu humano.

La razón por la cual ni Havel ni Brodsky conseguían ponerse de acuerdo en este punto rebasa la cuestión nacional. Para encontrarse con un régimen que engendre en sus oprimidos tanta impotencia y abyección, un grado tan alto de deterioro de lo que nos regodeamos en llamar "el espíritu humano", habría que acudir a la esclavitud. Pero a diferencia de la esclavitud, el comunismo, junto a la impotencia y abyección, viene acompañado por cantidades similares de esperanza, entusiasmo y fervor. Cuando Brodsky propone a Havel renunciar al concepto del comunismo y pensarlo simplemente como una variante más del Mal humano parece contradecirse. Como si desconociera la especificidad de un Mal que él mismo ha adscrito a dimensiones y circunstancias relativamente nuevas en la historia de la humanidad. Tal distinción la hace al definir el totalitarismo como el "primer grito de la sociedad de masas", "proveniente del futuro del mundo".

La modernidad del Mal

Deberíamos convenir al menos que, si ni el comunismo ni cualquier otra forma de totalitarismo inventaron el Mal, lo organizaron a un nivel desconocido hasta su aparición. Pero, organización aparte, si algo lo distinguía del Mal de los libros sagrados es que, en la sociedad de masas, Dios no tiene mucho que hacer ni como adversario ni como frontera del Mal. El proceso de laicización que ha atravesado Occidente le ha dado a este, además de la posibilidad de sustituir a Dios como encarnación de lo Absoluto, la obligación de internalizar el Mal absoluto. Para Occidente no solo ha muerto Dios sino también el Diablo y, con ellos, la cómoda distinción que trazaban y la irresponsabilidad que la humanidad podía permitirse.

En este sentido, Havel tiene razón al singularizar al comunismo como variante novedosa y distintiva del Mal. Según el intelectual checo el comunismo estuvo lejos de ser simplemente la dictadura de un grupo sobre otro. Fue un sistema genuinamente totalitario. Esto es, que penetraba cada aspecto de la vida y deformaba todo lo que tocaba, incluidos todos los modos naturales de desarrollar la vida en conjunto. Este afectaba profundamente todas las formas de conducta humana. Por años, una estructura específica de valores fue deliberadamente creada en la conciencia de la sociedad. Era una estructura perversa que iba contra todas las tendencias naturales de la vida, pero las sociedades, sin embargo, la internalizaron o más bien fueron compelidas a internalizarlas.

Más adelante, Havel apunta que otro de los efectos del comunismo fue su tendencia a "convertir todo en lo mismo", a uniformar la vida de los pueblos en los cuales se instaló, con independencia de cuán distintas fueran sus culturas y su pasado histórico. No obstante, además de esta descripción del comunismo que Brodsky difícilmente objetaría, el checo insiste en definirlo como aberración antinatural e imposición externa. Eso hace que Brodsky insista en la necesidad de crear un "orden social menos sustentado en la autocomplacencia" que significa partir de "la premisa, aún prestigiosa, de la bondad humana". Apelar a la bondad humana, tanto para conducir la evolución poscomunista de su país como para apelar a la comprensión de Occidente, le parecía a Brodsky un facilismo y, en el caso de Havel, que por ser escritor estaba obligado a "no crear falsas ilusiones", una irresponsabilidad.

Pasados veinte años de aquella disputa dialéctica, los dos escritores, sentados en alguna esquina de la gloria, podrían repartirse honores en este juego profético.

Al checo le darán la razón las diferencias, al menos a mediano plazo, que marcan el destino postcomunista de sus respectivos países. Ya sea debido al mito del comunismo como imposición, o al de la bondad esencial del pueblo checo, la República Checa presenta una evolución democrática muy distinta de las pataletas autocráticas y neoimperialistas rusas. A Brodsky, en cambio, deberá reconocérsele que tenía la razón en un sentido más amplio y duradero: explicar el Mal en su variante comunista como una cuestión idiosincrática disimula su perversa universalidad. Decía Brodsky: "Quizá ha llegado la hora —para nosotros y para el mundo en general, democrático o no— de suprimir el término comunismo de la realidad humana de Europa del Este, a fin de que uno pueda reconocer esa realidad como lo que fue y lo que es: un espejo".

Un espejo dirá Brodsky del "potencial negativo del ser humano", de lo que puede llegar a ser cualquier sociedad cuando se entrega —preferiblemente en situaciones de crisis— a una idea que pase a ocupar el sitio donde antes se ubicaba a Dios. Lo que ha demostrado el tiempo transcurrido desde aquella polémica es que el Mal moderno de la sociedad de masas siempre tendrá posibilidades de triunfar mientras invoque objetivos lo suficientemente seductores como para deponer nuestro espíritu crítico, nuestra capacidad de equilibrar ilusión y cordura.

Los conceptos que se invoquen siempre serán irreprochables como la libertad, la igualdad, la justicia social, pero también la tolerancia, la seguridad, el equilibrio ecológico, la salud pública, la protección de los niños, los valores familiares, los estéticos, el peso corporal adecuado o el confort físico o mental.

La manera inequívoca de detectar el talante totalitario de tales empeños será menos el objetivo en el que concentren sus esfuerzos que su promesa de resolverlo —y presten atención, pues esta es la frase que delata su falacia y su descaro— "de una vez y por todas". Visto así, es difícil imaginar la nación o sociedad que se encuentre totalmente a salvo de la tentación de lo absoluto.

(2015)

ÍNDICE

Últimos títulos publicados por *Casa Vacía*

DANIEL DUARTE DE LA VEGA
Dársenas
(poesía)

ROBERTO MADRIGAL
Diletante sin causa. Textos sobre cultura y represión
(artículos)

RENÉ RUBÍ CORDOVÍ
Todos los rostros del pez (Antología personal)
(poesía)

JOSÉ PRATS SARIOL
Erótica
(cuento)

JAVIER MARIMÓN
Témpanos
(poesía)

NELSON LLANES
El suplicio de los gatos
(cuento)

ENRICO MARIO SANTÍ
El peregrino de la bodega oscura y otros ensayos
(ensayo)

CARLOS A. DÍAZ BARRIOS
La carne del cielo
(poesía)

DUANEL DÍAZ INFANTE (ED.)
Todos somos uno. Los artículos de Leopoldo Ávila
(ensayo)